KB200916

취중　　농도

마음

취중 마음 농도

설재인 × 이하진

든

일러두기

/ 이 책에 인용된 작품 중 대부분은 저작권 사용 허락을 받았습니다. 사용 허락을 받지 못한 일부 작품은 저작권자를 확인하는 대로 허가 절차를 밟겠습니다.

/ 이 책은 국립국어원 '표준국어대사전' 표기법을 따랐으나 저자 고유의 글맛을 살리기 위해 다르게 표현한 부분이 일부 있습니다.

/ '든'에서 출간된 모든 도서는 책날개를 뜯어 책갈피로 사용할 수 있게 디자인되었습니다.

차례

이 편지는 두 저자가 술을 마실 때마다 주고받은 글입니다.

매번 마신 술의 종류와
함께 먹은 안주를
편지마다
적어두었습니다.

대부분
취기 오른 채 쓰여
편지에서 술 냄새가
폴폴 날 수 있습니다.

취기를 빌려 용기 낸 편지는
생각보다 더 솔직하고,
화끈할 예정입니다.

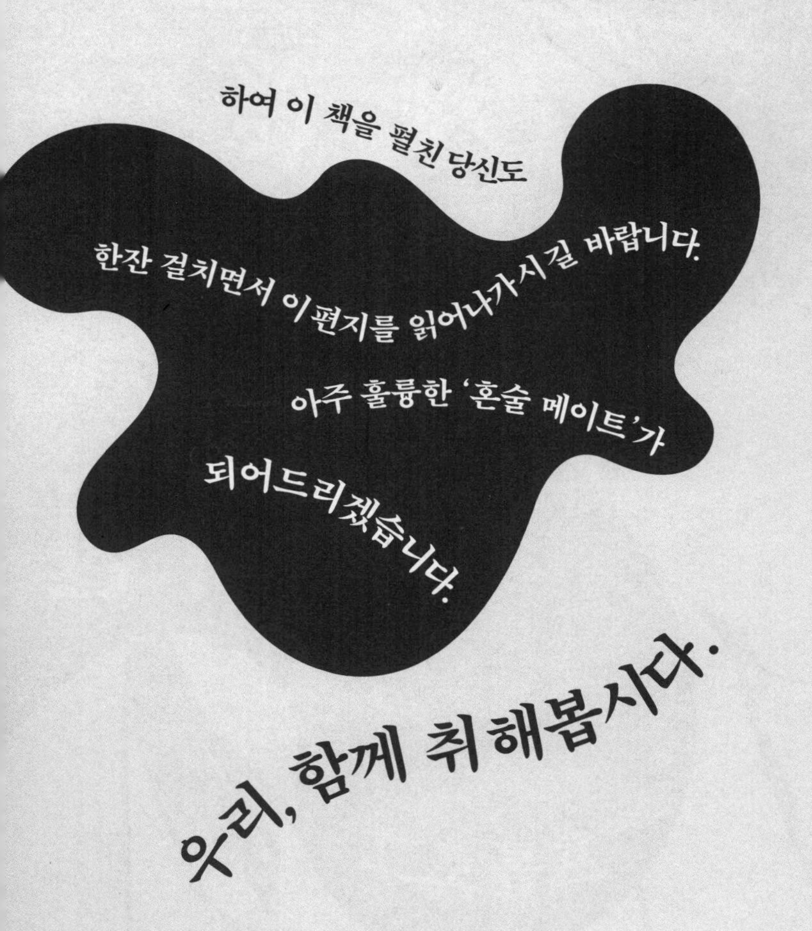

우리, 함께 취해봅시다.

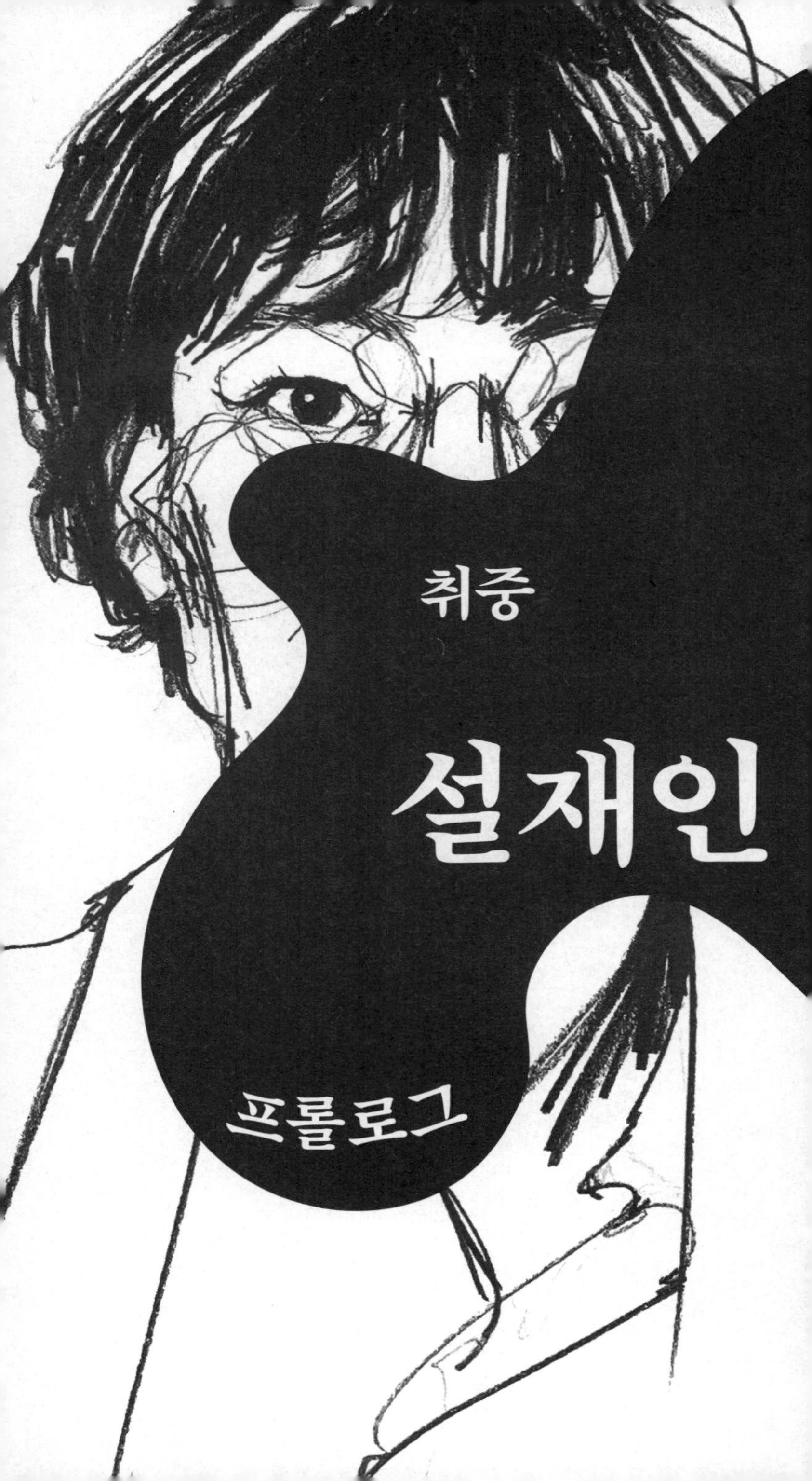
취중
설재인
프롤로그

마음 농도
이하진

술에 취한 사람이 비로소 날것의 자신을 마주한다

설재인

나는 본디 메일 답장을 아주 빨리 하는 작가로 편집자들 사이에 알려져 있다(작품이 아니라 그 점으로 제일 유명하다는 건 조금 슬픈 사실이다). 내 자랑은 아니다. 그저 어지간히 급한 성격과, 잘 안 팔리는 글쟁이로서의 갈급함 정도를 증명하는 특성이니까. 2019년에 첫 소설집을 냈으니 이제 데뷔 반 십 년이 되었고 빠른 답장의 원칙은 아직 깨진 적이 없다. 그리고 그 쏜살같은 답장 중에서도 손꼽힐 것이 아마 이 책의 청탁에 대한 답이었을 터이다. 그러니까 이 책은, 내가 데뷔 이후 가장 빨리, 눈썹을 휘날리며 수락한 청탁의 결과다.

술을 주제로, 술을 마시며 써서 오가는 편지라니. 나는 '완전 하고 싶어요'라고 쓴 후 느낌표 열 개 정도를 추가로 입력했다. 상대가 누구인지는 논외였다. 어차피 술에 취하면 다 친구다. 더 취하면 패고 싶은 대상으로 변모할 때도 있긴 하지만, 눈앞에 두지 않고 서면으로만 만날 테니 그럴 걱정도 없었다.

상대로는 이전에 업무상 한 번 만났던 이하진 작가가 낙점되었다. 나는 작품이 실린 지면의 편집자였으며 인터뷰도 진행한 적이 있었다. 삼겹살에 소맥을 같이 먹은 적도 있었는데 물론 업무상의 자리였고, 다른 직원들도 함께였으며 당시의 나는 아직 '퇴사각'을 재고 있지 않았기에 상당히 친절하고 에너지 넘쳤다. 아마 이하진 작가는 나를 그 이미지로 기억할 텐데 이를 어쩌나, 하는 걱정을 물론 절대 하지는 않았다. 나를 오해한 대가를 치르는 건 그가 알아서 할 일이었고 나는 그저 술 기분 좋게 마시며 헛소리를 신나게 쓰면 되는 일이었다(뒤에서도 비슷한 이야기가 나오겠지만 나는 내가 쓰는 글을 술친구로 여긴다. 사람들이랑 이야기하며 술잔 꺾는 것보다 혼자 마시며 글 쓰는 걸 훨씬 좋아하고).

결과적으로 말하자면 큰 판단 착오였다. 우리의 술자리에 이 글을 읽는 독자의 의자를 마련해야 한다는 생각을 해야 했는데. 그랬다면 한참을 고민했을 텐데. 어쩌면 거절했을지도 모른다. 옆에 있는 사람이랑도 술을 안 먹는데 얼굴도 성격도 모르는 독자에게 어찌 좋은 술친구가 된단 말인가(그리고 어찌 그들을 좋은 술친구라 여길 수 있단 말인가). 나는 당장의 선인세와 보장된 단행본 '한 권 더'에 정신이 팔려 이 고난의 미션을 시작한 과거의 나를 저주했다. 그러나 받은 선인세를 반납하고 뒷걸음질 치기에는, 청렴함이 덜했고 가난함이 과했다.

한 번 더 결과적으로 말하자면 이 원고는 내가 가장 오래 쓴 글이 되었다. 그 어느 장편소설보다도 훨씬 긴 시간을 이 짐꾸러미와 함께 보냈다. 그동안 입맛도 성격도 주로 찾는 술도 변했다. 초반의 편지를 지금 읽어보자면 이게 도대체 누군가, 싶어 아찔할 정도다. 좀 더 솔직히 논평하자면, 과거의 나와 절대로 친해지고 싶지 않다(아마 미래의 나 역시 지금의 나에 대해 똑같은 생각을 하겠지만).
그러니 탈주하지 않은 이하진 작가께 감사할 일이다.

예전에 오래 사귀었던 애인은 한강을 가로지르는 대교나 커다란 건물을 볼 때마다 말하곤 했다. 이렇게 작고 약한 사람들(물론 크고 강한 사람도 있겠으나 나는 단신이고 그는 이른바 '개말라 인간'이었다)이 이토록 커다랗고 견고한 구조물을 세워 자신의 세상을 확장시키는 광경이 언제나 경이롭다고. 그걸 볼 때마다, 살고 싶어진다고. 당시에는 그 말을 들으면서 생각하곤 했다.
아, 나이 든 티 좀 내지 말지(우리는 나이 차이가 좀 나는 편이었다. 물론 그는 지금의 나보다 훨씬 어렸지만).
그러나 지금 나는 그와 닮은 생각을 한다(그렇다, 멍청한 사람은 대개 자신이 절대 나이 들지 않을 거라고 착각하기 마련이다). 술이란 것이 세계 여기저기서 다발적으로 발명됐다는 역사가 주는 경이는 얼마나 근사한가, 하고. 사람들은 어떻게 과일이나 곡식을 썩히지 않고 발효시켜 마시면 기분이 이상해지는 독을 즐기기에 이르렀을까? 누가 가장 먼저 취했을까? 사람들은 취한 그를 보며 어떤 감정을 느꼈기에 함께 취하기 시작했을까?

아마 걱정이나 멸시보다는 호기심 그리고 동경이 더 크지 않았을까? 적어도 취한 대상이 매력적이었기에 모방하기 시작했을 것 아닌가. 나는 취한 사람이 '정신을 잃는다'고 생각하지 않는다. 술에 취한 사람이 '비로소 날것의 자신을 마주한다'고 주장한다. 그러니 어쩌면 처음 취했던 사람은 내면마저 선하고 부끄럽지 않은 이였을지 모른다. 매혹적이고 아름다웠을 게 분명하다. 물론 이후의 모방꾼들은 아주 달랐겠지만. 그러니 술은 독이 아니다. 독은 사람이다.

이러한 상상은, 설재인 개인에게는 전혀 유리하지 않다. 설재인은 보통 술에 취해서 부끄러운 짓을 많이 하고, 그 짓거리가 자기 본성이 아니라고 우겨야 이후의 사회생활이 원활할 테니까. 그러나 솔직히 말하자. 나는 정말로 술에 취한 내가 나라고 확신하고 그래서 부끄러워 뒈질 지경이다. 그 창피를 감당하려면 남들도 나랑 똑같다는 말로 무고한 사람들을 매도할 수밖에 없다. 술을 마셔서 당신은 비로소 당신이 되었습니다, 당신은 당신이 알던 당신이 아닙니다, 그리고 아마 많은 사람들은 당신이 어떤 당신인지 알지 못하고 또 알고 싶어 하지도 않을 겁니다, 하고.

나는 어느 순간부터인가 술에 취해 내면을 드러내도 아주 구제 불능의 쓰레기가 되지는 않도록 나 자신을 천천히 바꿔가기 시작했다. 이미 저지른 잘못들이 아직도 걸어온 길에 가득 떨어져 있지만 지금부터라도 흘리지 않도록. 우리 지구 푸르게, 푸르게. 그러자 어머나, 놀랍게도 성격과 사상을 의식적으로 변화시키는 건 불가능한 일이 아니었다. 술을 일컬어 독이라 말하는 사람들의 말이 앞선 내 주장과 달리 사실이라면, 나는 그 독을 내 속에 집어넣어 진정 악독인 나를 독살하고 있는 셈이다. 그러니 전 지구적 관점으로는 꽤 좋은 일이기도 하다.

물론 여기까지는 설재인의 '알콜관'이다. 이하진 작가의 관점은 전혀 다르다. 그에게 술은 뛰어난 향과 맛 그리고 빛깔로 행복감을 고양하는 디저트 비슷한 것인 듯하다(내가 아이스크림을 대하는 자세와 유사할까?). 그러니 지금 이 글을 읽으며 이 미친 자가 무슨 개소리를 하는 건가, 의아하거나 짜증이 솟구치더라도 페이지를 하나만 더 넘겨주기를 바란다. 그러면 새로운 사람의 음미할 만한 생각을 엿볼 수 있을 테니까.

일단 술을 한 모금 마시고 읽어도 좋겠다.

짠, 한 모금

1부

취중 마음 농도 0.05

주정뱅이인
둘이서 술 마시고
쓰는 이야기가
우습지 않을 리 없잖아요?

이하진

안녕하세요. 설재인 작가님!

저는 지금 전산물리 수업 시간에 편지를 마무리하고 있어요. 어차피 다 아는 거라 들을 필요가 없는 수업이거든요. 교수님께서도 "다 아는 사람은 딴짓해도 된다!" 하셔서 이러고 있네요.

하지만 본문 대부분은 미팅 당일 집에 들어가자마자 쓰였답니다.

이걸 진짜 쓰네…….

글을 시작하는 제 감상입니다. 작가로 데뷔할 줄도 몰랐는데 심지어 이런 글을 쓰게 되리라곤 상상도 못 했습니다. 부모님께 이 글을 보여주진 못할 것 같아요. 작작 마시라면서 등짝 맞을 것 같거든요.

시작은 아시다시피 김민희 편집자님이 보낸 청탁 메일이었어요. 근데 거기서 설 작가님께서 저를 추천하셨다는 거예요. 바로 직감했죠. 아, 저번 술자리에서 화려하게 소주병 돌려 깐 게 너무 강한 인상을 남겨버렸구나. 부끄러운데, 동시에 좀 추한 자부심이 드는 거예요. 주정뱅이로 인정받았구나, 싶은? 이런 거 좋아하면 안 되는데. 제가 아직 어린 탓으로 하죠. 아직 대학도 졸업 안 했잖아요. 굳이 친구들 앞에서 술 부심을 부리진 않지만 나름대로 제 주량에 자신 있는 편이었다고요. 게다가 인스타로 본 설 작가님의 술 사랑도 대단했고요.

알다시피 이 편지로 묶일 책은 술과 음주에 대한 에세이고, 저와 설 작가님은 이 에세이에 대한 첫 미팅을 마치자마자 둘이서 술을 마시러 갔죠. 되돌아봐도 너무나 훌륭한 시작이었네요. 이 주정뱅이들이 자기 좋아하는 걸로 글 쓰라니까 신났구나. 맞아요. 신났어요.

일단 시작하기에 앞서 말씀드리고 싶은 것이 있습니다. 저는 술에 대한 전문적인 지식이 전무합니다. 아마 설 작가님도 그럴 거고요. 둘 다 그저 즐길 뿐이에요. 맞죠? 저는 사실 후각이 둔감해서 여러 술이 가진 향의 디테일한 차이를 구별하지 못하는 편이고요. 술에 대한 평가는 지극히 주관적이고 비전문적으로 이루어진다고 말씀드리고 싶습니다.

아무튼, 그날 미팅이 끝나고 마신 술은 아래와 같았죠. 다시 짚어드릴게요.

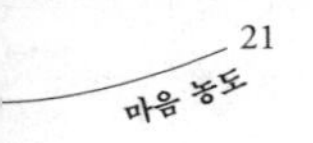

이하진

1차 : 생맥주(1,000cc)

2차 : 보모어 21년(1잔), 와일드 터키 레어 브리드(1잔), 아벨라워 14년(1잔), 아드벡 10년(1잔)

설재인

1차 : 생맥주(500cc), 처음처럼(1병)

2차 : 탈리스커 10년(1/2잔), 킬호만 마키어베이(1/2잔), 아드벡 10년(1/2잔), 라가불린 8년(1/2잔), 보모어 21년(1잔), 아벨라워 14년(1잔), 아드벡 10년(1잔)

우와. 시작부터 마신 주종을 나열하고 있어. 이거 진짜 웃긴 글이 되겠네요. 저 때 둘이서 얼마 나왔죠? 20만 원은 족히 나왔을 것 같은데요(제 기차 시간만 아니었다면 40만 원도 나올 수 있었을 거라고 장담해요).

설 작가님은 스카치 피트 샘플러로 시작하셨죠. 그래서 1/2잔짜리가 많았고요(사실 가격을 고려하면 그거보다 적을지도 몰라요. 샘플러를 잘 안 마셔봐서 용량을 모르겠네요). 이후부터 주종이 겹치는 이유는 '같은 술을 마신 뒤 시음 평을 비교하기 위함'이었는데 설 작가님의 시음 평은 정말 가관이었어요. 하다못해 제가 말했죠.

"저희 작가인데 표현력 실화예요?"

"제가 문학적…… 씨부럴을 보여드릴게요."

토씨 하나 틀리지 않고 받아 적었습니다. 설 작가님은 자신이 뱉을 시음 평을 '문학적 씨부럴'이라고 표현하셨어요. 이건 다시 보여드리는 게 좋겠네요. 장관이었거든요. 작가님께서 저를 따라 보모어 21년을 마셨을 때의 대화입니다.

"향이 그냥 위스키네요."

그렇게 말하는 작가님의 표정엔 개미만큼의 변화도 없었습니다. 아니, 그 향이 안 느껴진다고요? 심지어 콧구멍의 평수 변화조차 없었어요. 잔에 코를 대고 계셨는데도.

"향부터가 다르지 않아요?"

무려 한 잔에 5만 원씩 하는 21년산에 '그냥 위스키'라는 표현은 차치하더라도 보모어는 묵직하고도 그윽한 향이 특징적이라고요. 가까스로 반박한 저는 작가님의 시음을 기다렸습니다. 마시면 좀 다른 평이 나오지 않을까? 이내 한 모금을 맛보신 작가님의 표현은 굉장했습니다.

“우리 아빠와 달리 매우 성공한 이모부의 집에 갔더니, 그 거실 장에서 나온 듯한 위스키예요.”

정말 맛 표현이라곤 하나도 없는, 이걸 은유적이라 해야 할지 문학적이라 해야 할지…….

“근데 그 집의 이종사촌들은 그 술을 마시기 싫어해서 결국 아빠랑 같이 마시는 분위기.”

저는 일단 ‘우리 아빠와 달리 매우 성공한 이모부’라는 표현에 초점을 맞추어 해석을 시도했습니다.

“……향이 리치하다는 거죠?”
“리치리치하면서 도발적이진 않다.”

도발적이라는 건 또 뭔 소리야. 솔직히 말할게요. 저는 그 자리에서 작가님의 ‘문학적 씨부럴’을 나름대로 번역해보려고 노력했습니다.

“겸손한 맛이 있다?”
“우리 이모부가 본인의 가오를 해치지 않는 선에서 나에게 권할 정도다.”

예전부터 느낀 거지만 노력이란 게 참 부질없더라고요.

설 작가님의 수수께끼 같은 시음 평은 아벨라워 14년에서도 계속되었죠. 먼저 아벨라워를 마셔본 적이 있는 제가 -비록 마셔봤던 건 아벨라워 아부나흐였지만- 먼저 운을 떼었습니다.

“아부나흐를 2019년에 마셔봤어요. 그거에 비하면 향이 약한 것 같네요. 무난한 위스키. 튀지 않고 지역 특색이 남아있는? 살짝 짠맛 나고.”

기대에 지지 않는 설 작가님의 평이 뒤를 이었습니다.

“제가 작가님 담배 피우고 오시는 동안 옆 테이블을 계속 봤잖아요. 찐득하게 그 테이블의 바이브가 저에게 남아 있었거든요? 저게 뭐지 그러면서. 왜 저렇게 남남여여 조합으로? 그분들이 떠나실 즈음 작가님이 오셨잖아요? 그러고 마시니까, 그때 저분들은 가버렸어요. 그런 느낌이에요.”

저는 정말 무슨 말을 해야 할지 몰랐어요. 말을 가다듬고 가다듬어 가까스로 되물을 수 있었습니다.

"생각보다 무난하다?"

"결론, 그분들은 안주를 안 시키고 술만 시키고 가셨다."

저는 허탈하게 웃으며 나름의 번역조차 포기할 수밖에 없었어요.

"정말 '씨부럴'적인 표현이네요!"

그때 깨달았어요. 이 사람은 향을 표현하려는 의지조차 없구나. 뭘 줘도 "음! 얘는 위스키1! 얘는 위스키2! 3!" 하며 마실 사람이구나.
결국 그날 설 작가님이 가장 마음에 들어하신 위스키는 '와일드 터키 레어 브리드'였죠. 제가 한 모금 권해서 마셨던 정도에 불과했던. 그럼 왜 스카치 피트 샘플러로 시작한 거예요, 그건 스카치도 아니고 버번인데…… 처음부터 버번을 드시지 그랬어요…….
(물론 싼 버번은 추천하고 싶지 않아요. 짐빔을 온더락으로 마시다 토한 기억이 있어서요)
아무튼 나중에 노아스 밀 드셔보세요. 무난하게 좋아하실 것 같아요. 파는 곳이 있다면 스태그 주니어도요. 특히 후자는 정말 감미로웠어요.
"저는 피트 위스키가 좋다기보단 향 자체가 강한 게 좋더라고요. 향신료 좋아하고."

그렇게 작가님은 급히 자신의 취향을 변호하셨습니다. 네, 와일드 터키 레어 브리드는 향이 강한 편이긴 했죠. 도수도 58로 높은 편이기도 하고요.

"와, 저랑 완전 반대시네요. 저는 향신료 싫어하고 피트 위스키만 좋아하는데."
"고수 드셔보셨어요?"
"싫어할 것 같아서 안 먹어봤어요."
"시소는?"
"완전 싫어해요!"

그런데 저희의 취향적 반목은 그뿐만이 아니었죠. 말씀드렸다시피 저는 술을 마실 때 두 가지 철칙을 만들어 지키는 편이에요. 첫째, 피곤할 때 과음 금지. 둘째, 우울할 때 혼술 금지. 마시더라도 바에 가서 바텐더와 마주 보며 마실 것. 제 입으로 말하긴 뭐하지만 건강하고 올바른 철칙이라고 생각해요. 그런데 작가님은,

"오, 저는 둘 다 하는데"라고 하셨죠.
이야. 이 사람 매일 술 마시는 것도 모자라 경이롭다.

이어 저는 지금껏 필름이 끊겨본 적이 없다고 말하니 작가님께선 태국에서만 7번 끊겨보셨다고, 살면서 50번은 끊겨본 것 같다고 말씀하셨죠.

감히 말해볼게요. 이 에세이의 개그 담당은 설 작가님이 될 거예요. 제가 그렇게 만들 것 같아요. 저는 정말 자신할 수 있는 게, 많이 마시지만 주량이 좋아서 건전하게 마시는 편이거든요? 써놓고 보니 이상한 소리긴 하지만요. 아무튼 저는 풀만한 음주 썰도 손에 꼽고, 기본적으로 재미없는 사람이기도 하고요.

미팅 직후의 술자리에서 많은 걸 알았어요.
우리 진짜 안 맞는구나.
그저 술 좋아한다는 이유만으로 이러고 있는 거구나.

이렇게 써놓고 보니 진짜 웃기네요. 어떻게 이런 사람들끼리 만나서 같이 에세이를 쓸 수가 있지? 심지어 술 취향도 다른데! 저는 맛없어서 소주를 못(안) 마신다고요. 근데 작가님은 매일 반주로 소주 걸치시고.
아니, 취향이 다르다기보단 뭐랄까. 제가 가리는 편에 가깝겠네요. 작가님은 주종을 안 가리는 편이신 거고요. 취향은 딱히 없으신지 묻고 싶네요. 그러게요. 이걸 묻지 못했네요. 답장에 술 취향 좀 적어주세요. 뭔가 "다 좋다"고 말씀하실 게 뻔히 보이는 것 같지만 일단 묻긴 할게요.

이왕 물어봤으니 먼저 답하자면, 제가 가장 선호하는 주종은 당연 '위스키'예요. 돈 벌면서 입문했죠. 스카치 중에서도 아일라 쪽을 좋아해요. 럼이랑 꼬냑은 안 마셔봤고 데킬라, 진, 보드카는 그다지입니다. 리큐르는 너무 단 것도 있는데 도수가 낮아서 선호하진 않고요. 칵테일은 보통 메뉴판에 없는 거 추천받아서 마시고 그나마 자주 마시는 건 카타르시스나 슈가 리밍한 다이키리? 끈적이지 않고 깔끔한 거 좋아하는 편이에요.

와인은 종류나 품종 가리지 않고 다 마셔요. 막걸리도 그럭저럭 좋아하고요. 맥주는 흑맥주나 과일 맥주, 수제 맥주 혹은 생맥주 선호하고, 한국 맥주 마실 바엔 수입 맥주 마시고요. 소주는, 희석식 소주는 대체로 안 좋아해요. 향이 너무 별로라서요. 과일 소주나 청하는 마시는데요, 보통 친구들이랑 술집 가면 그거밖에 없어서 할 수 없이 마시는 쪽에 가까워요. 소맥은 1:1. 증류식 소주는 오케이. 안동 소주는 괜찮더라고요. 전통주는 대체로 잘 마시는 편이에요. 너무 화장품 같은 인공적인 향만 안 난다면 괜찮은?

이렇게 늘어놓고 보니까 조금 추하긴 한데 설 작가님도 늘어놓아 주실 거라고 믿어요. 함께 추해집시다! 혼자선 못 죽어요.

첨언하자면 뭔가 위스키 좋아하면서 칵테일도 마신다고 하면 올드 패션드 얘기가 나올 것 같은데, 개인적으론 위스키에 물 탄 맛 같아서 별로 안 좋아해요. 어떻게 위스키를 희석할 수가 있어요? 저는 온더락도 "극혐!" 하면서 니트로 마신다고요(바텐더분이 이 얘기 들으시더니 큰일이라고 웃으시던).

뭔가 여기까지 얘기했으면 주량도 꺼내봐야 할 것 같은데요. 솔직히 주량은 시간당으로 정의해야 한다고 생각해요. Per Hour. 그런 의미에서 저는 두 시간에 사십 퍼센트, 위스키 반병 정도 되는 편입니다. 무난하죠? 설 작가님 주량 너무 궁금한데 알려주세요.

아무튼 여기까지 쓰고 글을 다시 읽어봤는데요.
진짜 웃기네요.

장담컨대 이 글은 정말 웃긴 글이 될 거예요. 깔깔대며 소리 내는 웃김이 아니라 어이없음에 코웃음이 나오는 웃김으로요. 말은 애주가라고 하지만 결국 주정뱅이인 둘이서 술 마시고 쓰는 이야기가 우습지 않을 리 없잖아요?

술 냄새 풍기며 가보자고요.

잘 부탁드립니다!

이하진 드림

폭음의 변

: '문학적-설재인'과 '씨부랄적-설재인'

오늘의 술

칭따오 맥주에 선물 받은 토끼 소주를 섞은 소맥 약 600mL(실패. 다시는 저 두 술을 섞지 않을 것), 헤이지 베이 소비뇽블랑 750mL

오늘의 안주

샤이니 팬들의 성지인 모 막회집 영등포점에서 배달시킨 1인용 막회

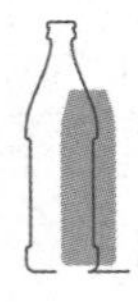

작가님과 술을 마신 기억이 나지 않습니다.

내내 블랙아웃이다가 26만 원을 결제하던 때 정신이 번쩍 들었습니다.
내가 이걸 왜 사겠다고 했지. 다음 달에 퇴사하는데…… 내년 초에 이사도 해야 하는데…… 돈 없어서 자취방 다운그레이드해 갈 판인데…….
말씀드렸듯 저는 '남에게 돈을 팍팍 써야 내게도 기회가 온다'란 이상한 미신을 가지고 있는데 사실 그만한 돈을 작가님께 쓸 정도로 저희가 친하지는 않았기에 아무래도

그 대가로 굉장히 짜릿한 섬싱 스페셜이 미래의 저에게 벌어지지 않을까 기대를 하는 수밖에는 답이 없네요.
그나저나, '문학적 씨부렁'이라니요.
필름이 군데군데 조각난 탓에 기억에는 없지만, 지금 아직 취하지 않은 제겐 그 발언에 대한 치졸한 변명이 있고 그것이 어쩌면 '왜 저 사람은 대책 없이 폭음하는가'의 답변이 될지도 모르겠습니다. '문학적-설재인'과 '씨부렁적-설재인'이 위태롭게 공존하는 작태를 보아하면 말입니다.

고등학교 교사로 일하던 시절 첫 상담을 할 때마다 저는 아이들에게 삶의 목표를 물었습니다.
꽤 우스운 일입니다. 사려 깊은 척 남들과는 다른 질문을 하는 윗사람은 있죠, 사실 그 질문을 자신에게 해주길 원했으나 소원을 이루지 못해 의기소침해진 불행한 영혼일 가능성이 높습니다. 그리하여 자신이 받길 원하던 질문을 남에게 대신 던지고, 그로부터 대리만족하지요. 혹자는 아예 연설의 기회를 꿈꾸기도 합니다. 답변이 뭐라 오든 그건 중요치 않습니다. 내 얘기 하고 싶어서 언제 시동을 걸까 키를 쥐고 엑셀을 밟을 준비를 하고 있는 사람, 그런 이는 어느 곳 어느 시점에나 존재하지요.
슬프게도 제가 저 질문에 스스로 답변할 기회는 없었는데 어쨌든 지금 말하자면 제 삶의 목표는 딱 하나입니다. 가장 이상적으로 상정한 저 자신의 모습을 동상처럼 세워놓고 그와 닮기 위해 무진 애를 쓰는 것. 그 동상은 거의 성인의 모습과 다름없습니다. 선한 모두에게 칭송받고 싶어요. 세상에 겁나 좋은 일을 해주고 싶어요. 그런데 또 말년은 소설적으로 애잔했으면 좋겠어요. 즉 잘하고 잘 베풀고 막판엔 숭고하기까지 했으면 좋겠다, 이겁니다. 미쳤죠. 시대가 어느 시대인데 숭고를 논한답니까. 이것이 바로 구질구질한 80년대생의 마인드인가!

현실과 이상 사이에 괴리가 생기는 일이 벌어질 경우 저는 그 두 거리를 좁히고 타협하려 들지 않습니다.

회피합니다.

도망칩니다.

아주 비겁하게요.

정확히 말하자면 사람이 무서울 때, 사람이 만들어낸 상황이 저의 이상으로 가는 길을 막으려 들 때 저는 싸우지 않습니다.

사람을 피해 숨습니다.

외롭지만 어쩔 수 없습니다. 왜냐하면 그것이 가장 안전한 방법이라는 사실을 깨닫고야 말았거든요. 사람이 옆에 있으면 저는 포악해집니다. 포악한 저를 인정할 수 없어서 우울하고 절망하고 그래서 더 악독해집니다. 그 굴레를 끊을 방법은 모든 인간관계에 대한 절연밖에는 없습니다.

문학적-설재인이 되고 싶은데 자꾸 씨부렁적-설재인밖에 못 되니까요. 그러니까 저는, 자기감정에 못 이겨 마구 물건을 집어던지고 나서 다음 날 눈물 줄줄 흘리며 사과하는 성격의 인간인데 죽어도 남들 눈에는 그렇게 보이고 싶지 않기 때문에 주변에 아무도 두지 않는 것입니다. 그럼 외롭죠. 좆나게 외롭습니다. 어떻게 해결하느냐.
그래서 소설을 좆나게 쓰며 문학적-설재인이 됩니다. 일타이피. 혐오하는 모양새를 취하지 않으며 동시에 내가 갈망하는 커리어를 채우는 일.

작가님의 데뷔작을 읽고 인터뷰를 하던 날이 제가 인터뷰어로서 처음으로 일한 날이기도 했습니다. 인터뷰하는 내내 실은 별로 집중을 하지 못하고 대신 당시 작가님 나이, 그러니까 이십 대 극 초반 즈음의 제가 어떻게 살았는지를 생각했어요(죄송해요, 딴생각해서). 주로 연애 생각을 했습니다. 작가님은 데뷔작이 연애 소설이 아니라고 하셨지만 다들 그렇게 읽었잖아요?
저는 스무 살 봄부터 서른이 막 되었던 1월경까지 연애를 쉰 적이 없었어요. 모든 '오늘부터 1일'의 순간에 개같이 만취해 있었고요. 믿을 수 없을 정도로 상대를 학대했고 또 상대로 하여금 저를 학대하게 부추겼습니다.
지금 생각하면 이유는 간단해요.
스스로가 원하는 자신의 모습에 가닿지 못하는 원인을 어딘가에 매달아놓고 줘 패고 싶어 했기 때문입니다.
그 원인이 본인에게 있는데 말이에요.
그런데 어떠한 모습을 원하게 될 수 있다는 것 자체가, 결국엔 일종의 공부를 수행한 결과물이 되지도 않을까요?

그러니까, 문학적-설재인은 같잖고 씨부럴적-설재인은 우습다 보면 됩니다.
주종을 물으셨나요. 태국 끄라비타운의 어느 한적한 국숫집에 앉아 마실 물이 가득 담긴 물통을 물끄러미 보던 날이 떠오릅니다. 종을 모를 애벌레가 그 안에서 꿈틀꿈틀 헤엄을 치고 있었어요. 제가 시켰던 국수는 에그 누들이라 진득하게 앉아있어도 불지 않는 메뉴였죠. 저는 국수 한 그릇을 놓고 맥주를 다 마신 후 애벌레가 꿈틀대던 그 물을 따라 더 마셨어요. 제가 가진 저의 이상향에는 그런 면모가 있었거든요. 남루한 곳에서도 잘 사는 사람. 아주 꼿꼿한 장을 가진 사람.
비위가 좋다는 이야깁니다. 무슨 술이든 맛이 어떻든 주유만 되면 장땡인 거죠.

스스로 이루길 원하는 자기 모습에 대한 열망과 자기학대 사이에는 정말이지 아주 미묘한 차이가 있는 것 같아요.

가장 최근에 그 생각을 하게 된 것은 작고하신 저의 외할머니의 빈소에서였습니다. 그때는 새벽 2시쯤이었고 코로나 시국이어서 빈소는 텅 비어있었죠. 저는 검은 치마저고리 차림으로 이제 마흔 정도가 된 첫째 사촌오빠와 술을 마시고 있었습니다.

(참고로 이 오빠도 어마어마한 말술에 애주가라서 외숙모는 걱정이 이만저만이 아니랍니다. 퇴근하고 나면 자기 방에 틀어박혀서 페트 소주를 하루에 한 병씩 비운다나요. 덧붙여 저는 장례식장에서 먹는 소주를 정말 좋아합니다. 종이컵과 일회용 접시만의 쌉싸래한 맛이 있거든요. 다른 친척들은 다들 들어가서 자고 있었고 둘이서 우두커니 돈통을 지키고 있었으니 뭐, 이후에 벌어질 일이야 불 보듯 뻔한 것이었습니다)

그때 오빠는 저에게 "네가 사는 모습을 내가 아주 유심하게 지켜보고 있어"라고 말했습니다. 저는 이 오빠와 생전 연락도 거의 해본 적이 없기에 몹시 놀랐는데 아마 이 오빠가 그 전에 조문 온 자기 친구들과 어울려 혼자 세 병 정도를 마신 후였다는 사실을 미리 알았더라면 그렇게까지 놀라진 않았을 겁니다.

"너는 인마, 그렇게 운동하고 몇십 킬로씩 뛰는 건 건강을 위해서 그러는 게 아니잖아."

저는 한때 잘나가는 미소년이었던 오빠가 중년으로 넘어가는 모습을 보면서 오빠야말로 정말 매일 강변을 뛰어야 할 것 같은데, 라고 생각하고 있었지요. 그러나 이어지는 말로 저는 그가 나이를 헛먹은 것은 아니라는 깨달음을 얻었습니다. 그에게도 그만의 번득이는 통찰력이 있다는 사실을요.

"너는 지금 속에 분노가 엄청 많아. 근데 그걸 없애지도 못하고 발산도 못 해. 능력이 안 돼. 타협도 안 돼. 그래서 다시 화가 나지. 너는 맺힌 게 너무 많아서 그렇게 사는 거라고. 나는 너 보면 열심히 잘 산단 생각이 안 들어. 벌서는 것 같이 살아, 너는."

누군가 그런 말을 하며 저를 훈계하려 들었다면 저는 일단 화를 냈겠으나 오빠는 저를 가르쳐 들지 않고 거기까지만 말한 뒤 진미채를 면치기 하듯 마실 뿐이었습니다. 그리고 저는 생각했어요.
당신은, 무당이 아닌지?

하진 작가님과 씨부렬적-설재인의 삶에 존재하는 '술'이란 이름의 반려가 걸어갈 운명이 달라지는 지점이 바로 이곳이라고 생각하면 어떨까 합니다. 가여운 나의 반려 같으니라고.
제게 술은 문학적-설재인이 되지 못하는 씨부럴적-설재인이 문학적 씨부럴의 단계라도 성취하기 위해 주입해야만 하는 기름과 비슷합니다. 일단은 모든 원고를 술 마시면서 쓰기 때문이기도 하거니와, 술을 마시며 저를 수백 수천 개의 조각으로 쪼갠 후 하나하나의 인물로 키워내 제 머릿속을 채워야만 외롭지 않기 때문입니다. 어느 순간 외롭다는 이유로 사람을 찾게 된다면 저는 다시금 지난한 시행착오와 자기혐오의 시간을 견뎌내야만 할 테니까요.

아멜리 노통브가 소설 《오후 네 시》(김남주 옮김, 열린책들, 2012)에서 이런 이야기를 했습니다.

「물론 나는, 아파트 관리인이나 가질 법한 감상주의에 빠져들고 싶지는 않다. 사람은 사랑 없이도 살 수 있는 법이다. 그 점을 확인하기 위해서는 사람들의 사는 모습을 바라보는 것으로 충분하다.
다만 사람이란 사랑 없이 사는 경우 다른 무엇에 몰두하는 법. 경마나 포커, 축구, 철자법 개정 등 무엇이든 상관없다. 일시적으로 스스로를 잊게 해주는 것이라면.」

퓨어킴은 노래 '요'에서 이렇게 주장했고요.

「사람에게 위로받는 건
받아본 사람만 할 수 있어서
그런 거 없어 본 사람은
산에 들어가 안 나오고
자연에게 위로받는 건
해본 사람만 할 수 있어서
그런 거 안 해본 사람은
컴퓨터랑 결혼하고
컴퓨터랑 아기를 낳을 수 있다면
혼자인 지금보다는 낫지 않겠어요?」

외로워 욕심이 생길 때마다 제가 지나쳤던 공간들을 다시 소환합니다.
취객이 가득하던 고시촌 골목.
막차가 지난 지 오래여서 아무도 남지 않은 5호선 종점의 플랫폼.
어느(제가 살지 않는) 아파트 단지의 벤치.
왓 프라싱 근처에 있던 게스트하우스의 로비.

슬리퍼를 신고 돌아다니던 누군가의 부엌과 침실.
그곳들에서 저는 술에 취해 주저앉은 채 누군가에게 소리를 치고 있었고, 발화의 대상이 존재하지 않았더라면 이는 즐겁거나 우습거나 최소한 몹시 다행스런(그렇게 곤드레만드레 취했어도 몸을 다치지 않았으니까요) 기억이었을 터나 그러지 않았기에 제겐 끔찍하고 그래서 절대 잊지 말아야 할 장면들로 남아있습니다.

하루 종일 그 누구의 연락도 없이 조용한 메신저와 나 없이 진행되는 즐거운 모임들의 존재를 참고 버텨야만 저는 스스로를 혐오하지 않을 수 있고 그래서 술을 마시며 키보드 앞에 앉아 저의 파편들을 불러내 키웁니다.
그것이 폭음의 변입니다.

그리하여 마침내, 제가 작가님께 가장 궁금한 점은 이거예요.

술을 왜 드세요?
술을 마시지 않으실 수 있나요?

설재인 드림

행복한 일이 생기지 않을까?

이하진

오늘의 술

글렌피딕 12년 500mL 두 병을 니트로 지인과 나눠마심.

남은 250mL는 이하진의 자취방에 고스란히 저장

오늘의 안주

각종 과자 및 치즈

우선, 첫 문장 읽자마자 서울 방향으로 대가리 박았습니다.

생각해보니까 저랑 몇 시간 동안 길게 마시는 사람들은 주량을 넘기거나 기억을 잃거나 술잔을 엎거나 속을 게워내는 등의 일들을 높은 확률로 겪게 되는 것 같아요. 같이 마신 사람들의 자백 같은 증언이자 제 감독 미숙이란 업보의 증거를 너무 많이 보고 들었어요.

술을 왜 마시는가, 술을 안 마실 수 있는가.

사실 이십 대 초반은 돌발적인 내면적 질문에 바로 답할 수 있을 만큼 자아 성찰이 완숙하지 못해요. 질문을 받아서야 비로소 돌아보기 시작하는 명제들이 끝도 없이 쌓여

있죠. 그러니까, 이건 명확한 답보다는 그 성찰의 과정을 늘어놓아 볼게요. 의식의 흐름대로.

당연하겠지만 시작은 "어른이다!" 하는 증명성이었겠죠. 저는 어른에 대한 갈망이 강할 수밖에 없었거든요. 남들 다 섯다운제 풀릴 때 혼자 게임 못 하고, 남들 다 주민등록증 나올 때 혼자 기다리고 있고, 남들 다 면허 딸 때 혼자 손가락이나 빨고 있고, 남들 다 주점 가서 하하 호호 떠들고 있을 때 혼자 기숙사에서 울고 있고. 그런 자질구레한 서러움의 파편들.

첫 기억은 6살 때까지 거슬러 가요. 어린이집인지 유치원인지 6살 반 다니던 시절에 갑자기 어느 날 엄마가 "오늘부터는 7살 반으로 가라"고 하는 거예요. 월반이라면 월반이었어요. 그때 7살 반에 들어가자마자 "너 6살이잖아!" 하는 소리를 듣고는 반에서 나와 다시 들어가지 못한 채 복도에서 울고 있는 저를 달래던 선생님의 모습이 어렴풋이 기억나네요(아 씨, 지금이었음 걔한테 어쩔티비 이랬을 텐데. 그게 제 어린이 시절 첫 후회였어요)

그러다가 7살 나이로 초등학교에 입학했습니다. 4월생이니까 빠른년생은 아니고 조기입학이었어요. 그런 제도가 따로 있더라고요. 엄마는 이제 초등학교에선 나이 말하지 말라고 하고요. 어쩌다가 밝혀지면, 초등학교 시절 전학 전까지는 사교성이 괜찮아서 따돌림은 없었어도 "언니(혹은 오빠)라고 불러라" 하는 아니꼬운 장난들을 꼭 받았고, 저는 "야!" 하며 언니, 오빠라는 초-위계적인 호칭 사이에선 차마 못 할 말 같은 걸로 받아쳤어요.
중학생쯤 되어서야 그런 장난이 없어졌고, 고등학생 때는 되려 제가 한 살 어리다는 사실을 안 친구들이 전혀 그렇게 보이지 않는다며 대수롭지 않게 여겼어요. 그쯤 되니 괜찮을 줄 알았죠. 오히려 한 살 어린데도 이렇게 잘하면 내가 좀 쩌는 거 아니야? 하면서 자존심을 세우기도 했죠.
비극은 고3 때 대학에 합격하고 이듬해에 지체 없이 입학하면서 벌어졌어요.

입학 전, 과 OT가 있는 날이었어요. 친구들은 다들 스무 살이니 저도 같은 나이인 것처럼 설레 가지곤 뒤풀이를 간다는데 빠질 순 없잖아요. 과 차원에서 예약했다고 하니 신분증 검사도 안 할 줄 알았어요. 바글바글한 분위기 속에 19학번 동기들과 선배들이 주르륵 착석을 마치니 사장님께서 손뼉을 치며 주의를 모으시더라고요. 신분증 꺼내라고요.
그때 제 표정이 어땠는지는 모르겠어요. 15학번 선배였나?

저를 보면서 괜찮다고 연신 말하며 필사적으로 안심시키는 거예요. 옆에서 누군가 팔을 툭툭 치길래 돌아보니 18학번 선배의 주민등록증이 건네져 있었습니다. 저는 나름의 기준 높은 도덕관과 준법관이 있는데요, 그거에 위배되는 일을 했어요. 주소까지 일 분 만에 외워가면서 말입니다. 술집 이름은 무덤까지 끌고 갈게요.

그게 너무 죄책감이 됐나봐요. 그 이후로는 신분증을 빌린 적이 없어요. 학교 포털 아이디만 딱 한 번 빌려본 게 전부예요. 유학 가는 언니가 있어서 송별회를 해야 했거든요.

그렇게 열아홉 살 새내기였던 저는 담배에 손을 댔죠. 술은 마실 때마다 적법한 나이 증명이 필요했지만 담배는 한 번만 사면 그렇지 않잖아요? 지금도 그렇지만 그땐 흡연량도 많지 않아서 한 갑을 사면 한두 달은 피웠다고요. 네, 겉멋이었어요! 게다가 저는 앞에서도 말했지만, 초등학생 때 이사 문제로 전학을 한 번 갔는데요. 그때 이후로 사교성이 박살 나서 또래 집단에서 배제되는 걸 좀 꺼려했어요.

지금 돌아보면 필사적이었던 것 같아요. '이것이 어른만 살 수 있는 마약류다' 싶은 걸 맞지 않는 나이에 즐겨 가며 부족하고 미숙한 자아를 채우려는 목적도 있었지만, 담배를 피우면 담배 타임이라도 어울릴 수 있었으니까요(그다지 유쾌하지도 유익하지도 않았지만).

스무 살부터는 합법적으로 술을 즐기기 시작했죠. 근데 2020년에 코로나가 터졌어요. 욕구를 채우지도 못했는데 술은 이제 못 마실 게 되었죠. 그러니까 저는, 술을 사교의 도구로 썼던 거예요. 술 자체가 좋은 거면 집에서 혼술이라도 하면 됐는데 그러진 않았으니까요. 그쯤에선 술을 즐기고 싶은 게 아니라 술자리를 즐기고 싶은 쪽에 가까웠습니다. 나의 모자란 사교성을 술로 채우겠다 싶은 거였죠.

그렇게 술자리에 대한 욕망이 좌절되는 것도 모자라 당시 머무르던 대구가 신천지발 대규모 감염에 전국으로부터 따돌림당해, 저는 마음에 드는 식물 화분 앞에서 "햇빛 없이도 잘 자랄까요?" 같은 질문을 하는 자취방에 박히게 되었으니 이러면 사람이 제정신을 유지하긴 아무래도? 버겁죠.

결국 그 학기에 학사경고를 받았어요. 진짜 계속 다녔다간 어떻게 될 것 같아서 다음 학기에 도피적으로 혼자 휴학을 결정하고 질렀다가 집에서 쫓겨날 뻔했고요. 울면서 대구 자취방으로 도망쳐 알바하면서 지내는데 하루는 여섯 시간 넘게 누워서 자해 생각만 한 적이 있었어요. 그날 겨우 정신 차리고 정신과에 제 발로 기어들어 가서 양극성 장애(조울증) 2형 진단을 받았고요.

술을 안 마실 수 있냐고 물으셨죠? 정신과 약 받으면서 가장 먼저 물어본 게 "술 마셔도 되나요?"였어요. 술 마시고 수면제를 먹은 적도 있고(해명하자면 뭔가를 시도한 게 아니라 안일하게도 그냥 아무 생각이 없었습니다) 헌혈하고 술 마신 적도 있어요. 이제 술은 때를 놓쳐버려 더 이상 채울 수 없는 어린 나의 갈증에 대한 집착이 되어 있었죠. 즐거움을 원할 때 마시게 되는 것으로요.

지금이라도 마시면 보상받을 수 있을까? 2020년이라는 최악의 해를 보낸 그때의 나에게 이렇게라도 하면 위로를 건넬 수 있을까? 해결되지 않는 회한으로 하여금 촉발된 것들에 대해.

이제 스물두 살인 사람이 후회에 성숙하게 대처하는 방법을 알 턱이 없죠. 몇 살을 먹어도 힘든 일이라고 생각해요. 전부 술 때문이었으니 술로 다루려고 했죠. 이게 알코올 중독으로 이어지지 않은 건 순전히 강한 주량 때문일 거예요. 마셔도 잘 안 취하니까 음주 자체에는 별 의미가 없었거든요.

취하는 느낌과 숙취를 별로 안 좋아하기도 해요.

모든 상황이 제 통제하에 있어야 안정을 느끼는 타입인데, 2020년에 우울이 오면서 인지능력이 많이 저하됐었어요. 할 일 다 까먹고 정리도 안 되고. 그게 저에겐 별로 좋지 않은 경험이었나봐요. 나 자신이 통제되지 않는다고 느꼈거든요. 너무 끔찍했어요. 그래서 취하더라도 정신줄 꽉 붙잡으려고 노력하는 편이고 빨리 깨려고 해요.

그렇게 짜잔. 박수 치면 소주 한 병도 원샷해주는데 취하질 않으니 절제까지 잘하는 듯한 애주가(같은 무언가)가 완성되었죠.
물론 앞서 말한 것들이 정답은 아닐 수도 있지만 내면적 질문에 정답이란 게 존재할까요? 제가 이렇게 답했다면 그게 맞는 거겠죠, 뭐!

어쩌면 눈치채셨겠지만, 제가 데뷔를 공모전 발표 나면서 2021년 2월에 했잖아요? 그러니까 데뷔작은 2020년에 쓰였고 우울에 대한 묘사는 자전적이었어요. 초고는 엄청 질척했어요. 너무 우울해서 약 먹고 상태 좀 나아졌을 때 절반을 지웠죠. 그런 걸로 상을 타다니 참…… 기묘하네요.
어떤 기대도 가지지 않았던 소설이고, 너무나 개인적인 경험을 적었기 때문에 공감을 끌어냈다는 평들이 낯설었어요. 굉장히 로맨틱한 맥락으로 읽힌다는 점도요. 저는 연애 경험이 고등학생 시절에 멈춰있는 에이로맨틱 에이섹슈얼인걸요.
마지막 연애조차 제가 공부에 방해된다며 가차 없이 차버리곤 끝냈었고요.

데뷔하고 돈을 벌게 되면서 술에 대한 집착과 미련은 조금 바람직한 방향으로 바뀌었습니다. 이걸 뭐라 해야 할까요, 비싼 술을 마시면서 취향을 찾게 되었는데 그 취향으론 '달릴' 수가 없는 거예요. 그러다 음주 습관이 바뀌었죠. 사람만 만나면 술 마시고 싶어 하는 이상한 욕망이 사라진 건 아니지만, 적어도 남들과 어울리겠다며 주량을 자랑하고 거기서 오는 치기 어린 경탄에 뿌듯해하곤 더 들이붓는 그런 짓은 안 하게 되었어요. 좋아하는 위스키는 빨리 마시면 속 쓰리기도 하고요(고량주가 다 그렇지만 그런 것도 별로 안 좋아해서요. 게다가 비싸기도 하고요. 아까워요).
사실 저는 설 작가님처럼 정제된 고찰이나 의미를 제시할 수는 없어요. 이것도 제가 경험이 부족하고 미욱하며 어린 탓으로 할게요(젊음이란 이름의 합리화 최고!). 아무튼 제게 술은 그런 의미예요. 관계에 대한 욕망. 그게 클 것 같네요. 취해 풀어진다는 분위기에서 즐길 수 있는 친밀감이 있잖아요? 그게 마치 타인과의 우정 따위를 증명받고 확인받는 것 같아서 안심되고, 거기다 오고 가는 이야기도 재밌고요. 나와 기꺼이 시간을 보내주고 내어주겠다는 친밀감의 보증 같아서요.

저는 아직 잠잠하기만 한 메신저와 나 없이 진행되는 즐거운 자리들을 가만히 바라보지 못하는 것 같습니다. 작가님께선 그것을 버티려 하는 것이 폭음의 변이라 하셨지만, 저는 외려 그 정적으로부터 오는 소외감을 어떻게든 깨보려고 술이라는 물건의 효용을 자꾸만 끌어오려 해요. 사람들은 저란 사람을 싫어할지 몰라도, 술은 좋아하잖아요? 그런 셈입니다. 저는 기본적으로 타인이 저를 좋아할 거란 가능성을 아예 생각지도 않는 편이에요. 기대하기 싫거든요. 이렇게나 사람을 좋아하는데, 그래서 술까지 마시는데, 기대했다가 실망하고 멀어지는 게 두렵습니다. 아직은요. 제가 그 감정을 능히 마주하고 다룰 능력도 자신도 없어요.

자기 자신이 되고 싶은 모습에 대한 열망과 자기학대의 모습이 닮아있다고 하셨는데, 어쩌면 저에게 음주란 행위가 가져오는 결과와 음주 목적 사이의 괴리가 그 말에 딱 부합할지도 모르겠어요. 별로 좋은 방법은 아닌데도 매달린다는 게, 동시에 자신에게 이득 되는 점은 미미하고 친밀감의 확인조차 일시적이어서 영구히 남는 것은 결국 공허감뿐이라는 게, 그 탓에 다시 술과 사람을 찾는다는 게 말이에요.

에세이를 청탁받았을 때 비로소 고민한 지점이 있어요. 나는 '술'을 좋아하는 건가? 애주가인가? 취하는 것도 싫어하고 그렇게 자주 마시는 편도 아닌데 이걸 좋아한다고 할 수 있을까?

확실한 건 시발점은, 아니었네요. 이제는 자체로 조금씩 즐기게 되었긴 하지만, 지금 술을 마시는 건 어쩌면 과거에서 술로부터 즐거움을 찾고자 하는 열망의 잔재라고 볼 수도 있겠어요. 이걸 마시면 내게 행복한 일이 생기지 않을까 하는 기대랄까요?

제 의식의 흐름이 너무 길었네요.

설 작가님 편지를 읽고 생각해봤는데, 결국 나이 든다는 건 외로움에 익숙해지는 과정 같아요. 작게는 일정 조율의 실패, 다툼과 불화부터 크게는 이별과 죽음까지 켜켜이 쌓여가는 작은 끝의 경험들이, 관계는 어떻게든 영속적으로 정의될 수 없다는 사실을 지시한다는 걸 조금씩 이해하는 과정이라고요.

그 과정에서 누군가를 개같이 사랑하거나 정반대로 관계 자체를 회피할 수도 있겠고, 용기 내어 마주 볼 수도 있겠고, 이렇게 덮어두고 표면적인 것에 집착할 수도 있겠죠.

어느 쪽이든 옳고 그름이나 우월을 논할 수는 없는 것 같아요. 수많은 관계가 있는 만큼 그 형태도 다양한 거니까요.
굳이 따지자면 각자의 방법이 그 시기의 각자에게 옳은 것이겠죠. 내가 하나의 선택지밖에 떠올리지 못해 그걸 선택한다고 해서, 나중에 다른 선택지를 떠올려서 최초의 선택에서 벗어날 때가 될 때조차 과거의 선택을 스스로 비난할 수 있을까요? 지극히 주관적인 선택의 기로에서는 뭘 택해도 규탄받을 수 없다고 봐요.
자신조차도 그러는데 남이 그거 보고 미련하다고 깐다? 어쩌라고! 대부분 100년조차 못 살고 짧게 살다 죽을 건데 (우주의 관점에서 인간의 수명은 먼지만도 못하잖아요) 지는 얼마나 잘났다고! 너도 같은 상황 됐을 때 어떻게 하나 두고 보자. 네가 비웃은 만큼 나도 실컷 쳐 웃어주마.

작가님의 편지를 읽으며 왠지 문학적-설재인과 씨부럴적-설재인의 공존 역시도 그 자체로서 오롯한 것이라고 생각했어요. 본인이 추구한 삶이라면 그게 아무리 자신조차 '씨부럴적'이라고 평가할만한 것일지라도 충분히 가치있…… 아니다, 가치를 찾진 않을게요. 목적을 부여받고 태어난 것도 아닌데 가치를 찾을 필요는 없죠. 삶의 모든 순간에서 가치로울 필요도 없고요.
다만, 그게 나중에 돌아볼 때조차 '쓰레기적'이 되진 못하는 것 같아요. 작가님이 외로움을 피하기 위해 연애에 만취해 살아가다 이제는 대안으로 술을 마시는 것처럼, 제가 같은 것을 피하기 위해 담배를 피우다 술을 마시는 것처럼 (비록 담배는 아직도 피우지만요. 이래서 이 에세이를 가족들에게 보여줄 수가 없어요. 안 피운다고 잡아떼고 있는데 말이죠), 결국 모든 인식과 경험은 연속적이잖아요? 결과가 어떻게 될지언정 과거의 경험이 계속해서 미래의 나를 만드는.
저는 그런 선택의 연속이 한 사람이라는 고유성을 이루는 데 있어 중요하다고 생각합니다. 그게 비록 남들이 손가락질하는 무엇일지라도요.

초반부터 너무 무거운 이야길 꺼낸 건 아닌가 하는 아주 작은 후회가 밀려옵니다만, 어쩔 수 없겠죠. 그래도 술 마시는 이유를 각자 까고 시작하면 편하지 않겠어요. 잘된 일이죠! 다음은 조금 더 가벼운 주제로 가볼까요?

술과 음주에 대한 특별한 에피소드가 있으신가요? 저는 원하신다면 한 학기 동안 '아메리칸 스타일'로 불렸던 썰을 풀어드릴게요.

이하진 드림

생전 숫자를 가져본 적 없는 청년들을 향한 사랑

설재인

오늘의 술

얼음을 잔에 넣은 후 비피터 진을 붓고 트레비 자몽 맛을 섞었습니다. 비율 같은 건 모릅니다.

오늘의 안주

아니 저 인간이 또 막회를 시키다니.
(초임교사 때 가르쳤던, 따지고 보면 겨우 다섯 살 차이밖에 안 나서 이제 신명 나게 기어오르는 제자 놈은 얼마 전 제게 말한 적이 있습니다. "누나 그냥 어촌에 가서 낚시하면서 살아. 코어 운동도 두둑하게 될 텐데.")

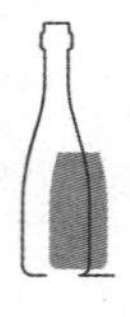

작가님의 편지를 읽고 중학교 2학년 때 처음 만취했던 저를 돌아보게 되었습니다. 친구들과(이 친구들이 저를 무리에 끼워줬던 이유는 제가 이런저런 숫자상으로 굉장히 모범생이었기에 방패로 써먹기 용이했기 때문입니다) 아파트 옥상에서 술을 마셨는데 눈 떠보니 집이었죠. 술 깨고는 안방에 불려 가서 아빠에게 발로 뻥뻥 차였습니다(과장이 아닙니다). 고등학교 들어가서는 밴드부에서 기타를 쳤는데(부원들에게는 같이 어울리기엔 쪽팔린 너드

지만 연주력이 제법 준수해 억지로 품어야만 하는 리드기타였습니다) 00년대 초중반이란, 전국 방방곡곡의 밴드부가 술 없이는 작동하지 않는 시대였기 때문에 그때도 또 어지간히 마셨습니다. 제 첫 소설집에 그때의 일들이 많이 들어가 있는데요(아무래도 완벽한 가상의 서사를 만드는 것에 미숙하기도 했고, 무엇보다 어떤 부류의 글 쓰는 사람은 흔히들 '자기 얘기 쓰는 것'으로 첫 테이프를 끊기 마련이니까요), 자랑스러워하는 것은 아닙니다. 좀 부끄러워요.

범법이라서, 라기보다는 다른 이유가 있습니다.

저는 그때 술이 좋은 게 아니라 그 현장이 두려워서 술을 마셨거든요. 15층짜리 아파트 옥상에서 만취한 열다섯 살짜리 애들은 담을 껴안고서는 울면서 떨어져 죽어버리겠다고 소리를 질렀습니다. 교실에서는 서로 나누지 않던, 나눌 수 없던 비극적인 가정사들이 엎어진 피처에서 흘러나온 미지근한 맥주처럼 마구 바닥에 번져갔어요. 저 역시 제정신을 제대로 유지하고 버틸 수 없을 정도로 씨부럴적인 환경에서 크고 있었는데 그만한 혹은 그보다 더한 상황에 처한 애들이 이 좁은 지방 동네에도 너무너무 많아서 저따위는 괴로움조차 토로할 수 없을 지경이란 사실이 저를 소스라치게 했습니다. 고등학교 때 드나들던 술집에 입장할 때는 '눈을 깔고 바닥만 보아야' 했는데, 그렇지 않으면 '야려봤다'면서 패싸움 나기 십상이기 때문이었습니다. '야려본다'의 정확한 개념이 무엇인지도 몰랐고 '야려볼' 만한 깜냥이 되지도 못했기에 -아무래도 너무나 찐따 같은 비주얼을 하고 있었기 때문이었습니다- 그 모든 상황이 저를 공포에 질리게 만들었어요.

그래서 얼른 마시고 빨리 취해버렸던 것 같습니다. 변명을 하자면요.

그렇게 제 이야기를 지나치다 싶을 정도로 많이 담은 소설집으로 데뷔했기에 작가님의 데뷔작에서도 바로 자전적인 요소들을 파악할 수 있었던 것일지 모릅니다. 작가님을 인터뷰했을 때 아마 제가 그 비슷한 질문을 드렸을 거예요(그땐 '닮았다'라고 돌려 표현했겠지만 저의 본심은 '자전적 요소가 이러쿵저러쿵 있음을 확신한다'에 가까웠습니다). 자전적 소설에는 아무래도 자아가 강하게 드러나기 때문에 그만큼 '까'도 많을 수밖에 없는데요(그런 창작자를 혐오하는 독자들이 생각보다 꽤 있더군요), 비슷한 방식의 창작물로 데뷔한 저로서는 마냥 신기하고 또 동질감이 들었던 것이 사실입니다.

힘들었겠구나, 란 생각도 했어요.

그런 생각을 하는 저 자신이 너무 뻔뻔하고 같잖단 자각도 물론 했습니다.

술과 관련된 에피소드를 물으셨는데 그 질문을 보자마자 떠오른 것이 제 인생 가장 행복했던 술자리였습니다.
스무 명가량이 모였고 저를 제외한 모두가 공짜 술을 마시고 안주를 흡입했던, 그러니까 저 혼자 그 모든 돈을 다 냈던 술자리가 있었거든요.
스물세 살 때의 일이었습니다.

공공연한 사실인데 저는 케이팝에 1996년부터 환장해 있습니다. 특히 08학번인 제가 대학에 다니던 시절은 케이팝의 최전성기라 할 만했어요. '원카소'(원더걸스-카라-소녀시대)가 한반도를 잘근잘근 씹어 먹는 중이었고 간지 찾는 애들을 위한 빅뱅과 투애니원도 존재했습니다. 저는 당시 등허리까지 오는 긴 머리를 휘날리며 핫팬츠와 10센티짜리 힐 차림으로 온종일 가무에만 매진한 대학생으로 살고 있었죠(지금의 모습만을 아는 분들은 전혀 상상하지 못하지만 그랬을 때가 있었답니다. 그러니 창작자에게 '캐붕' 같은 항의를 하는 독자님들이여 참작해주십시오. 그 얼마나 가변적이며 허무한 기준입니까? 그때 킬힐을 신고

풀뱅에 긴 머리를 쓸어 넘기며 캠퍼스의 능선을 휘청휘청 오르던 설재인이 지금 이렇게 되었는데 말이에요!). 술자리보다는 그 이후의 노래방에 더 목을 매달고 버티는 타입이었습니다. 새벽 6시까지 뜻 맞는 친구들과 노래방에서 인기가요를 찍고는 해장 토스트를 먹고 1교시에 들어간 수많은 날들이 생생합니다(지금도 저희 과 싸이월드 클럽에 저와 친구들이 찍은 투애니원 데뷔 무대 오마주 영상이 남아있을지 모릅니다). 그러고보니 체력도 참 좋을 때였네요.

제가 어느 정도로 막강했느냐 하면, 스물넷 초임 기간제 교사 시절, 교장, 교감, 부장 선생님 앞에서 킬힐에 정장 차림으로 애프터스쿨의 〈디바〉를 완창하며(당연히 모든 안무를 소화했습니다. 수학교육과 댄싱 머신의 자존심이 있죠) 떼창을 끌어냈던 인간이랍니다, 제가요. 진심으로 〈디바〉는 세대 통합의 자리를 위한 '개쌉명'곡입니다. 모두를 하나로 만들 수 있는, 초면인 노래라 하더라도 싸비를 3초만 들려주면 전 세대를 아우르는 떼창이 가능해지는.

스물세 살 때 저는 정말이지 '불현듯' 어느 중소기획사의 어떤 무명 아이돌 그룹에게 빠지게 됩니다. 남루한 망원동 주택에서 일곱 명이나 되는 멤버들이 복작복작 살고 있었고, 어디 번화가에 가서 대놓고 홍보해도 인파가 몰리지 않았고, 객관적인 헤테로의 눈으로 봐도 사실 별로 멋있지 않았어요. 좀 촌스러웠죠. 그거 아세요? 당시 가요 프로그램에서 '순위'는 50위까지만 매겨졌습니다. 어떤 그룹의 무대가 나오는데 옆에 '순위'가 표기되지 않는다면 아예 차트 아웃이란 얘깁니다. '50위'라는 표기를 보고 머글들은 "어휴, 50위? 불쌍해"하겠지만, 사실 더 측은한 이들은 넘쳐납니다. 노래 제목의 옆에, 숫자가 뜨지 않는 이들이요.

저의 아이돌이 딱 그랬습니다. 생전 숫자를 가져본 적이 없는 청년들.

무명이니 얼굴을 보고 직접적인 목소리로 응원을 전하는 건 너무나 쉬웠습니다. ① 당일 아침에도 마음만 먹으면 사전녹화나 공개방송에 갈 수 있었고, ② 앨범을 열 장 정도만 사면 팬 사인회에 매번 출석할 수 있었으며, ③ 아주 작은 선물을 해도 그다음 날 바로 인증을 받는 말도 안 되는 기적을 누릴 수 있었어요(이 세 가지 사항이 케이팝 씬에서 얼마나 끔찍하게 비현실적인 것인지, 작가님은 모르셔도 향후 이 글을 읽을 독자분들 중 일부는 실감하실 거라 사료됩니다). 입덕한 지 채 두어 달도 되지 않아 저는 저의 최애가 얼굴을 아는 팬이 되고 말았습니다.

'재들이 잘되게 만들기 위해 나는 무엇을 할 수 있을까?'

해줄 수 있는 게 아무것도 없는 먼지 같은 팬이면서도 매일 그 생각에 사로잡혀 있었습니다. 그렇게 타인을 사랑했던 적이 또 있었을까요(적어도 저의 모든 연애에서는 그러지 않았습니다). 제가 무언가를 해주었다고 주장할 수는 없어요. 끽해야 팬 사인회 가려고 산 음반을 주변 지인들에게 나눠주는 정도였습니다.

그러다 어느 날 저의 아이돌은 처음으로 숫자를 얻게 됩니다.

엠카운트다운(확실하진 않아요. 3사보다 비교적 순위 얻기 쉬운 엠카라 합시다) '43위'.

그날 우연히 그 방송을 본 머글들은 말했겠죠.

"와, 43위? 꼴찌 아님? 캬캬."

아니요, 그렇게 말하지도 않았을 것입니다.

"그냥 듣보 하나가 나오네" 하고 지나쳤을 테지요.

저는 너무 행복한 나머지 과 싸이월드 클럽에 공지를 때립니다.

사랑하는 00그룹 엠카 순위 입성 기념, 술 쏩니다. 오늘 제가 다 삽니다. 우리 동네로 몇 시까지 오시면 됨.

공지한 시간까지 겨우 두 시간도 남지 않은 때였습니다.
아마 제 기억으로는 선후배를 막론하고 스무 명 정도가 왔던 것 같아요. 학교에서부터 당시 저의 자취방까지는 한 시간 정도가 걸렸는데도 불구하고 다들 공짜 술을 얻어 마시러 달려온 겁니다. 저의 그 아이돌이 누군지 털끝만큼도 모르는 이도, 저 나이 먹고 쪽팔리게 아이돌이나 쫓아다닌다 비웃던 이도, 그게 음악이냐 멸시하던 힙찔이 및 락덕들도 그저 공짜 술을 마시러요. 그러고서는 물주의 비위를 맞춰주기 위해 추카추카 따위의 멘트를 날리더군요(또 여담인데 나이가 든다는 것은 나와의 과거를 무시한 채 실리에 의거하여 뻔뻔한 작태를 부리는 이들의 수가 늘어난다는 뜻이기도 합니다. 예컨대 제 졸업앨범에 '잘난 척하지 마'라고 적었던 남자애가 십여 년간 아무 연락 없다가 제게 청첩장을 보내는, 그런 종류의 일을 종종 겪게 된다는 것이죠).
그래도 저는 돈이 아깝지 않았습니다. 과외와 학원 아르바이트를 학기 중엔 세 개, 방학 중엔 여섯 개까지 뛰며 번 피 같은 돈을 생활비나 등록금 명목이 아니라 그 인간들의 목구멍에 흘려보낸다 하더라도요. 저 인간들은 공짜 술 마시며 또 저를 우스꽝스러워할지 모르겠지만 오히려 저는 그게 좋았습니다. 그러니까, 어떤 감정이었냐 하면요.
예전엔 케이팝 덕질에 대한 소설을 쓸 수도 있지 않을까 생각했지만 제 열 손가락 따위는 가볍게 압도하는, 이 땅 모든 케이팝 덕후들의 걸작이 있기에 마음을 곱게 접은 적이 있죠. 이희주의 《환상통》(문학동네, 2016)인데요. 그 소설에서 '만옥'은 이렇게 말합니다.

「방송국 앞에서, 사람들이 경멸에 찬 눈으로 보거나 욕을 하고 지나갈 때마다 나는 생각합니다. 당신은 평생 이 정도로 사랑하는 감정을 알지 못할 거야, 라구요.」

위 단락은 상당히 유명하고, 아래 단락은 조금 덜 유명합니다.

「멤버들을 볼 때 내가 가장 자주 하는 말은 씨발, 죽어도 좋다, 예요. 자동인형처럼 씨발, 죽어도 좋다. 토씨 하나 안 틀리고요. 그 말을 나는 몇 번이고, 몇 번이고 제정신이 들 때까지 반복해요. 그럴 때의 나는 아마 미친 사람처럼 흰자가 번들거리고 있겠지요. 그러나 말하고, 또 말해도 이상하게 그 말만은 닳지 않는 것 같고 오히려 어떤 말보다 진실에 가깝다고 느껴져요.」

제가 가장 좋아하는 부분은 사실 이건데요, 화자의 독백이죠.

「그래서인지 이때의 기록을 보면 형용사를 활용하라는 숙제를 받은 외국인의 일기 같다. (중략) 나는 나중에 폴더를 정리하다 '아름다워'라는 이름의 사진이 250까지 있는 것을 보고 놀랐는데, 다른 게 아니라 그 숫자를 보고 있자니 이름들이 나 몰래 교미한 것이 아닐까 하는 생각마저 들었기 때문이다.」

'사랑은 자해다'라는 우스개가 있는데 저 셋을 각각의 단항으로 잡아 그럴듯한 연산의 과정을 거치면 그 우스개가 결론으로 도출되지 않을까 합니다. 저는 일방적인 사랑에 빠진 저의 모습이 '미친 사람' 같아 보인다는 걸, '아름다워1'부터 '아름다워250'까지의 파일명 외에는 그 어떤 형용사도 쓰지 못하는 대가리를 탑재하게 되었다는 걸 인정하면서도 그토록 순도 높은 사랑을 느끼지 못하는 이들에게 시혜적인 태도를 보여 제 사랑이 우월하고자 함을 자각하고자 각고의 노력을 기울인 것입니다.
그날 술값으로 얼마가 나왔는지는 모르겠어요. 그러나 확실한 건 그날의 술자리가 제 인생에서 가장 행복했던 술자리 중 하나로 남아있단 겁니다. 아니, '술자리'란 조건을 벗어던져도 좋습니다. 그날이 제 인생에서 가장 행복했던 날 중 하나였다, 라고 저는 말할 수 있습니다.
(그 그룹은 몇 달 후 갑작스런 인기를 얻으며 톱클래스가

됩니다. 저는 시원스런 마음으로 탈덕을 했답니다. 마치 합심하여 우승을 얻어낸 후 기념사진 박고 기분 좋게 헤어지는 공모전 메이트들처럼요)

어쩌다보니 지난 편지에서도, 이번 편지에서도 대단한 사랑꾼 행세를 하고 있는데 작가님의 말씀을 빌자면 '선택의 연속이 한 사람이라는 고유성을 이루는 데 있어 중요'한 것이겠지요. 다음엔 사랑이 아닌 이야길 하고 싶은데 가능할지 모르겠네요. 일단은 작가님의 아메리칸 썰을 듣고 생각해보도록 하겠습니다.

추신) 그나저나 이 편지를 쓰는 데 상당히 오래 걸렸어요. 단락마다 유튜브에 들어가 그때 그 시절의 아이돌 무대들을 감상하며 추억팔이를 해야 했기 때문입니다. 막판에는 '스윗튠 노래 모음'이란 제목의 플레이리스트를 들으며 찐득한 눈물을 주룩주룩 흘리는 새벽을 보내고 말았습니다.

설재인 드림

아메리칸 스타일

이하진

오늘의 술

1차 : 매화수 1병

2차 : 슈가 리밍한 다이키리 1잔(이 바는 다신 가지 않을 예정)

3차 : 물(총 음주량이 놀랍도록 적은 이유는 후술)

오늘의 안주

1차 : 무뼈 닭발 튀김, 어묵탕, 딸기 화채 등등

2차 : 나초, 파인애플 샤베트, 피치맛 물담배

3차 : 부대찌개, 모듬 소시지, 모듬 건어물

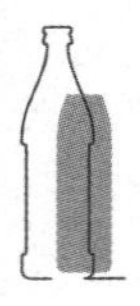

저는 일부러 화상 미팅이 가능한 미팅도 서울에 직접 가겠다고 하곤 하는데요. 제가 직접 만날 때 비언어적 의사소통의 포착이 더 쉬운 걸 편하게 여기기에 그런 것도 크지만요, 이유의 절반은 교통비 지급 때문입니다. 왜, 직장인도 출장 가면 일 끝나고 술 마시잖아요. 프리랜서의 미팅 출장도 그런 느낌이라고 주장해봅니다. 제게 서울은 KTX 왕복 9만 원의 도시인 동시에 같이 술 마실 친구들이 드글대는 도시거든요.

오늘의 음주는 그러한 '술자리'였습니다. 이번 학기는 금요일 공강이었는데요. 3주 연속으로 금요일에 서울 일정이 잡힌 거예요. 하루는 작가님도 아시는 이 에세이 미팅, 다음은 학회, 다음은 다른 출판사 미팅. 학회 다녀오니까 서울에 취직한 친구가 "서울 왔으면 말하지!"라면서 놀자네요? 저는 마침 이번 주에도 출판사 미팅 때문에 서울 간다고 했죠. 따악.

매화수는 개인적으로 안 마시고 있었는데 1차 술자리에서 정말 마실 게 없어서 마셨습니다.
근데 2차로 간 바가 정말 형편없었어요. 저는 2차로 바 가는 거 기대하고 1차에서 잔뜩 사렸는데. 그러니까 속된 말로 '인싸 술집' 있잖아요.

① 나오는 노래가 '힙'하며
② 그런 노래가 대화를 방해할 정도의 볼륨으로 나오는데
③ 코러스가 나오면 사람들이 죄다 따라부르는 와중에
④ 칵테일이란 것들은 구색 갖추기에 급급하고 맛대가리라곤 하나도 없는 데다
⑤ 메뉴판에 적힌 주종은 동네 대형마트보다 못하며
⑥ 벽에는 레트로를 모함하는 '감성적인' 싸구려 디자인의 싸구려 문구 포스터가 붙어있고

⑦ 결과적으로 겉보기로만 그럴싸해 보여서 바의 핵심인 '바'조차 없고
⑧ 바라는 이름을 달고 바의 인테리어와 감성만을 모방한 '유흥'주점
⑨ 근데 정말 유흥만 있는
⑩ 사람들도 시끄럽고

증오가 느껴진다고요? 제대로 읽으셨어요. 일행도 다이키리 마셔보고는 '이건 아니다' 싶은 표정을 짓더라고요. 일행 모두가 "여기 맛없다"는 제 의견에 동의했어요. 결국 너무 맛없어서 예정보다 이르게 바를 뜬 뒤 주류 주문이 가능한 노래방으로 자리를 옮겼어요. 처음에 밝혔듯이 소주랑 맥주는 안 좋아하는 편인데 술이 그거뿐이길래 자포자기한 심정으로 물만 콸콸콸. 노래만 끼야아아오오.
마지막 곡은 브로큰 발렌타인의 '알루미늄'이었답니다.
눈부신 오늘 밤~

Q. 그래서 취했나요?
A. 저언혀. 솔직히 도수 30 미만은 음료수다. 아, 이럼 술 마신 보람이 없는데. 이번 술자리는 사회적 측면에서 만족스러웠지만 생리적 측면에서 실패.

한편 설 작가님은 정말 대단한 음주 인생을 보내셨군요. 전 모범생이었네요.

사람들은 저라는 사람보다 술을 좋아할 거라고 저번 편지에서 말했는데, 거기다 뻔뻔함을 추가할게요. 조언 감사합니다. 저도 스물세 살 때 이상한 일을 벌일지도 모르겠어요. 일 년 남았네요.

작가님의 중학생 시절 이야기에 첨언하자면, 저는 그렇게 속과 속을 토해낼 기회가 학창 시절엔 별로 없었던 것 같아요. 미성년자 때 신분증 안 빌리고 다닌 성격 때문인 것도 있겠지만, 저는 중고등학교 동창들의 개인사를 거의 대학에 와서야 알게 되었거든요. 누구도 먼저 꺼내려 하지 않았어요. 서로 먼저 묻지 않은 것도 있었죠. 술잔을 기울일 때가 되어서야 하나씩 뭉쳐있던 응어리를 풀기 시작했어요. 누가 먼저고 할 것 없이요. 다만 그런 문제가 그전까진 보이지 않았던 점도 있었어요.

작가님 때도 그랬겠지만 대다수 한국 십 대들의 최종 목표는 대학 진학이잖아요? 성적과 생활기록부와 자소서에 치여 뒤로 한 채 지냈던 거죠. 지금 가정이 붕괴되고 있다는 사실보다는 거기서 오는 미래로부터 어떻게든 도망치기 위해 대학이라는 사다리를 이용할 수밖에 없었고, 그 때문에 가까스로 꺼낸 "나 요즘 힘들어"의 뜻은 가정에 대한 것보단 진학에 대한 것이 되었고요. 당장의 절망에 마음 편히 매몰되는 것보다 대학 진학에 실패하면(안타깝게도 그땐 이런 거밖에 못 보죠) 그 상태가 언제까지고 지속될 수 있다는 게 더 두려워서 거기에 매달렸고요.
하지만 '대다수'라고 말했듯이 이것도 그나마 나은, 공부할 환경이 되는, 대학에 진학할 형편이 될 때나 가능한 얘기겠죠. 저나, 저와 비슷한 제 친구들의 절반 정도는 사립대의 등록금과 인 서울의 생활비를 감당하지 못할 것 같다며 지방 국립대에만 원서를 왕창 넣긴 했지만 누군가에겐 그조차도 어려우니까요. 진학을 아예 포기한 친구들도 많았고요.

십 대 시절의 가장 비극적인 점은 바로 그런 지점에서 나오지 않을까 싶습니다. 건강하고 건전하게 고민을 해결할 수조차 없이 좁은 시야에 매몰되어 불확실한 단기적인 목표를 추구하거나 아예 도망칠 수밖에 없다는 거. 혹은 아예 도망칠 수조차 없다는 거.

아무튼 드디어 그 '아메리칸 스타일'에 대한 썰을 풀자면 이렇습니다.

열아홉 살의 젊은 새내기 이하진의 주량은 얼마나 대단했겠어요. 그땐 심지어 주종도 안 가리며 소주가 달다고 하던 시절이었다고요.
별거 아니지만, 그 별명의 전설은 바로 그 시절 과 MT에서 시작되었습니다.

MT : Mㅏ시고 Tㅗ하고

저희 대학교 물리학과는 타 학교의 물리학과보다 규모가 큰 편인데요, 공대 메이저 과 규모에는 못 비비겠지만 한 학년에 육십 명씩 뽑았으니 MT도 그럭저럭 컸던 걸로 기억합니다. 중형 과죠. 술을 몇 박스 샀더라. 소주만 인당 네 병씩 되도록 샀던 걸로 기억하는데요.
(나름 '술리학과'로서의 자존심이 있어 다들 주량 하나는 자신 있다고 자부했습니다. 근데 술리학과라는 별명이 저희 학교 물리학과에만 붙어있는 게 아니더라고요? "물리학과는 다 술 좋아해?"라고 물으면 "다 그런지는 모르겠는데 일단 난 좋아해"하는 사람이 전국 물리학과의 팔십 퍼센트라고 개인적으로 추측해봅니다)

2019년 1월 1일에 갓 스무 살이 된 친구들과 열아홉 살이 된 제가 친구 집 하나를 점령해 새벽까지 죽어라 마셔서 만취했음에도 제정신을 붙잡고 있던 경험으로부터, '아무리 취해도 30분만 음료수 마시면 깬다'는 결론을 도출했던 저는 그날도 3개월짜리 음주 짬밥을 발휘해 모두가 정신을 잃어갈 때 콜라병을 붙잡고 홀로 죽음으로부터 부활했습니다.

그렇게 좀비 같은 친구들이 초당 2바니바니(=초당 4바니)의 속도로 술 게임을 이어가던 자리에서 극도의 내향인이었던 저는 기력이 다 빨려서 '술 게임 결사 반대 only 음주' 테이블을 따로 만들었죠. 내향인인데 MT를 왜 갔는지는 묻지 말아주세요. 저는 음주가 고픈 열아홉 살 대학생이었다고요. 하여튼 주기적으로 화장실에 들락거리는 친구들과 -그들은 화장실에 다녀올 때마다 낯빛에 피곤함이 늘어갔습니다- 함께요.

유튜브 쇼츠가 반복 재생되는 것처럼 일 초도 안 되는 시야의 변화가 무한히 되풀이되는 상태에서도, 다 취해서 죽어가는 옆 방 동기가 저희 테이블에 와선 "술 게임 하자!"며 소리칠 때도 "아!!! 안한다!!!(어색하게 물든 경상도 억양)"라고 제지하며 저는 술을 놓지 않았습니다.

제가 콜라병 붙들고 살아났다고 했잖아요? 네, 모든 인지능력에 버퍼링이 걸렸지만 동기들 중에서 저만 비교적 깨어있었어요. 그 와중에 애들은 전부 헬렐레 팔렐레 제정신이 아니었고요.

그럼 당연히 취해 마땅하잖아요. 어떻게 거기서 자러 가는 배신을 할 수가 있겠어요? 저는 눈을 감고 바닥에 누워 우스꽝스럽게 식어가는 동기와 함께 죽어주겠다는 의리를 지키기 위해 술잔을 사수했습니다.

그런데, 한번 깨니까 다시 안 취하는 거예요.

생각했죠. 도움도 안 되는 미친 간이 여기서 발목을 잡네. 내가 정신 좀 놓고 싶다는데 쓸데없이 열일하는 간을 어떻게든 죽여야 했어요.

그렇게 새내기로선 간땡이가 부은 짓을(이 상황에 이 표현 멋지네요) 벌이기로 했습니다. 선배들도 같이 있는 자리에서 저는 소주잔이 아닌 소주병에 시선을 꽂고 제 앞으로 끌어왔어요. 그리고 이어지는 짠~의 시간. 남들이 투명하게 빛나는 귀여운 잔을 들이밀 때 저는 홀로 영롱한 초록 병을 맞부딪혔죠. 직후 망설임 없이 병 모가지를 잡은 채 입에 소주병을 꽂아 넣었고, 눈을 휘둥그레 뜨는 동기들과 선배들 사이에서 누군가 길이 남을 감탄사를 한마디 내뱉었습니다.

"와. 아메리칸 스타일."

병나발이 왜 아메리칸 스타일인지는 차치하더라도 그 이후는 굳이 말하지 않아도 될 것 같아요. 고학번이었다면 모르겠는데 새내기가 그랬으니까 그게 인상 깊었나봐요.

저는 한 학기 동안 술자리에서 '아메리칸 스타일'로 불리게 되었습니다(2학기부터는 무기력이 세게 와서 술자리에 거의 참석하지 않았기 때문에...... 되려 다행이었나요?).

그날엔 제 음주 인생 최초로 속을 게워내는 경험을 하게 되었답니다! 다들 취했어서 아무도 기억 못 하지만요.

결과적으로 저희 과에서 아메리칸 스타일의 유지는 아쉽게도 끊기고 말았지만, 중앙동아리 동기들의 휴대폰에는 제가 소주 반 병을 원샷하는 영상이 아직도 남아있을 거예요. 병나발은 처음만 어려우니까요. 올해만 해도 안 취한다며 카타르시스를 원샷하곤 전혀 안 취한 전적이 있고요. 혹시 이거 술부심인가요?

결말이 김새지만 그땐 그랬답니다. 술을 즐기기보단 술자리를 즐겼고, 남들이 우러러보는 '술 잘 마신다'의 정의는 '무조건 취하도록 많이 마신다'였죠. 지금은 안 취하게 주량 잘 맞추는 사람이 정말 잘 마시는 사람인 것 같다고 생각합니다.

첫 만취의 경험을 꺼내주셔서 덧붙이자면, 제 첫 만취는 열아홉 살이 되는 해의 신정이었어요. 친구들 다 스무 살 된 그 시점. 앞에서도 언급한 그거예요. 주량 테스트하겠다고 마셨는데 그땐 주량이 뭔지도 몰라서 테스트엔 거하게 실패했고, 첫 숙취를 경험했어요.

술자리에서 친구가 이런 말을 했어요.

"새내기 땐 여기(바)에서 알바해보는 게 로망이었는데."

저는 이렇게 받아쳤죠.

"그거 술쟁이들 공통 로망 아니야?"

그리하여 묻습니다. 중학생 때 만취했던 경험을 가진 작가님이시지만, 설 작가님께서는 음주에 대한, 혹은 그와 관련된 로망이 있으셨나요? 만약 있다면, 이룬 적이 있으신가요?

이하진 드림

오 씨와의 사랑

설재인

오늘의 술

탄산수를 섞은 커티삭 위스키

오늘의 안주

명란 김과 열무 김치

로망이요? 술에 관한 로오오망이요?

대관절 그걸 도대체 어째서 물으시는 건가요?

그야 단 하나밖에 없는걸요.

완벽한 금주,

가차 없는 삭제,

재결합의 가능성이 전혀 없는 깔끔한 결별(어느 한쪽이 소멸해 사별이 되는 게 가장 쉬운 길이겠으나 C_2H_5OH가 지구상에서 사망할 순 없으니 제가 신속히 뒈져야 하네요)이요!

이십 대 초반의 지옥 같은 술자리들을 묘사해주셨으니 자기 파멸적이고 지극히 비이성적인 짓들을 감행하게끔 만드는 상대에 대한 연서 정도로 허울을 만들면 어떨까 생각했어요. 나를 죽이는 이 지랄 같은 단 하나의 애인

C_2H_5OH 씨에게 보내는 연서죠. 연서의 기본은 익명성과 표절이라고 생각합니다. 즉 저는 지금부터 제 얘기는 최대한 하지 않을 것이며, 거침없는 인용으로 분량을 채우려 합니다. 그러니 적극적으로 온갖 구절을 오남용하려 합니다. 왜냐? 제가 문학에 대해 아는 게 없어서요. 여기 오남용된 책들은, 제가 보장하는데 참 재미있는 책들입니다! 아무거나 마시지만, 아무 책에나 밑줄을 긋지는 않거든요.

그러므로 이 편지는 완성에 비교적 오랜 시간이 걸릴 겁니다. 잠들어 뒤척이는 제 몸뚱이를 압사시키기 위해 도끼눈을 뜨고 기회만을 노리는 책의 탑들을 엄청 뒤져야 하니까요. 1,000 피스 짜리 퍼즐, 아슬아슬한 도미노, 혹은 매일의 1/4잔씩을 거대한 피처 잔에 모아 만든 끔찍한 폭탄주와도 같다고 비유할 수 있겠습니다. 함께하는 술은 보통 커티삭 위스키(위스키 애호가들은 이걸 역겨워하시더군요. 저는 자주 삽니다)에 탄산수 섞은 거라 보시면 될 거 같군요. 안주는 명란 김 혹은 열무김치고요.

「포옹할 때는 모두가 공산주의자다.

(중략)

그러고는 늙어버린 나를

빨랫줄에서 내려주겠지. 가슴으로 팔을 모아 개켜서는 시간이 빠져나온 옷 위에 가만히 포개놓겠지.」*

아닌 게 아니라, 방바닥에 주저앉아 빨래를 개는 모습 역시 포옹과 유사합니다. 두 소매를 두 손으로 각각 잡고, 그의 품만큼 내 팔을 내 몸의 안쪽을 향해 움직이고, 잘 말라 더 울어 몸을 젖게 할 일은 없어 보이는 그를 따뜻하고 어둡고 안전한 공간 안에 집어넣는 행위 말이죠. 상대가 술에 취해 벌인 모든 추태를 목격한 그들은 그러나 아무것도 모른다는 듯 굴어줍니다. 나는 낡은 옷일까, 아니면 알몸으로 양반다리를 한 채 낡은 옷을 개는 주인일까. C_2H_5OH 씨는(너무 기니까 이제 마지막 두 글자를 따서 오 씨라 부르겠습니다) 그 두 쪽 중 어느 역을 맡은 것일까. 어쩌면 사랑 그 자체가 역을 맡고 있을지 모릅니다. 아주 오래 쓴 수건, 너무 많이 잘못 세탁한 까닭에 아주 뻣뻣하지만 그 위에서 울면 다시 부드러워지는 수건과 유사하게 말이에요. 수건에 유연제를 넣으면 안 되는 것처럼 사랑에 무언가를 첨가할수록 우리는 빠르게 파멸을 맞이하게 될지도 몰라요. 그런데 방금 산 수건처럼 어렸던 사랑의 기억은 어땠을까요?

***신용목, 〈몽상가〉, 《누군가가 누군가를 부르면 내가 돌아보았다》, 창비, 2017**

「청춘의 사랑은 단순히 젊은 시절에 하는 사랑이 아니다. 그것은 비교가 불가능한 것이다. 청춘의 사랑을 하는 사람은 자신의 사랑을 견주어 잴 수 있을 어떤 것도 아직 경험하지 않았기 때문이다. 이 사랑은 유일하게 그 사랑 자체를 위해서 존재한다. 그것은 아직 실망을 극복할 필요도 없고 이전의 행복을 능가하지 않아도 되고, 그 무엇도 반박하거나 수정하거나 대체하지 않아도 된다.」*

위의 구절이 수록된 소설을 아주 좋아합니다만, 저 단락이 특별하진 않아요. 굳이 인용한 이유는 오 씨와의 사랑만은 전혀 반대의 양상을 띤다고 반쯤 확신하기 때문입니다. 어린 이들이 오 씨와 시작하는 사랑에는 빌미가 수두룩하니까요. 가끔 그들은 오 씨와의 사랑을 오인하여 화폐로 삼기도 하지 않나요. 허망한 시간을, 잊힐 관계를, 상처만 될 대화를 사들이는 화폐로요. 이때 헌신적으로 기다리는 것은 오히려 오 씨입니다. 오 씨는 어디 가지 않아요. 수단이 되어도 슬퍼하지 않고 언제나 꾸준한 분량의 기쁨만을 주려 노력하는 오 씨. '오늘이 하나의 정류장이라면, 일 년이 정류장들의 숲이라면 버스를 갈아타고 갈아타고'**라 읊조리는 노래가 있는데 오 씨라면 이 노래를 들으며 버스를 탄 '나'가 아니라 정류장에 자신을 투영하리라 봅니다. 두꺼비도 힌두교의 영물도 회색 거위도 연

*모니카 마론, 김미선 옮김, 《슬픈 짐승》, 문학동네, 2010
**생각의 여름(9와 함께), 〈날씨〉, 앨범 《손》

기 냄새를 풍기는 거대한 털북숭이 아저씨도[*](동네 포차 어디선가 "소주 도수는 너무나 낮아졌다!"라고 한탄하는 소리가 들리는 것 같지만요).

실제로, 아주 한적한 정류장을 하나 만들고 이로 인해 삶을 유실당한 이에 대한 소설[**]이 있습니다. 화자의 아버지는 산골 자신의 집 앞에 정류장을 만들기 위해 무진 애를 쓰죠. 그 이유는 아마도 아들인 화자 때문이고요. 어린 '나'는 그 노력이 잘못된 것인지 아닌지 잘 알지 못한 채 다만 우리 아버지가 능력이 있어서 우리 집 앞에 정류장이 생겼노라 자랑하고 다닙니다(아마도 이는 '나'의 허풍일 가능성이 높습니다). 합의되지 않은 개발로 난데없이 수몰민이 된 아랫동네 어른들이 어느 날 자기 집 마당에 모여들어 아버지를 두들겨 팬 후에도 '나'에게는 큰 죄의식이 생길 겨를이 없어요. 아버지는 정류장 아래서 눈을 뜬 채 죽고 '나'는 그 소중한 정류장이 있는 고향을 떠납니다.

소설의 결말을 함부로 이야기할 수는 없기에 설명을 아끼지만 저를 사로잡았고 또한 몹시 슬퍼하게 만들었던 문장은 「저 빌어먹을 유령은 내게 도대체 뭘 원한단 말인가?」였습니다. 아버지의 유령은 아주 오랫동안 정류장에 붙어 '나'를 기다리고 있는데(소설에서 묘사하는 이 유령의 웃음소리가 있습니다. 그것이 제겐 아주 각별히 다가왔어요. 흔히 좋은 글을 위해선 의성어를 자주 쓰지 말라

***순서대로 진로, 싱하, 그레이구스, 빅피트**
****박형서, 〈정류장〉, 《핸드메이드 픽션》, 문학동네, 2011**

는 조언을 듣긴 합니다만, 별것 아닌 의성어로 독자를 바닥에 주저앉힐 수 있단 걸 아마 그때 처음 알았던 것 같기도 하고요) '나'는 과연, 그 맹목적인 응시에 반응을 하게 될까요.

오 씨는 이 소설에서의 정류장 같기도 하고 아버지 같기도 합니다. 뒤에 닥칠 비극을 짐작하지 못하게 하는 희열의 덩어리라는 측면에서 정류장을 닮았고, 또 비극을 불러오는 당사자로서의 아버지처럼 보이기도 해요(물론 그 아버지의 경우엔 오 씨와의 사랑에 죽도록 매달리는 제 뇌와 간으로 비유하는 게 더 옳은 것 같기도 합니다만). 수몰된 동네에 덩그러니 남은, 수몰의 원인이었으리라고 오해받은 정류장은 '오 씨를 왜 저렇게까지 파멸적으로 사랑하는가?'에 대한 질문을 기어코 이해하려 들지 않는 이들이 바라보는 저의 비스듬한 사체와도 비슷할 것 같아요. 어쩌면 걸레를 든 채 그 사체를 닦는 아버지의 유령 역은 오 씨를 낳은 창조주가 담당해도 좋을지 모르겠습니다.

저 빌어먹을 유령은 정말로 제게 뭘 원하는 것일까요.

비약이라 해도 뭐 어때요. 도대체 무슨 말을 하고 있는지 알 수 없는 방향으로 글이 흐르고 있다 한들 또 어때요. 연서는 원래 그런 것이겠죠. 잔뜩 들떠서는 남의 정신으로써 갈기는 거잖아요.

작가님의 '마시고 토하던' 현장 이야기를 읽으며, 그리고 매일 가지는 오 씨와의 데이트를 떠올리며 불현듯 그 시절의 사랑과 지금의 사랑 사이의 가장 큰 차이점을 인지하게 되었습니다. 「추쯔의 사진을 가지고 다니며 수시로 꺼내 보면 기억할 수 있을 것 같았지만, 사랑하는 사람을 주머니에 넣어 가지고 다녀야만 한다면 그건 이미 그녀를 잃었다는 뜻이 아닐까?」*라는 문장에 저는 최근 밑줄을 그었었는데 그에 견주어본다면, 이전에 오 씨는 특별한 곳에서 특별한 빌미가 있어야만 만날 수 있었어요. '씨발, 열 받는데 술 땡긴다!'나 '그날 존나게 달리자' 같은 말이 주머니 속 사진의 역할을 합니다. 그것이 아직도 보편적으로 사람들이 오 씨에게 애정을 주는 방식이기도 하고요.
그러나 왕딩궈에 따르면 그것은 이미 사랑을 잃었다는 뜻이 아닌가요? 오 씨는 수단으로서만 기능하는 자신에게 만족할까요? 저는 인간보다 오 씨를 먼저 생각합니다. 그러니 아무 빌미 없이도 오 씨가 곁에 있는 지금이 소중합니다.

「그녀 역시 당신이 원하는 것을 원한다는 확신이 당신에게는 필요했다.」**

저는 오 씨가 제가 원하는 것을 원한다고 확신하고 그리하

*왕딩궈, 허유영 옮김, 《적의 벚꽃》, 박하, 2018
**이승우, 《욕조가 놓인 방》, 작가정신, 2006

여 관계의 온전함을 맛봐요. 평생 「내 의지와 무관하게 나는 정상이 되었어. 나도 어쩔 수 없어.」*와 같은 슬픈 편지를 쓰는 일은 없었으면 좋겠어요.

○

저와 작가님의 가장 큰 차이가 있다면 행위의 양상이 아닐까요. 저는 기본적으로 오 씨의 몸을, 살과 피와 그 외의 온갖 체액을 게걸스럽게 들이붓는('널 보고 있으면 널 갈아먹고 싶어……**') 형태로 사랑을 나눕니다. 애정 어린 시선을 나눈다거나 어느 곳을 공들여 핥아준다거나 하는 일은 일어나지 않죠. 그날의 오 씨가 무슨 모습을 하고 있든 눈에 뵈는 것은 없고 그저 그가 내가 익히 알고 있는 그 몸뚱이를 가지고 내 옆에 있단 사실만이 절실할 뿐입니다. 반면 작가님은 공들이는 타입이에요. 당일 오 씨의 모습('맛대가리 없는')이나 오 씨와 함께 할 장소('형편 없는 바')가 마음에 들지 않는다면 분노도 할 줄 아는, 제정신인 연인이라 볼 수 있어요(에이로맨틱 에이섹슈얼이신데 이런 역할을 드려서 몹시 송구합니다. 저는 진짜로 뇌가 굳기 시작한 지 오래인 것 같아요).

그래서 이번엔 사랑을 나누는 장소에 대한 이야길 좀 해

*E.M.포스터, 고정아 옮김, 《모리스》, 열린책들, 2005
**오지은, 〈華〉, 앨범 《지은》

바도 좋을 것 같아요.

세간의 용어로 표현하자면 '단골집'이겠죠. 작가님의 로망인 미래의 바도 연결해 이야기해주실 수 있겠네요!

설재인 드림

오 씨는 언제나
그곳에 있어요
서글서글하게
웃으면서

이하진

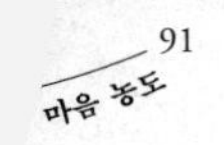

오늘의 술

글렌피딕 하이볼 1잔, 오븐 14년 1잔, 20세기 1잔, 프렌치 마티니 1잔, 마크리 무어 1잔, 와일드 터키 라이 1잔, 엘리 먼츠 오브 아일라 피트 풀 프루프 1잔

오늘의 안주

나가사키 짬뽕, 마라 닭, 중화 볶음밥, 프레첼 과자, 감자튀김

오 씨에게 보내는 연서-그러나 제게 도착한-는 정말 '깔끔한 결별'을 바라마지않는 작가님의 애증이 절절히 느껴졌어요. 볼 장 못 볼 장 다 봐서 '징그럽게 오래 봤다' 싶은 연인의 모습이랄까요. 물론 그보다 심오하고도 진지한 이유가 있을 수 있겠지만요.

오 씨와 사랑을 나누는 장소라. 저로선 주로 바가 되겠네요. 그렇지만 친구들이 부른다면 포차 같은 곳도 가고 집에서도 마십니다. 그래도 가장 자주 가는, 학교 앞의 '어반 플로어'를 소개하는 게 좋겠네요.

그 바는 제가 스무 살이 되자마자 마빡에 신분증을 붙이고 들어간 곳이었어요. 바에서 알바하는 걸 로망이라고 부를 정도로 당당히 가고 싶었던 곳이었으니까요.
특이한 점이 있다면, 그 바의 직원은 사장님을 제외하면 전부 저희 학교의 재학생(내지는 휴학생)이라는 점이에요. 아마 사장님도 저희 학교 출신이었나? 물론 경력 없는 사람한테 바로 칵테일 만들라 시키진 않고, 교육시켜서 일을 시키는 곳인데요. 덕분에 '바에 앉아서 바텐더와 이야기한다'는 로망 같은 것도 대학생으로선 더 편하게 이룰 수 있었죠. 비슷한 나이대 분들이시니까 관심사도 그럭저럭 비슷하고, 같은 학교 학생으로서의 이야기도 풀고, 인스타 맞팔도 하고요.*

그 바의 사장님과 직원분들은 전부 저를 '작가님'이라 부릅니다. 오 씨와의 사랑에 취한 입은 온갖 걸 다 밖으로 내뱉곤 하고, 저는 그렇게 바에 제 부업을 들켰죠. 가끔 제 책을 사주시기도 하고, 제가 책을 드리기도 하고, 한가할 땐 미공개 원고를 보여드리기도 합니다. 이왕 들킨 거 열심히 써먹고 있네요. 여기 얘기 쓰겠다고 허락도 받았어요(어느 기계과 바텐더분이 "바텐더가 잘생겼다고 써주세요!"라고 요청하신 건 공공연한 비밀로 할게요).

***몇 개월 안 간 사이에 많이 바뀌었습니다. 이것도 옛날 이야기**

① 시끄러운 술자리를 싫어하고 ② 아무리 술자리를 좋아한들 냅다 들이붓기보단 시간을 들여 즐기길 바라며 ③ 이왕이면 다양한 맛과 향을 마시길 바라는 ④ 흡연자에게 있어,

① 죽어라 마시는 분위기가 아니어서 대체로 조용하며 ② 잔당 가격이(소주나 맥주에 비하면 비교적) 비싸 한 잔에 몇십 분을 들여야 하는 데다 ③ 메뉴가 다양하고 ④ 흡연용 테라스가 있는 바는 꽤나 괜찮은 장소죠. 그렇다고 지나치게 클래식하진 않고, 학교 앞이라는 지리적 특성상 어느 정도의 젊은 느낌도 챙겨가는 이곳엔 첫 방문에 감이 찌릿 왔죠. 여긴 나 같은 술쟁이가 단골이 될 수밖에 없는 운명을 지닌 곳이다! 게다가 바 치고는 가격도 나름 저렴하고요?

오 씨에게 있어 제가 화도 낼 줄 아는 제정신인 연인이라고 하셨는데, 글쎄요? 정상적이라기보단 이런 면을 보면 지나치게 까탈스러워서 오 씨가 아니라면 진작에 떠나갔을 사람이 아닐지요. 사람한테 오 씨에게 적용된 잣대를 들이밀면 그 관계는 파멸적으로 끝나고 말 거예요. 뭐보다 사람은 좀처럼 변덕에 어울려주지 않아요. 바에 가기 직전까지는 칵테일이 끌렸다가 업장에 들어선 순간 느껴지는 피트향에 위스키로 급선회하는 오락가락한 마음에요.

이런 사람과 어울리는 건 사람이 할 수 없어요. 그런 점에서 오 씨는 감정을 다루는 데 미숙한 이들에게 있어선 매우 이상적인 연인이라 할 수 있겠습니다(그들에게 오 씨의 영향이 어떻든 간에, 그저 묵묵하게 기능하며 서비스를 제공한다는 점이 당장에 연인으로서 이상적이란 뜻이죠. 종국에 관계가 파국으로 치달을지라도요). 어느 순간에나 '헌신적으로 기다리는 것'이 바로 오 씨이며 '수단으로서만 기능하는' 자신의 역할에도 별다른 항변 없이 어울려주고, 당일 모습이 마음에 들지 않는다며 따지고 들더라도 순순히 져줘요. 저는 그런 오 씨를 항상 용서할 수밖에 없고요.
써놓고 보니 어쩌다 사람들이 오 씨와의(좋지 못한) 의존적인 관계를 이어가는지 이해가 될 것 같기도 합니다. 오 씨는 언제나 그곳에 있어요. 서글서글하게 웃으면서. 그런 맥락에서 백번 양보해 제가 오 씨에게 제정신인 연인이라 할지라도 오 씨는 다수의 사람들에겐 친절을 가장한 위선자인 거겠죠. 어떤 형태로든 오 씨와의 사랑은 그다지 건강하다고 할 수는 없을 것 같아요. 제 사랑도요.

바 소개는 이쯤 하면 괜찮을 것 같고요. 제 주량이 위스키 반 병이라고 했잖아요. 그 측정 장소가 바로 여기였어요.

짐빔 한 병을 시켜다가 계속 온더락으로 마시는데, 어느 순간부터 기분이 너무 좋아지니까 친구가 "너 취한 거 처음 본다"더군요. 그 친구 말고는 제가 거나하게 취한 걸 본 사람이 없을 거예요. 아마도요?

그곳은 대학에 입학하고도 정녕 대학이 이런 거에 불과한 건가, 고작 이런 일상을 영위하려고 고등학생 때 그렇게 울며 공부했던 건가 싶어 학생으로서의 정체성이 닳아가던 도중, 유일하게 제가 '대학생'으로서의 정체성을 자각하며 존재할 수 있는 곳이었어요.

"아! 이게 대학 생활의 맛이구나!"

마치 깨진 술잔의 마지막 조각을 맞춘 것처럼, 비로소 복원된 술잔에 저는 그때 서야 '즐겁게' 오 씨를 담을 수 있었죠. 이 빠져 구멍 나 술을 따를 수 없던 술잔에, 바로 그 술잔에 술을 따름으로써 충족되어 완성되는 자아의 무언가에 만족하면서요.

그곳에서 오 씨와 함께할 때면 종종 바텐더에게 묻곤 합니다.

"이 술은 왜 이런 이름이에요?"

“이 술의 증류소는 어디에 있나요?”

“이 술은 아까 것과 다른 방법을 거쳐 만들어졌나요?”

드물게는 아는 척도 해봅니다.

“아, 지역명에서 따온 거군요?”
“이건 반도 쪽 지방에서 만들어진 거죠?”
“저는 버번 캐스크보단 셰리 캐스크가 좋더라고요.”

그렇게 매 잔에 대한 기억을 조금씩 다르게 다듬어 각기 다른 술마다 고유한 이야기를 엮어냅니다. 이건 ‘어반플로어’에 국한된 얘기는 아니네요. 보편적인 술과 음주에 대한 이야기입니다.
예컨대, 노아스 밀과 아벨라워 아부나흐에는 첫 시가와 함께 첫 위스키를 마셨다는 씁쓸하고도 독한, 하지만 곁들였던 초콜릿의 달달함이, 탈리스커 다크스톰에는 어느 작가님과 흥에 겨워 떠들며 제 자취방에서 새벽까지 함께 마신 추억이, 옥토모어 8.1에는 피트에 빠지게 된 첫사랑의 강렬한 순간이, 보모어 18년에는 첫 오마카세 이후 삼성역 인근의 비싼 바에서 음주하는 삶에 만족했던 기억이, 대전의 어느 바에서 작가인 걸 아시고는 협찬이라며 싼값에 따라주셨던 스태그 주니어에는 유료 광고를 위해 쓰던 장편의 주인공 설정을 바꾸었던 재미가(그 장편 주인공은 소주 애호가에서 위스키 애호가로 설정이 바뀌었습니다) 깃들어 있습니다.
프루스트 효과에 의하면 후각이 기억 인출의 강력한 매개체라고 하죠. 이따금씩 추억팔이를 하고 싶어질 때면 특정 시기에 꽂혔던 술을 한 잔 시킵니다. 노징 글래스를 스월링하며 레그를 감상한 뒤, 코에 의지하여 이제는 바래버린 한때를 감상합니다. 한 모금에 추억과 한 모금에 사랑과 한 모금에……. 마치 기억을 술이란 외장하드에 맡겨둔 듯이 말입니다.

저는 항상 시험 주간마다 밤샘 공부를 하면서 생활 패턴을 바꾸곤 합니다. 그런데 이번 시험에는 방이 너무 더러워서, 집에서 집중이 당최 안 되는 거예요. 그렇다고 청소할 엄두는 안 나고요. 그러던 어느 날 생각 한 줄이 스칩니다.
그럼 바에서 공부하면 되잖아?
늦어도 자정이면 문을 닫는 카페는 제게 너무 부족한 장소였는데, 바는 주량이 있으니 마셔도 안 취하는 데다 시험 기간이라 사람도 없고 거기다 새벽 4시까지 영업하니, 이건 가히 천재적인 발상이었죠.

그리하여 이번 시험은 내내 '어반플로어'에서 공부했어요. 마감 시각까지 전공 책과 아이패드를 교대로 노려보다 바텐더와 함께 퇴근하면서요. 카공*하는 친구한테 "같이 바공**할래?" 물어봐도 싫다 하는 걸 보면 기행이긴 한가 봅니다. 왜 오 씨와 집중은 어울리지 않는 걸로 받아들여지는 걸까요? 오 씨와 함께하는 순간에는 오 씨에게 집중하는 것만이 합당하기 때문에?

돌아갈 수 없는 기억이라면
우린 어떻게 또 무엇을 노래 할 수 있을까
나의 마음이 몸과 같을 수 없던
그 자리 그 얘기 그 향기***

이번 시험 기간에 바에서 우연히 들은 노래의 가사입니다. 특별히 감동받은 부분이 있거나 한 가사는 아니었지만, 몽환적이고도 레트로한 곡조와 함께 옷에 밴 담배 냄새처럼 진득히 머릿속을 떠돌더군요.

아마 이 노래에 대한 기억은 2022년 2학기의 중간고사에 대한 감각으로 남게 되겠지요. 그때 마신 술에 대한 기억도 마찬가지고요. 아아, 밤샘을 위해 커피 대신 마신 더치

*카페에서 공부
**바에 공부
***제인팝, 〈우희〉, 앨범 《우희》

맥주여.

설 작가님께서는 이처럼 어느 술에 대한 각별한 기억이 있으신지요? 술은 갖가지 희로애락에 대해 좋은 용매니까요.

이하진 드림

얼음 넣은 맥주와
첫 잔이 정해진 무림 고수의 바

설재인

오늘의 술

카스 생맥 500cc(1/3가량을 마신 후 처음처럼을 그 안에 부어 섞었습니다)

오늘의 안주

동네 호프집, 거대한 배추전과 잘 익은 깍두기

저는 전라도에서 태어나 충청도에서 자랐습니다만 경상도 음식이 제일 입에 맞더군요(그래서 작가님이 대구에 사시는 게 부러워요!). 이곳에는 경상도 출신임이 이백 퍼센트 확실한 손맛의 사장님이 계십니다.

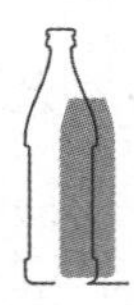

술의 종에 얽힌 이야기라. 저는 두 가지 이야기를 해보려 해요. 한 종은 '얼음 컵에 담긴 라거'고요, 다른 한 종은 '세상에서 가장 맛있는 진 토닉'이겠네요.

태국에 여행을 간 주당들이 가장 놀라는 일 중 하나가 바로 얼음 담긴 컵에 맥주를 내주는 것입니다. 물론 한국에

도 살얼음 맥주란 게 있긴 하지만 어디까지나 술의 맛과 도수를 해치지 않는 선에서 제공되지요. 태국에는 그 외에도 플라스틱 버킷에 레드불과 싸구려 럼을 콸콸 쏟아부어 섞고서는 빨대로 마시는 그런 술들도 존재합니다만(저는 그 술을 아주 좋아합니다) 아무래도 첫 충격은 당연히 그 얼음 컵인 것 같습니다.

제가 자신만의 경험을 근거 삼아 무언가에 대해 단언하는 이들을 멸시하긴 하지만 모순적이게도 저는 단언하겠습니다. 그 얼음 컵에 담긴 맥주의 희미해지는 맛에 대해 왈가왈부하는 이들은 한 번도 혹서기의 그곳을 피부와 땀방울로 겪은 적이 없을 거라고요. 관광하기 가장 좋은 시기에 관광하기 가장 좋은 장소만 택한 이들은 절대로 그 맛을 알지 못하리라고 말입니다.

2018년 3월에 한 달간 태국에 머물렀던 적이 있습니다. 그 전에도 틈만 나면 태국에 드나들긴 했지만 모두가 기피하는 혹서기에 간 적은 처음이었어요. 오전 9시만 되면 36도를 넘어갔고 화전을 생계 수단으로 삼는 지역 특성상 대기 상태도 최악이었습니다(저는 서울에서는 한 번도 미세먼지를 신경 쓴 적이 없는 둔탱이지만 그곳에서는 가끔 목이 칼칼하단 느낌을 받곤 했습니다). 숙소에서 매일 7시쯤 기상하면 인근의 노점에서 아침과 매연을 함께 챙겨 먹고는 두어 시간 소화를 시킨 후 더플백을 메고 체육관에 갔죠.

그 체육관에는 에어컨이 없었습니다. 저는 절대 물을 사가지 않았고요.

40도 가까운 기온 아래, 오전 10시부터 오후 12시 30분까지 물 한 모금 마시지 않고 풀 파워로 샌드백을 두드리고 나면 온몸이 쥐어짠 빨래가 된 기분입니다. 아무 생각도 나지 않습니다. 오로지 수분, 수분, 수분! 최대한 낮은 온도의 수분 충전에 대한 집념으로 똘똘 뭉친 인간이 됩니다. 허기도 집니다만 허기는 갈증에 절대로 이길 수가 없고, 걸어서 15분 거리의 숙소까지 걸어가는 길은 말씀드린 것처럼 40도의 햇빛 아래 숨을 수 있는 그늘이라곤 전혀 찾아볼 수 없는 땡볕이었습니다. 이미 흘린 땀을 주체하지 못하며 파김치가 되어 걸어가는 사람에게는 뚝뚝 기사들조차 호객행위를 하지 않습니다. 누가 봐도 얼굴에 '고난을 자초하는 인간'이라고 써 붙이고 있는데……. 그저 자기 소유 뚝뚝의 차양 밑에서 턱을 긁으며 바라볼 뿐이죠.

그렇게 숙소로 돌아와 전속력으로 씻은 후 쉬지도 않고 뛰쳐나옵니다. 약 오후 1시 30분경이죠. 마음이 조급합니다. 다섯 걸음밖에 걷지 않았는데 다시 땀이 솟습니다. 숙소에서 나와 코너를 돌면 모녀가 운영하는 단골 백반집이 등장합니다. 그곳에 뛰어들면 어머니가 웃으면서 물으시는 겁니다.

"비아?"

예스, 비아!

그렇게 급했던 이유는 갈증이 아닌 더 큰 사정 때문이었습니다. 태국에는 주류 판매 제한 시간이 있거든요. 오전 11시부터 오후 2시, 오후 5시부터 자정까지만 술을 살 수 있습니다. 그러므로 꾸물대다 늦게 체육관으로 향한다든가, 힘들다고 쉬면서 운동을 한다든가, 혹은 집에서 미적대다 보면 쉽게 오후 2시가 넘어버리고 맛볼 수 없게 되는 겁니다.
바싹 마른 체세포에 들이붓는 맥주의 맛, 정확히는 '얼음 넣은 맥주'의 맛을 말이에요.

메뉴도 정하지 않고 '비아'부터 외치고 나면 곧 어머니가 생글생글 웃으며 얼음이 가득 담긴 컵과 코끼리가 그려진 창 맥주 한 병을 가져다줍니다. 컵의 각도를 세심하게 기울여 거품이 생기지 않도록 황금빛 맥주를 가득 따른 후(이미 얼음은 빠른 속도로 녹기 시작했습니다) 입을 대고 다섯 모금을 먼저 마셔요. 혀가, 목구멍이, 가슴과 배가 환호하며 곧 머리가 핑 돌고 팔다리가 나른해지죠. 그럼 그제야 한숨을 폭, 내쉬며 비로소 점심 메뉴를 고르기 시작하는 겁니다. 한 달 동안 일요일에조차 쉬지 않고(체육관에 휴일이 없었기 때문입니다) 매일 찾아와 '비아' 한 병과 대충 아무렇게나 고른 음식 한 접시로 늦은 점심을 먹는 여자를 주인 모녀는 지치지도 않고 구경하고요(아니, 그러고 보니 그분들도 휴일이 없었군요). 그러다 오후 2시가

넘으면, 슬쩍 다가와 아직 맥주가 남은 병과 잔을 가릴 수 있는 슬리브를 건네며 또 웃는 겁니다.

그때 저는 극심한 우울증에 시달리다 교직을 그만두고 백수가 된 지 한 달째였고, 소설은커녕 800자 콩트조차 써본 적이 없었으며 무얼 하고 살아야 할지 알 수 없이 그저 그간 계좌에 모아놓은 돈이 줄어드는 속도만 헤아리던 때였습니다. 그런데 얼음 넣은 맥주를 마시며 점심을 먹고 있다 보면 그 순간만큼은 그저 노곤해진 마음으로 어떻게든 되겠지, 싶은 겁니다. 그래서 40도의 3월, 얼음이 녹으면서 점점 시원해지고 점점 투명해지는 맥주가 혀를 적시던 그 맛은 저에겐 안도의 맛입니다. 갈증과 더위, 번민과 우려에서 잠시 탈출하게 만들었던 묘약인 셈이에요.

○

이번엔 '세상에서 가장 맛있는 진 토닉'에 대한 이야길 해볼까요.

여의도 어느 건물 지하에 아주 작은 바가 하나 있습니다. 아는 사람은 다 아는 이 바의 이름은 '다희'(1986년 개업). 그 어떤 크기를 상상하든 상상 이상으로 좁아요(지금 검색해보니 3평이라고 하네요). 사람을 꾸역꾸역 넣으면 대충 바에 여덟 명 정도, 아주 작은 두 개의 테이블에 각각 세

명 정도가 앉을 수 있어요. 바에 앉은 누군가 화장실에 가려 들면 테이블에 앉은 이들이 일어서서 벽에 밀착해줘야 나갈 수 있고 테이블 서빙은 바에 앉은 손님들의 손을 통해 이루어집니다. 기본 안주는 땅콩과 멸치고 손님이 사 오는 안주는 모두와 나누는 것이 됩니다(사장님의 원픽은 새우깡 블랙이죠). 칵테일은 모두 잔당 7천 원. 첫 두 잔은 무조건 고정이에요. '세상에서 가장 맛있는 진 토닉'(이라고 사장님이 말하며 건네주십니다), 그리고 블랙 러시안입니다. 인당 다섯 잔을 넘게 팔지 않는 것을 원칙으로 하시니 선택의 기회는 겨우 세 번인 셈입니다. 그러나 진 토닉의 '강매'에는 그럴 만한 이유가 있어요.

"분명히 미원을 넣었을 거야."

어느 날 혼자 '다희'를 찾았을 때, 제 옆에는 칵테일 동아리 지박령이라는 대학생 셋이 앉아서 눈에 불을 켠 채로 바텐더의 손을 좇고 있었습니다.

"그렇지 않고서야 이런 맛이 나올 리가 없어. 봄베이에 진로 토닉에 레몬, 그게 다잖아."
"저 얼음에 약을 탄 거야."
"아니면 컵에 발랐을지도."

"할아버지 손에서 미원이 나온다니까?"

조금 시간이 흐른 후, 알딸딸해진 대학생 하나가 "진짜, 우리나라 바텐더들 다 여기 한 번씩 오게 법을 만들어야 해!"라고 소리치길래 옆에 앉아있던 제가 이유를 물었죠. 그러자 그 학생은 대답했습니다.

"칵테일이 뭔데요. 그냥 맛있자고 말아먹는 거잖아요. 그런데, 뭐 폼 잡으면서 이러쿵저러쿵. 꼭 남들 비하하면서. 전 그런 게 싫단 말이죠. 우리나라 바텐더들 다 여기 와서 마셔보고 저 할아버지 앞에 대가리 박아야 돼요."

매일 오후 4시부터 9시까지 운영되는 이 바의 사장님은 1947년생. 국내 최고령 바텐더이자 대한민국 바텐더 1세대입니다. 아직도 손님들과 함께 술을 마시며 바텐딩을 하고, 셰이커를 흔들 때마다 환호와 박수갈채를 유도하죠('관세음보살'로 끝나는 아주 긴 찬트도 읊으시곤 하는데 정확한 가사를 모르겠군요). 도수는 언제나 얼큰 그 자체입니다. 남녀노소 할 것 없이 기억을 잃은 채 네발로 기어나가게 만들고는 당신은 휴일도 없이 출근하니 그야말로 불사조나 다름이 없습니다.
레트로 열풍이 불고 있는 지금은 힙스터들이 많이 드나들기도 합니다만 '다희'의 매력은 기본적으로 사장님에게 있다고 저는 생각해요. 좋아하고 잘하는 일을 젠체하지 않고 숨 쉬듯 능숙하게 해낼 수 있는 무림 고수의 내공이 그 3평짜리 공간을 꽉 채우고 있기 때문입니다. 경외하지 않을 수 없는 것이죠.

새우깡 블랙을 사 들고 '다희'에 혼자 갈 때마다 물론 그날 온 손님들의 대화를 듣고 가끔씩 이야기를 나눌 기대를 가지기도 하지만, 무엇보다 그 사장님의 존재에서 기운을 얻고자 하는 설렘에 들뜨곤 합니다. 위생이 어떻고, 반말과 불친절함이 어떻고, 하며 1점짜리 리뷰를 올리는 이들도 있고 현장에서 깽판을 치는 이들도 있었다고 하니 얼마나 안타까운 일인가요. 세상에 하나밖에 없는 특별한 공간, 무림 고수의 둥지에서조차 그런 생각만을 가졌다니 말이에요.

(참, '다희'에서 바공은 하실 수 없습니다. '다희'에 들어선 이상 '위아더원 포에버원'의 마음으로 대화의 사이클에 참여해야 하거든요. 물론 책을 펼치기는커녕 어깨를 쫙 펼 공간도 없는 경우가 다수고요)

저는 이전의 인식을 부수는 것들에 경탄할 줄 아는 마음을 가진 이가 이 땅에 점점 줄어들고 있다고 여겨요. 그게 세상이 나쁜 쪽으로 굴러가는 이유 중 하나라고도 생각합니다. 경탄하는 능력은 개개인이 내재한 겸허함과 선의의 크기에 기반하고 있기 때문이 아닐까, 하는 가설도 혼자 세워봅니다.

얼음 넣은 맥주와 첫 잔이 정해진 무림 고수의 바. 내가 쌓아 올린 세상과 그런 요소들이 어긋난다고 해서 그 짜릿한 시원함과 믿을 수 없는 달콤함을 느끼지 못하는 인간으로 스스로 둔화된다면 참으로 안타까운 일이 아닐 수 없는 것입니다.

작가님의 위스키 사랑도 마찬가지예요. 분명 대학생이 비싼 술을 사 마시는 것에 손가락질하는 이들이 있을 터입니다(맞죠? 영화 〈소공녀〉를 보고 주제와는 상관없이 그저 주인공을 욕할 이들이죠). 그들의 인식에 벗어나는 행위니까, 그 향과 맛만이 불러일으킬 수 있는 고유한 탄성을 들어볼 수 있는 감각기를 아예 막아버리고서는 왁자하게 대상을 깎아내리는 것이죠.

그러면 그들은 기쁠까요? 즐거울까요?

최대한 많은 것들에 감탄할 수 있는 사람이 되고 싶어요. 다 열어놓고 즐겨볼 수 있는 사람도 되고 싶고, 그 어느 것도 속단하고 싶지 않습니다. 얼음 넣은 맥주나 믿을 수 없는 맛의 진 토닉을 만난 경험처럼, 기꺼이 부서지고 그리하여 더 넓어지고 싶어요.

그게 나이가 들수록 제가 말을 줄이는 이유이기도 합니다. 경탄에는 모음 하나면 충분하니까요.

그리하여 다음 주제는 마치 시제처럼 무책임하게 던져드릴게요.

'부수는 사람'.

양자물리 기말고사 또한 부숴 버리시길 바라며…….

설재인 드림

저는 왜 취하려 했던 걸까요?

이하진

오늘의 술

카타르시스 1잔, 1잔만 마시려다가 영업 당해 마신 이것 저것 6잔

오늘의 안주

'《가장 나쁜 일》, 김보현, 민음사'(1장만 읽었는데 재밌었습니다), 통계물리 수업을 들으면서 마시다 남은 자몽에이드

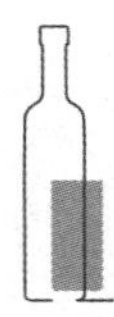

서울 술집 도장 깨기 리스트에 '다희'가 추가되었습니다. '세상에서 가장 맛있는 진 토닉'이라니, 못 참죠. 태국 여행을 가게 된다면 '얼음 컵에 담긴 라거' 역시도 마셔봐야겠어요. 비아!

한편으론 저도 인식이 부서지는 순간을 좋아합니다. 그러나 제가 적극적으로 무언가를 부수는 사람인 것 같지는 않네요.
부수는 사람. 인식이나 편견을 부수는 사람일까요. 시제처럼 던져주셨으니 아예 시로 써서 이야기해볼까 합니다.

작사는 해봤지만 시라곤 교과서에서 읽은 시가 전부니 '문학적-이하진'을 기대하진 말아주세요. 제목은 안 지을게요. 아니면 쌈박하게 '~~부수는 사람~~'으로 하죠.

독한 것, 지금도 충분하다지만
더 독한 것, 괴로울수록 모순처럼

무언가의 어딘가의 끝을 바라듯
향 연기처럼 겹치는
타들어가는 막대의 소멸과

바래버린 이상과 현실의 간극에
향 내음처럼 스미는
흘러내리는 액체의 휘발과

괴로울수록 모순처럼 다가오는 달콤함은
파괴에 대한 환희인가?
취한 혀는 대답을 거절한다
무딘 코는 질문을 듣지도 못했다

독한 것, 실재가 내게 향할수록
더 독한 것, 괴로울수록 모순처럼

이야기 매체에서 흡연과 음주는 자기파괴의 형상으로도 흔히 묘사되기에 그들의 중독적인 특성을 배제하더라도 둘은 닮지 않았나 싶습니다. 그런 의미에서 흡연자와 음주자는 자신을 부수는 사람, 해하는 사람으로도 볼 수 있겠네요. 의도가 어떻든 실제로 몸을 부수는 건 맞으니까요. 취기에 짓눌려 사회적 위신 따위를 부숴버릴 수도 있겠고요.

시제를 뒤틀어 '스스로 부수는 사람'이란 명제로 치환하자면 저는 확실히 그러한 종류의 부수는 사람이 맞는 것 같습니다. 흡연 습관을 털어놓자면 평소엔 액상형 전자담배를 피우다가도 시험 기간만 되면 1미리부터 시작해서 종강할 즈음엔 5미리짜리 연초를 피우고 있거든요. 얼마 전만 해도 양자물리에서 지금까지의 미니 시험과 중간고사 점수를 성적순으로 나열하고 학번으로 인덱싱하여 공개하시는 바람에 5미리짜리 두 갑을 사 왔네요.

음주는 해방 및 보상과 파괴 및 자기학대의 양면성을 지녀요. 해방을 위해 마신 술이 다음 날 숙취라는 파괴적 결과로 돌아올 수도 있겠고, 보상 심리로 들이마시는 행위가 사실은 자기학대를 위한 행위일 수도 있어요. 괴로울수록 더 독한 것을 찾게 되는 모순인 셈이죠.

남들이 손가락질할지도 모를 비싼 술, 특히 위스키에 처음 입문한 계기는 순전히 도수 때문이었습니다. 향과 맛은 지금도 잘 몰라요. 저는 감각 능력이 청각에 집중된 것 같아서요. 작은 소리도 남들보다 예민하게 듣는 편이긴 한데 좋은 버번 위스키를 마시고도 "어, 바닐라 쩐다!" 이상의 평은 못 하는 편입니다. 그리하여 테이스팅 노트도 못 적고요. 말씀하신대로 정말 누군가는 손가락질할 돈 낭비일지도 모르겠네요.
뭐, 내가 벌어서 내가 쓰겠다는데 무슨 상관이람.

'이 칵테일, 기주가 40도짜리 위스키인데 희석해서 30도가 되어버린다고?'
'너무 아깝잖아!'
소주나 맥주는 취하기 전에 배불러서 토해버리니 취하기 위해선 더 높은 도수를 마실 필요가 있었죠. 여기서 '취하기 위해선'에 조금 더 초점을 맞춰봤는데요. 저는 왜 취하려 했던 걸까요? 심지어 취한 느낌도, 다음 날의 숙취도 싫어하면서? 취하는 걸 싫어하는 게 취하고 싶다는 욕망보다 커서 평소엔 절주하는 편이지만(숙취로 인해 다음 날 계획이 어그러지는 걸 끔찍이 싫어하기 때문입니다) 마음

한편엔 항상 알코올에 절여지고 싶다는 욕망이 있었어요. 아니, 있어요. 이번 달만 해도 곧 있을 파티를 위해 술만 네 병을 사놨는데 말이에요.

표면적인 이유는 '취한 이들과 텐션을 맞추기 위해'였지만 지금 생각해보면 그조차도 자기파괴의 양상 중 하나가 아니었을까 합니다. 나아가 자기연민을 위한 것이 아닐까 싶고요. 그로부터 오는 작은 위로와 위안을 얻고 싶어서요. 담배를 피우고, 술을 마시고, 밤새면서까지 자신을 극한으로 몰아붙인 뒤 취기 속에서 찾은 거짓된 안정으로 비로소 숨겨왔던 자기연민을 마주하는 것이죠. '내가 이렇게 힘든 상태다'하고요. 아무것도 되지 못해 초라한 자신의 모습을 자신이라도 알아주려고요. 제정신인 상태로는 이성이 일말의 헤아림조차 제동을 걸고, 스스로를 스스로조차 다독이지 못하게 되니까요. 결국 내가 만들 수 있는 가장 불쌍한 내 모습을 만들어내는 겁니다.
다만 이렇게 자신을 강제로 부숨으로써 오는 위안은 그다지 건강하진 못한 것 같긴 합니다. 그런데 어쩌겠어요, 미숙한 어른들은 건강하게 감정을 해소하는 방법을 알지 못해요. 그래서 술로써 하는 자기 파괴적 양상을 반복하게 되는 것이겠죠.

조금은 다른 관점으로 돌려볼까요. 전공 이야기를 할 건데, 고작 학부생의 관점이니까 적당히 걸러 들어주세요.

물리학에서는 많은 현상들을 근사해 설명합니다. 중·고등학교 물리 문제를 펼쳐보면 항상 나오는 '마찰력은 무시한다'라든가, '이상 기체*를 가정한다'라든가, '실은 늘어나지 않으며 실의 무게는 무시한다'라든가 처럼요. 우리 세계는 지독하게 복잡하고 정교한 하드 SF라서 모든 변수를 고려하다간 문제가 풀리지 않을 정도로 꼬여 버리거든요. 그리하여 물리학적인 접근 대부분은 단순화에 기반합니다. 가장 많은 걸 가장 단순히 설명할 수 있는 방법을 찾는 게 물리학자들이 하는 일이에요.

다만 그 과정을 통해 매끄럽게 근사된 이론은 종종 예외를 설명하지 못합니다. 정확히는 단일한 이론만으로 모든 복잡한 것들을 포용하기가 어렵다고 표현하는 게 좋겠네요(그래서 물리학자들이 만물 이론(Theory of Everything) 같은 걸 찾으려 하는 거지만 이런 얘기는 넘어갑시다).

하지만 그 근사의 이면에 있는 작은 예외가 우리에겐 탄성의 순간이 되는 게 아닐까요. 앎이 부서지면서, 새로움에 감탄하면서요. 예를 들자면, 우리가 중학생 때 죽어라 계산했던 옴의 법칙을 따르지 않는 '비옴성 물질' 따위의 존재를 알게 되는 순간이라던가요.

저는 이해 속에서 항상 궁금해합니다. 엄밀한 조건 속에서 정의된 이곳의 조건을 바꿔주면 어떤 일이 벌어질까 하고요. 제한이 정밀할수록 조금의 차이조차 드라마틱한 결과를 만들 수도 있거든요. SF는 그런 사고 실험의 좋은 무대

*분자 부피가 존재하지 않고(점입자) 분자 간 상호작용(반데르발스, 전자기력 등)이 없으며 분자 간에 완전 탄성 충돌을 하는 가상의 기체

입니다. 제게 SF는 그런 존재네요. 틀을 부수고 새로운 무언가를 추구할 수 있게끔 해요. 물리학을 전공하는 동시에 SF를 쓰는 저는 '물리학을 부수는 사람'일지도 모르겠어요.

부수는 사람에 대한 이야기를 해보았으니, 저는 반대로 '이루는 사람'이란 주제를 던져볼게요! 무언가를 만들거나 성취할 수도 있겠고, 어딘가에 구성원으로서 함께할 수도 있겠죠.

다음 답장은 시험과 급한 마감, 그리고 짧은 일본 여행이 끝난 뒤 1월에 드릴게요. 응원해주신 양자물리 기말고사를 부순 뒤 도쿄의 바와 이자카야까지 부수고 더 풍부한 썰로 돌아오겠습니다.

이하진 드림

이상한 세계의 물약

설재인

오늘의 술

소맥(테라+처음처럼) 500mL, 이후 처음처럼

오늘의 안주

시장표 사색나물(고사리, 궁채, 시금치 및 도라지)과 무말랭이무침, 연근조림

1월에 답장을 주신다는 말을 듣고 "아하! 그럼 12월 안에만 회신하면 되겠구나!"라고 마음 편히 생각한지 몇 주째…… 지금은 12월 31일 오전 8시 2분이고 숙제 미루는 아이처럼 굴던 저는 드디어 작가님께 드릴 편지를 쓰기 시작하였습니다. 어제 저녁에 시장에서 맞춤한 안주도 사 왔죠. 저는 항상 무언가를 먹고 마시며 원고를 쓰는 안 좋은 습관을 가지고 있는데, 30매 정도 될 편지를 한 번에 쓰려면 아무래도 최대한 천천히 먹을 수 있는 식물성의 안주가 필요했기 때문입니다.

아침부터 소맥을 들이붓고 있는 건 오늘 그 어떤 운동도 하지 않을 예정이며 어제 2가 백신을 접종했기 때문인데요. 정말 엄청난 복의 결과로 1차 접종 때부터 접종 부위의

뻐근함 빼고는 그 어떤 부작용을 겪지 않은(그리하여 접종 당일에도 술을 실컷 마셔온) 자라서 가능한 일입니다. 이것도 '자기파괴'일지는 모르겠지만요.

'이룬다'라고 말한다면 저에겐 주로 창작의 영역이 될 것 같아요. 소설이든 에세이든 '글'을 창작하겠다는 생각은 이십 대 후반에 했으니 사실 그렇게 이른 편은 아닙니다. 게다가 글의 창작은 다른 분야에 비해 혼자인 시간이 훨씬 많으므로 그다지 재미있거나 제 존재에 유의미한 에피소드를 만들어주진 않았어요.

그전에는 오래도록 음악이 있었습니다. 처음 기타를 배운 게 열다섯 살 때였고 마지막으로 기타며 베이스며 다 놓아버리고선 다시 돌아보지 않겠다 마음먹은 때가 스물다섯이었으니 꽤 미련이 길었죠. 그동안 스쿨 밴드를 제외하고도 아마 자작곡 밴드를 여섯 군데는 돌았을 거예요. 가장 자주 드나들던 사이트는 '뮬'이었고 '산울림'이나 '로파이' 같은 키워드가 들어가면 일단 발을 걸치고 보았으니까요. 모방은 창조의 어머니라는 아주 고루한 표어가 있는데 사실 모방만을 잘하는 이에게 그는 저주와 마찬가집니다. 제가 그랬어요(아무래도 제 소설 역시 모방에 의존하고 있다고 생각합니다. 첫 단편집에 대해 가장 인상적이었던 평은 '각 단편마다 어떤 한국 작가의 영향을 받았는지가 명확히 보인다. 그런데 그 작가들이 매 단편마다 다르다'였으니까요). 그 많은 밴드들을 지나쳐오면서 가장 뼈저리게 느낀 것은 하나, 적극적인 수용과 열광 그리고 모방으로 평생을 이룬 사람이 비로소 창작을 하려 할 때 가장 혹독하게 다가오는 현실은 단 하나였거든요.

내게 재능이 없다는 자각.

보통 제가 겪어본 아마추어 수준의 창작자는 두 가지 스탠스 중 하나를 선택하게 되는 것 같아요. 과한 자기 신념 혹은 과한 자기 비하. 저는 '과한 자기 비하' 쪽이었는데 우연찮게 자꾸만 '과한 자기 신념' 파를 멤버로 두게 되었습니다.

"개쩔어! 너무 좋아! 이거 진짜 좋지 않냐? 이건 진짜 괜찮은 것 같아!"

그런 말을 들을 때마다 홀로 생각하는 거죠.
'대체, 어디가?'

제 인생에서 가장 만취하는 일이 잦았던 때를 떠올리라면 아마 여러 밴드를 전전하던 이십 대 초중반 시절이 아닌가 싶습니다. 합주 두 시간 하고 술 여덟 시간 마셨던 날들. 개인적인 경험일지는 몰라도(아마 제가 인디 부흥기를 겪은 마지막 세대였기 때문일까요) 저는 언제나 가장 어린 막내였고 대다수는 삼, 사십 대 남성이었습니다. 부정할 수 없는 삼십 대 중반에 접어든 지금 돌이켜보면 얼마나 어리고 부족한 이들이었을지 충분히 가늠할 수 있지만 그땐 그러지 않았죠. 어른들인 것 같아 보였고, 모방이 저의 무기임을 이미 익히 잘 알고 있던 저는 그 어떤 가르침도 제게 필요하다면, 혹은 제가 수용할 수 있다면 사랑하며 받아들일 준비가 완벽히 되어 있었습니다.

보통 '뮬'의 구인/구직 게시판에서 모인 사람들은 데모 음원이 있는 경우 합주실에서, 데모 음원이 없는 경우 카페에서 만났습니다. 그러나 첫 만남의 끝은 언제나 술집이었죠. 초록색 병을 일렬로 세우면서 자신이 아는 모든 음악과 영화와 문학과 철학과 기타 등등에 대한 지식을 토해내는 겁니다. 가장 기본이 되는 3인조나 4인조여도 다들 할 말이 산더미 같으니 차라리 번호표를 배부하는 게 좋지 않을까 싶을 때가 많았습니다. 게다가 값싼 술과 안주를 파는 술집에서 얼큰히 취한 이들은 보통 목소리의 데시벨이 수직 상승하기 마련이고요.

그래도 저는 반짝반짝 눈을 빛내면서 들었어요. 이십 대 초반의 인디 음악 팬이 무슨 이야길 들으면 자신들을 동경하게 될지 퍽 잘 아는 사람들이 많았거든요. 아마 자신들도 그 시기를 지나왔기 때문이겠죠(게다가 그 대상이 '어린 여자'란 사실이 텐션을 한껏 올려줬다는 사실을 부인할 수는 없습니다). 저는 그렇게 처음 보는 아저씨들과 술을 마신 후 베이스를 짊어진 채 집으로 돌아오면서 꿈에 부풀어 생각하곤 했습니다. 이번 멤버들은 진짜로 다를지도 몰라, 하고요.

'진짜로 자신이 만드는 음악을 냉정하게 평가할 수 있고 또 타인의 피드백을 잘 들어줄 수 있는 사람들일지도 몰라. 저렇게 들은 게 많은데! 아는 것도 많고! 취향도 나랑 똑같은 것 같고 말이야.'

밴드의 끝이 좋았던 적은 한 번도 없고, 불행히도 저는 많은 경우 밴드가 깨지는 최대의 이유가 되곤 했습니다. '감탄하는 방청객' 혹은 '베이스 쳐주는 팬'의 캐릭터를 배신하고 직언했기 때문이죠.
"이 곡 구려요, 이거 아니에요"라고요(그쯤 되면 쿠션이 있는 언어로 한참을 설득하려 들다 지쳐서 될 대로 되어라, 하고 내뱉는 지경이죠. 저도 노력을 안 한 건 아니었습니다).
왜 취해서 해실거리며 늘어놓았던 그 창작에의 철학에 가닿을 노력을 하지 않을까. 왜 자신의 창작물에 대한 피드백을 자신의 존재에 대한 공격으로 받아들일까. 저는 제가 쓴 곡이 채택되면 그런대로, 또 채택이 안 되면 또 그런대로 받아들였는데 왜 똑같은 일을 저들은 하지 못할까. 저는 그걸 내내 궁금해했고, 그럴 때마다 술을 마시자고 멤버들을 불러내서는 술기운에라도 고개를 끄덕이게끔 하려 노력을 했던 것 같습니다. 첫날 술을 마시며 외쳤던 숱한 창작자(기라성 같은 밴드든 아니면 '나만 알고 있는' 언더그라운드의 누군가든 간에)들의 이름과 거기 기대어 펼쳐놓았던 철학, 그 기억을 불러일으키는 이상한 세계의 물약이 술이 아닐까 하는 마음에서 말입니다. 물약을 마셔서라도 그때의 매력적이던 그 사람을 불러올 수 있다면 뭐이든 다 할 수 있었으니까요!

그러나 그런 시도는 당연히 더 심한 결과를 가져오는 경우가 잦았고 결국 저는 이번만은 다를 거라 믿었던 밴드가 산산조각 날 때마다 아쉬움에 젖어 몇 번이고 좋았던 노래(도 분명히 있었을 테니까요)를 담은 조악한 음원을 반복해 들을 수밖에 없었습니다.

(여담이지만, 마지막으로 몸담았던 곳의 프론트맨은 정말 괜찮은 곡들을 많이 썼는데, 그래서 저는 저를 제외한 멤버들의 갈등으로 해체되던 그 순간까지 그의 열렬한 지지자를 자처했습니다. 아마 저를 '죽일 년'쯤으로 기억할 그 이전의 밴드맨들이 그 광경을 봤다면 속이 꼬여 쓰러졌을

지도 모르겠어요)

온통 알코올로 절여진 그때의 기억들을(필름이 잘 끊기는 특성상 구멍이 숭숭 나 있습니다만) 지금 되짚어보면 가끔은 누군가에게 주먹으로 얻어맞지 않은 게 다행이란 생각도 듭니다. 그 정도로 그 사람들은 상처받았거든요. 그러고 보면 물약이 가장 홀려버렸던 대상은 바로 저였을지도 모르겠어요. 물약을 복용하고서는 상대를 향해 매료된 눈빛을 잔뜩 보내버리고 정신 차린 후 모진 평가를 내뱉었던 중독자 여자애였달까요?

아마도요.

어쩌면 그렇게 밴드들을 부숴버린 행각이, 어떤 기준으로는 '이룬 것'이 아닐까요? 요컨대 한국 인디 씬의 엔트로피를 좀 더……. 아니에요.

그 기억 때문인지 소설을 쓰고 나서는 다른 창작자와 술을 마시는 자리를 최대한 피하려 합니다(작가님과 마신 게 대단한 사건이었으며 제가 창작을 그만두는 순간까지 대

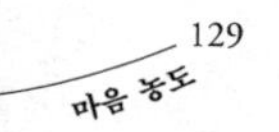

단한 사건이었으면 하는 소망이 있습니다). 아마 새해가 되어 대학원 생활을 시작하면 달라질지도 모르겠지만요. 밴드 생활을 했을 때와는 달리 저는 책을 꽤 냈고, 돈도 벌었고, 그러므로 제 말 하나하나가 어쩔 수 없이 남에게 너무 큰 힘이 될 거라는 사실을 명심하곤 입을 꾹 다물고 열지 않을 것이라는 맹세를 속으로 반복하고 또 합니다.

아무래도 그러니 끈적거리는 물약을 스스로 입에 발라두어야 할 것 같죠. 윗입술과 아랫입술을 쩍 붙어버리게 만드는 묵직한 물약을 말이에요.

일본 잘 다녀오세요.

저는 일본에 딱 두 번밖에는 가보지 않았지만 혼자 술 마시기에 완벽에 가까운 나라라 느꼈습니다. 홀로 밤마다 후쿠오카의 야타이 몇 곳을 돌면서 술을 마셨던 기억이 나네요(야타이 문화가 정말 부럽더라고요). 거기서 엮인 현지의 인연들도 참 많았는데요. 서로에게 깔끔하고 즐거운 경험만을 줬고요. 부디 작가님께도 깔끔한 음주의 여행을 일본 땅이 선사해주길 바라며!

설재인 드림

짠, 두모금

2부

취중 마음 농도 0.15

술과 함께하는 것들

이하진

일본 1일 차

도쿄도 주오구 츠키시마의 어느 몬자야끼 전문점

도쿄도 주오구 츠키시마의 어느 이자카야

오늘의 술

하이볼 1잔, 따뜻한 사케 호리병으로 1병

오늘의 안주

멘타이모찌치즈 몬자야끼, 부타(돼지고기)를 추가한 오코노미야끼, 연근 사이에 다진 고기를 끼워 튀긴 고로케, 돼지 간 꼬치구이, 양념 곱창(막창?) 꼬치구이, 돼지 어딘가의 꼬치구이

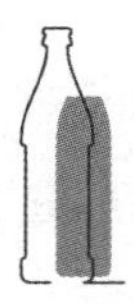

질퍽한 인디 음악에 대한 추억을 나눠주셨는데요, 저는 대학에 들어오기 직전에 베이스를 처음 샀고 중앙동아리 밴드부를 1년 정도 하면서 재학 중이라 함부로 말할 수 없는 그렇고 그런 사건 사고들을 겪었는데도 밴드를 하고 싶다는 열망이 아직 남은 상태거든요. 하지만 작가님이 말씀해주신 마찬가지로 그렇고 그런 것들과 인디 씬의 엔

트로피와 제 시간적 여유를 고려하면 역시 저는 뭔가를 이루기보단…….

조용히 방구석에서 원맨 밴드나 해야겠어요.

그럼 여행 썰을 풀어볼까요.

아쉽게도 야타이는 가보지 못했습니다. 도쿄 도심 위주로 돌아다녀서 그런지 보이지 않더라고요. 그래도 들렀던 어느 가게에서도 혐한을 마주치지 않은 건 운이 좋았습니다. 1일 차에는 현지 유학생분과 함께 마셨는데요, 그분께서도 "(그런 걸) 걱정했는데 다행이다"라고 말씀하셨습니다. 그도 그럴 것이 이자카야는 꽤나 로컬한 곳으로 여기고 있었거든요(메뉴판에 외국어 안내가 없다면 대충 로컬한 곳이 아닐지요).

몇 년 전부터 먹고 싶었던 몬자야끼는 정말 맛있었습니다. 추가로 오코노미야끼도 시켰는데, 무언가 먹고 싶을 때마다 유튜브에서 요리 영상을 찾아보는 저로선 미리 보았던 대로 직접 뒤집었는데요. 점원분께서 다른 직원이 한 거 아니냐며 감탄하셨어요.

일전에 말씀드렸듯 취하는 느낌과 숙취를 그다지 선호하지 않는 데다, 웃돈을 내 호텔 조식을 신청한 상황이라 많이 마실 수가 없어서 여행 도중에는 가볍게 마셨습니다. 바에서는 평소 주량대로 마시긴 했지만요. 이자카야에서는 주로 먹기만 했으니 바에서의 얘길 풀어볼게요.

일본 2일 차

도쿄도 세타가야구 키타자와의 어느 바

오늘의 술

요이치 피티 앤 솔티 1잔, 요이치 우디 앤 바닐라 1잔, 요이치 셰리 앤 스위트 1잔, 클랙스턴스 싱글몰트 10년 1잔

오늘의 안주

연초와 전자담배(실내 흡연이 가능한 곳이었습니다)

인스타그램 프로필에 'English OK'를 걸어두고 내부 흡연이 가능한 바는 보자마자 예약할 수밖에 없었습니다. 일본어는 잘 못하는지라 영어가 너무 절실했거든요. 일본의 바는 보통 자릿세를 받는 모양이더라고요. 당연히 술보다는 쌌지만요.

흡연에 대해서도 꽤 관대한 모양이라, 몬자야끼 전문점에서도 실내 흡연이 가능했어요(혹여 이 글을 보고 일본에서의 흡연을 기대하고 계신 분들께. 가게마다 다르니 직원에게 흡연 가능 여부를 꼭 먼저 물어보시길. 일례로 제가 갔던 이자카야에서는 바깥에서 피워야 했습니다. 길거리 흡연은 거의 불가능한 편).

"렛티*에서 예약했는데요, Hass**입니다."

그렇게 흰 셔츠에 검은 넥타이와 베스트를 차려입은 바텐더분의 안내를 받은 뒤 바에 앉았습니다. 생각보다 고즈넉하고 작은 바였어요. 앉자마자 비로소 느껴지는 조용한 분위기에서 '잘 골랐구나!' 싶어 기대가 차올랐죠. 재떨이를 요청하고 위스키 추천을 부탁드렸어요.

"일본 스타일로 마셔보고 싶어요!"

바텐더분은 한정판 요이치 위스키를 추천했습니다. 전부 홋카이도 증류소에서 만들어졌더라고요. 각각 스카치, 버번, 셰리를 모방한 것 같았습니다. 스카치를 좋아하는 저로선 '피티 앤 솔티'로 시작했죠. 향기는 무난했는데, 입술에 닿자마자 피트의 찌르는 느낌이 들지 않아서 의외라고

*예약 플랫폼 상호명
**플랫폼에서 히라가나 혹은 가타카나로 된 이름이 필요해 닉네임(Hassium)을 잘라낸 ハス(하스)로 기재

생각했던 것 같아요. 그런데 뒤에서 천천히 느껴지더라고요. 나쁘게 말하면 밍밍했고 좋게 말하면 부드러웠습니다. 하도 센 것만 마시다보니 일본 특유의 은은함도 좋더라고요. 그리고 의외의 단맛이 괜찮았어요. 바로 물었죠.

"이거 한 병에 얼마인가요?"
"8,000엔*입니다."

이때 속으로 가격을 잘못 계산하고는 비싸다고 말했다가 정정했습니다.

"아, 생각보단 싸네요. 한 병 사서 가져갈 수 있을까요?"
"죄송합니다. 이게 여기서만 판매되도록 도매된 거라서요. 그래도 홋카이도 가시면 더 싼 값에 살 수 있으실 거예요."

아쉬운대로 추천받은 3종을 전부 마셔보았습니다. 우디 앤 바닐라는 무난한 버번, 셰리 앤 스위트는 그윽하니 모두 괜찮았어요.

"한국은 보통 스카치나 버번 위주로 들여오는 것 같아서 일본 위스키를 볼 일이 잘 없어서요. 얘네들 되게 괜찮네요."
"다행이네요. 일본 위스키는 보통 유럽이나 중국에 먼저

*9,000엔이었던 것도 같았는데 기억이 잘 나지 않네요

수출해요. 그리고 여기(일본 본토).”

‘그래서 잘 안 보였구나!’

그렇게 3잔을 모두 일본 위스키로 마시고 만족한 뒤, 마지막은 마음의 고향 스카치를 주문했습니다. 클랙스턴스는 바 인스타그램에서 발견한 위스키였어요. 본 적 없는 병인 데다 라벨도 예뻐서 주문했습니다.

“스코틀랜드 중부 지방에서 만들어진 위스키입니다.”
“한국에선 못 본 위스키예요.”
“리미티드 에디션이에요. 전 세계 300병 한정.”
“헐(엄지 쌍 따봉).”
“희귀한 위스키죠. 맛이 좀 셀 텐데 괜찮으세요?”
“완전 괜찮아요. 좋아요.”

아마 제가 영어를 제대로 들었다면 300병이 맞을 거예요. 한국에서 마시려면 잔당 4만 원은 했을 것 같아 매 입맞춤마다 스월링으로 레그를 감상하며 천천히 호로록했습니다. 향이 정말 좋았어요. 마지막 잔으로 대미를 장식하기엔 더없이 괜찮았습니다. 적당한 피트와 그윽한 잔향. 높은 도수까지. 스카치 위스키는 이탄–이것이 ‘피트’죠-이 만들어지는 지리적 요건에 따라 위스키의 향이 다른데요, 그래서 섬 지방인 아일라에서 만들어진 위스키들은 바다의 짠맛이 나는 편입니다. 검색해보니 이 병이 만들어진 맥더프 지방은 바다 쪽에 가깝긴 하지만 반도적인 특성을 갖는 것처럼 보이더군요. 내륙의 이탄과 바다의 이탄이 복합적으로 느껴지는 것처럼요. 이전에 삼성역 쪽 몰트 바에서 맛본 샘플러에서도 반도 쪽이 어느 정도 취향에 맞았던 걸 생각하면 아주 좋은 선택이었습니다.

그렇게 네 잔을 만족스럽게 비운 뒤 아늑하고 조용했던 바의 분위기를 마지막으로 음미하며 또 뵙고 싶다는 인사를 나눴습니다. 바텐더분은 바의 명함을 나눠주시며 문까지 마중 나와 인사를 건네주셨어요. 바텐더분의 친절이 그날 음주에 대한 좋은 인상을 마지막까지 더욱 뚜렷이 해주신 것만 같았습니다. 마치 바의 분위기처럼 안락하게요.

좋은 음주의 경험을 만드는 요소에는 물론 술의 맛과 향이 가장 지배적이겠지만 어울리는 사람과 장소도 적잖이 영향을 미치는 듯합니다. 제가 도쿄의 바에서 느꼈던 것처럼, 아마 설 작가님께서 태국의 그곳이나 '다희' 혹은 후쿠오카의 야타이에서 느낀 것과 비슷하지 않을까요. 어쩌면 제가 '술'보다는 '술자리'를 선호하는 까닭이 그런 이유일지도 모르겠네요. 단골인 '어반플로어'에서는 주로 혼술을 하면서도 매번 술자리 같은 즐거움을 느꼈으니까요. 고즈넉하든 시끄럽든 자기 취향에 맞는 장소의 분위기, 술을 함께 나눌 수 있는 편안한 사람들.
이번 여행에 함께했던 친구가 있었어요. 바에서 얘길 나누다 동선에서 유명 관광지를 싹 뺀 이유에 관해 얘기하고 있었죠. 제가 일정 계획 담당이었거든요.

"그런 거 그냥 보면 끝이잖아. 남는 게 없잖아."

저는 사실 명소를 눈에 담는 걸 그다지 의미 있다 여기지 않는 사람이었거든요. 그런데 친구는 반대 성향이었더라고요. 걔가 저 소리를 듣곤 바로 항변하기를,

"그 위스키도 마시고 남는 거 없잖아!"

그땐 말이 심하다고 서로 웃으며 받아쳤지만, 그렇죠. 술은 그 자체로 무언가를 남기긴 힘들어요. 숙취라면 모를까. 그러므로 술과 함께하는 것들이 휘발하는 풍미에 불과한 에탄올 용액을, 음주라는 추억으로 남게 해주는 것이 아닐까 싶습니다(하지만 역시 관광지 관람은 남는 게 뭔지 모르겠습니다. 제가 덕질을 거의 안 해서 그럴지도요).

일정이 3박 4일보다 더 길었다면 더 다양한 술을 마셔봤을 텐데, 아쉬움이 큰 여행이었어요. 정말 어떤 느낌인지만 느끼고 온 것 같았어요. 다음에는 일본어라도 더 공부해서 야타이에 도전해봐야겠습니다.
돌아오는 면세점에서는 즐거운 경험을 주었던 닛카의 요이치 그란데를 한 병 사 왔습니다. 고작 1만 엔이라니 너무 행복했어요. 바에서 마셨던 요이치들은 역시 한정판인 건지 면세점에선 보이지 않더라고요. 이것도 조금 아쉬웠습니다. 후쿠오카에 홋카이도까지. 가보고 싶은 곳만 가득 안고 돌아왔네요(덧붙여 요이치 그란데는 깔끔하면서도 싱글몰트의 본연에 충실한 느낌이 좋았습니다).

다음 주제는 술에 대한 장소를 나누면 딱 좋을 것 같은데 이건 이미 이야기 나눴으니 '사람'에 대한 건 어떨까요. 술을 추억으로 만들어줬던 사람이라던가요.

그럼 회신 기다릴게요.
감사합니다.

이하진 드림

마지막엔 꼭 구명정을 던져줄게

설재인

오늘의 술

짐빔 하이볼 1잔, 따뜻한 도쿠리 1병, 또 짐빔 하이볼 1잔

오늘의 안주

육회

지금 저는 집에서 15분 정도 떨어진 어느 이자카야에 짐을 바리바리 싸 들고 와서 앉은 상태입니다. 이사 후 몇 번 드나들던 곳인데 일단은 모든 좌석이 다찌석이라 혼자 테이블 하나를 차지해야 한다는 부담감이 없고, 또 사장님 한 분이 운영하느라 적당히 서빙이 느려 시간을 실컷 누릴 수 있으며 뭣보다 참 신기한 일이죠, 여기 오면 두루마리 휴지 풀리듯 작업을 후루룩하게 되더라고요(그리고 제가 무언가를 열심히 두드리고 있으면 사장님이든 손님들이든 제게 말을 걸지 않는다는 퍽 기쁜 디테일도 있고요). 오늘 여기 온 이유는 단 하나, 앉은 이 자리에서 작가님께 쓸 이 편지를 다 완성하겠다는 비장한 각오 때문이에요(하루 종일 나물만 먹었던 저번처럼요!).

일본의 여러 바 기행문을 읽고서는 그런 생각을 하며 웃었습니다. 저였다면 분명 그 바의 다른 점들, 예컨대 그곳을 향해 가는 길에서의 독특한 점과 층계의 분위기 혹은 바텐더의 복장이나 여기저기서 반짝이는 조명 따위를 실컷 이야기하다가 샛길로 빠져 꼰대처럼 남들은 그다지 궁금해하지 않는 옛날 추억이나 실컷 늘어놓았겠죠. 정작 중요한 술 얘긴 두어 줄로(마치 만취한 저의 기억처럼) 날려버렸을 텐데 역시나 작가님은 술에, 위스키에 진심이시구나, 를 다시 한번 느꼈습니다.

잠시만요, 작가님 지금 반칙을 쓰신 게 아닌가요. 저희는 분명 '술을 마시면서' 편지를 써야 했고 서두에 적은 주종과 안주 역시 편지를 쓰는 동시에 주유한 것들이 아니던가요. 그런데 여행을 혼자 가신 게 아니잖아요? 일행과 바에 가셔서 설마 혼자 원고를 쓰신 건가요! 만약 나중에 편지를 쓰신 거라면 반칙입니다. 일행과 함께였음에도 불구하고 일행을 한쪽에 밀쳐둔 채 일에 몰두하셨다면 그 일행분에게 조심스레 하트를 보냅니다. 저는 그런 일행을, 동료든 친구든 연인이든 가지는 게 꿈이었고 지금껏 단 한 번도 이루지 못해 이제는 혼자인 것이 편하다 스스로 도장을 찍어버린 사람이니까요. 만약 후자라면 그 귀인을 꼭 붙잡으시길 바랍니다. 영원하라, 그 정이여!

'사람'을 말씀하셨기에 제가 알지도 못하는 분에 대해 떠벌떠벌 지껄였다고 변명하면서 머리를 긁적이며 과거를 천천히 헤아려봅니다. 내 인생에 술에 얽힌 사람이 몇이나 있을까?

...

......

....

잠시만요.

....

있던가?

있을까?

어?

편지를 쓰는 지금 아직 이 가게에 손님은 저 하나입니다. 저는 여기 항상 오후 6시의 첫 손님으로 와서 두어 시간 작업을 한 후 일어나죠. 사장님께서 저번에 계산하는 제게 머쓱해하면서도 말씀하시더군요. 자정 넘어오면 아주 즐거울 거라고 말입니다. 아마도 제가 혼자 고요히 술을 마시는 걸 외롭다고 인지하시는지도 몰라요. 혹은 매일 침묵을 지키는 세미 단골이 새로운 분위기를 맛보길 원하시는지도요. 그러나 새벽에 일어나서 초저녁에 자는, 발매는 할머니 같은 일상에 자정의 술집이란 건 다음 날의 일정을(그리고, 작업 루틴을) 모조리 박살 내야만 가능한 것이므로 아마 당분간 저는 언제나 마수걸이를 담당하는 손님일 터입니다.

사람이라. 술을 마시며 만난 사람이야 많지요. 처음 제게 술을 가르쳤던 끔찍하고 귀여운 중학생들과, 폭음이 일상이던 대학 시절의 친구들, 어린 기간제 여교사가 술꾼이란 사실을 그토록 기특해하던 첫 직장의 선배 선생님들, 같은 기간제로서의 설움을 토하며 술을 마시던 옛날 동료들(정교사로 일했던 특목고에서는 술을 마실 수 있는 시간이 전혀 없이 극한 노동을 했지요), 지난한 연애의 순간에 존재했던 이들, 일본으로 복싱 경기를 보러 출국 수속을 밟던 아침 7시의 인천공항에서 소주병을 까던 복싱인들, 타이항공 기내에서 제공되는 위스키와 와인을 있는 대로 마시며 수다를 떨었던 옆자리의 태국인과, 또 태국의 노천 바나 라이브클럽 혹은 도미토리 10인실 따위에서 만난 이스라엘인과 스웨덴인과 핀란드인과 미국인과 홍콩인과 한국인과 그리고 또 태국인, 교사를 그만둔 후 동네 포차에서 노란 머리하고 알바하던 때 만난 좋은 사장님과 단골들, 그때 한국에 스탑오버를 하는 바람에 또다시 만나게 되었던 그 전의 이스라엘인과 그의 형제들(그들은 제가 일하던 바로 그 포차에서 새벽 3시까지 술을 마신 후

인근의 24시간 곰탕집으로 2차를 가서 곰탕집의 무료한 종업원들을 홀려버렸어요. 무서운 삼 형제였습니다).

지금 생각해도 즐거운 경험들이긴 했으나 일부는 인스턴트일 수밖에 없을 만남이었고 나머지는 지속적으로 이어지지 못했지요(거기엔 아마 저라는 개인의 문제가 가장 클 것입니다). 그러므로 그 경험들은 여기 쓰기엔 부적절하다고 저는 느낍니다.

'술과 사람'이라는 주제를 가만히 들여다보자면, '술'과 '사람'이 화합하든 그저 무언가가 상대의 위에 둥둥 떠 있든 간에 똑같은 비중을 차지해야 한다는 기묘한 덫에 사로잡힙니다. 제 인생에서 술은 너무나 막강해서, 도저히 술 없이는 생존이 불가능한 존재라서, 그 정도의 중요함을 가지는 사람이 어디 없나 생각했더니, 제 일생을 몇 날 며칠 들여다보고 까뒤집고 물에 불려도 보고 어디 던져도 보고 찢으려 노력하거나 귀퉁이도 씹어본다 한들, 아무것도 나오는 게 없었단 말입니다.

그런데 오늘 비장한 각오로 다찌의 가장 변두리 자리, 진로와 테라 박스가 가득 쌓인 귀퉁이 바로 옆에 앉아 워드를 켜는 순간 떠오르는 사람들이 있었습니다. 왜 미리 깨닫지 못했는지 조금은 의아할 정도로 빨랐고, 또 당연했습니다.

‘원고가 잘 안 풀릴 때 술자리 장면을 쓴다’. 이런저런 북토크 자리에서 농처럼 하는 말인데 실은 농이 아닙니다. 진담이에요. 치트 키라고나 할까요. 그때 보통 등장인물들은 갈등을 겪거나 어려움에 처해 있고, 제정신으로는 아무리 머리를 굴려도 답이 나오지 않고, 거의 자포자기하는 상태에서 티릭, 소리를 내며 소주병을 따곤 합니다. 그러고서는 뒷일을 생각 않고 열심히 주유하는 것입니다. 물론 술 마시는 저와는 달리 말은 많아야 하지요. 그래야 소설이 진도를 나갈 수 있으니까요.

그렇게 폭음하는 인물들 외에도, 사실은 제 소설의 모든 사람이 저의 술친구가 아닌가 잠시 생각해봤더니 정말 그랬더란 말입니다. 다 혈중알코올농도에 기대어 불러낸 작자들이잖아요(정확히 꼽자면 2020년 출간된 장편 《세 모양의 마음》부터였습니다). 2022년 하반기부터는 아침에도 가볍게 두어 잔 반주를 했으니 정말로 모두가 술친구인 셈입니다.

이 얼마나 고마운 술친구인가요? 그들은 저의 통제하에서 움직이고, 때로는 너무 착해요. 악당이더라도 제게 물리적인 해를 끼치지 않으며 무엇보다 아무리 미친 듯 술을 마시고 안주를 먹어 치워도 다 공짜입니다. 그 어떤 레어 위스키를 마시든 소주를 궤짝으로 부수든 대방어를 인당 한 마리씩 먹든 다 공짜죠(살생을 하지도 않죠). 토해도 헛소리해도 괜찮아요. 다음 날 누군가, 혹은 본인이 직접 와서 사과하고 수습할 테니까요. 제가 그런 장면을 원하니까.

그것이었습니다, 저의 술-사람들은요. 술을 마시며 작업하는 빈도와 시간이 늘면서 술을 마시지 않은 그들도 자주 만나야 했습니다. 웃고 행복해하는 그들도 있었으나 번민하고 화내고 사과하고 울거나 아무것도 못 하는 그들이 훨씬 많았습니다. 아침부터 반주를 하며 싸늘한 자취방에서 사람들과 사연들을 빚어내고 있노라면 이야기에는 자주 화가 깃들었습니다. 어느 편집자님께서는 조심스레 그렇게 물으셨던 적도 있죠. 화가 아주 많이 나셨나봐요, 하고요.

맞아요.

그러나 그 사람들에게는 그렇게 반응하고 행동해야 할 이유가 있었고 그게 제가(술에 취했든 그렇지 않든, 어쨌든 어떠한 인격체로서의 제가) 표현하고 싶은 것이었으니 조금은 미안하더라도 말할 수밖에 없었습니다.

미안해. 하지만 아주 엄청난 비극에 몰아넣지는 않을게. 마지막엔 꼭 구명정을 던져줄게. 그게 내 소중한 술친구인 너희에게, 아니, 술친구일 뿐만 아니라 친구인 너희에게, 아니, 나 때문에 이 끔찍한 세계로 끌려들어 온 너희에게 해줄 수 있는 거니까. 그러니까, 잊지 않고 던져줄게.

너희가 구명정을 잡지 못한다면 내가 뛰어들게, 구하기 위해.

저는 플롯을 하나도 짜지 않고 그저 깜박이는 커서와 허연 머릿속의 상호작용을 믿으며 소설을 쓰기 때문에 그런 상상을 자주 합니다. 저라는 존재에 대해 되든 안 되든 적고 있을 제 위의 누군가도 사실은 저의 앞날, 아니죠, 당장 한 시간 뒤에 대해 아무런 대책도 계획도 세우고 있지 않을 거라고요. 그저 약간 취한 자신의 손가락이 움직이는 대로 내버려둘 것이라고요. 저는 저의 술친구를 매일 불러내고 그는 저란 술친구를 두고서 얘를 어찌해야 할지 고민하는 겁니다. 저의 창조주가 저와 닮은 이가 아니라는 가정을 굳이 세워놓고 고통받고 싶지는 않기에 저는 그렇게 결론을 내릴 것입니다. 저 역시도 누군가의 억지로 소환된 술친구라고요. 그러나 그 술친구가 얼마나 소중한지 알기에 저 위에서 저를 만들어놓고서 끙끙 앓는 이에게도 좀 잘해주고 싶거든요. 꼴사납든 아니든, 그 위의 이에게는 제 말씽이 다 한두 줄로 처리될 터이니, 그저 재미있게 만들어주고 싶어요. 저를 절대로 그만두지 않도록 말입니다. 매일 아침에 눈 뜨자마자 소맥 한잔 말고 얼른 설재인을 만나야지, 하는 생각이 들게요.

저는 이 이자카야에서 제 직업을 말한 적이 없어요. 그래서 사장님은 올 때마다 패드를 펴고 휴대용 키보드를 두드리는 저를 보며 항상 말씀하시죠.

"아이고 그렇게 열심히 일하시는데. 저런 분을 진급시켜야지! 언제 진급하십니까!"

그럼 저는 "그러게요!" 하고 웃고요.
진급이라니. 급이 달라진다는 것은 얼마나 어려운 일인가요. 그것은 능력으로도 의도로도 함부로 되는 일이 아니더랍니다. 얼마나 모호한 개념이기도 한가요. 대체 급이 무엇이길래.
제가 할 수 있는 일은 그저 세상의 레이어를 상상하는 것입니다. 나의 존재를 어디선가 취기 어린 누군가로 빚어내고 있겠지요. 그는 그 세상에서도 매일 낮술을 마시는 여자처럼 조금은 이질적인 구성원일 것입니다. 그러나 저로 인해서 그 술을 외로운 게 아니라 기꺼운 것으로, 아니, 가장 충만한 순간으로 여길 수 있었으면 좋겠어요. 마치 제가 그러하듯이요. 그리하여 저는 아주 힘들어 아무것도 할 수 없다고 느낄 때마다 손을 위로 뻗고는, 부릅니다.

지금 원고가 막히는 거죠?

내가 어떤 술자리를 만들어내길 원하나요?

설재인 드림

(8시 10분, 드디어 두 번째 손님이 왔습니다!)

그 모든 슬픔이 그들만의 것이 아니었으면 좋겠습니다

이하진

오늘의 술

요이치 그란데 2잔

오늘의 안주

자취방 이삿날에 먹다 남은 탕수육, 르세라핌의 〈ANTI FRAGILE〉, 제 자작곡 하나

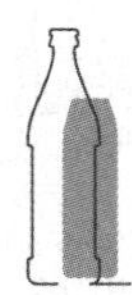

술과 사람이라는 주제에 소설가로서 이렇게 멋진 글을 완성해주시는 건 반칙이 아닌지요! 솔직히 조금 부러울 정도로 잘 받아주셔서 약간의 질투를 느끼며 읽었답니다. 저는 대부분의 원고를 술 없이 치는 데다, 음주 장면을 넣고 전체 이용가를 바라는 심보는 부적절하다 느껴서(《모든 사람에 대한 이론》에는 음주 장면과 흡연 장면을 같이 넣긴 했지만요) 그들과 친한-사람일지라도 술-사람은 절대 될 수 없는 관계를 가지고 있거든요. 굳이 덧붙이자면 실명과 필명을 분리해서 글과 자아를 분리하려는 노력의 일환으로써 그 이상으로 가까워질 수 없는 것도 있고요. 내적 친밀감이 충만하지만 철저한 감독과 배우의 관계로요.

대부분의 원고를 술 없이 친다고는 했지만, 그 대부분이 되지 못한 일부에 대해 말해볼까요.
바공의 일환에는(놀랍게도?) 원고 역시 포함됩니다. 대학생들이 어디 가서 공부한다고 퉁 치는 행위들 사이에는 지긋지긋한 토익 따위의 자기 계발과 아르바이트 대용의 재택근무, 외주, 커미션들이 종종 끼어들곤 하니까요(아닌가요? 제 주변은 그렇던데).
그들은 학교 앞의 적당한 카페 따위를 둘러보며 "자리 있어?", "아니", "있긴 한데 콘센트가 없어" 같은 대화를 수없이 반복하다 결국 처음의 목적지와는 꽤 멀어진 카페에 착석해 각자의 노트북과 태블릿 혹은 책을 펼치곤 할 일을 뇌리에 띄우지요. 저는 그런 장소가 바일 뿐이고요. 아, 참고로 '어반플로어'에는 콘센트가 2구뿐입니다. 바의 특정 자리에서만 요청해 받을 수 있는 비밀 콘센트 하나(이것은 상황에 따라 사용이 불가능할 수도 있습니다)와, 비어퐁의 조명을 연결하기 위해 바닥에 붙여둔 멀티탭 하나의 구멍이 전부예요. (제가 말하긴 뭐하지만) 바는 원래 공부를 위한 장소가 아니니까요.
중간고사든 기말고사든 시험이 끝나면 그달이 끝나기까진 한 주에서 두 주 정도의 시간이 남게 됩니다. 저는 그 기간 동안 당월 마감인 원고들-하지만 시험 전에 초고를 전부 친-을 손보러 가지요. 항상 그렇거든요. 시험이 있는 달에 불가피한 마감이 겹치게 되면 한 달 전에는 원고를 미리 쳐놓고, 시험이 끝나면 채 떠나지 않은 시험 내용과 성적에 대한 회한 따위가 끈적하게 남아있는 머리를 붙잡고 퇴고나 교정을 봐요.

여기서 문제. 시험 기간 내내 바공을 했으니, 마치 뒤집힌 파블로프의 개처럼 제게 '공부와 집중!'이란 '바에서 하는 것!'이 되고 마는 겁니다. 다른 장소를 찾아가면 지울 수 없는 어색함이 손끝을 계속 감돌기에 결국 '대부분'이 되지 못한 '일부'의 원고들은 술 냄새를 풍기게 되는 것이지요.

재밌게도 약간의 나른한 감각과 함께 자신이 만든 인공적 희로애락에 빠지는 경험은 나쁘지 않습니다.

그럼에도 잘 하지 않는 이유는 뭐냐 물으신다면,

이러면 술에 집중을 못 해요.

한 모금씩의 향취를 느낄 수는 있지만, 여운에 젖어있을 시간이 없게 되잖아요. 이 귀하고 맛있는 걸 두고 바로 원고에 집중해야 한다니(저는 진짜 위스키에 진심인가봐요).

단편 원고의 절반을 퇴고하는 한 시간 동안 30mL 한 잔을 집중과 비 집중의 중첩 상태로 비우고 나면 자리에서 일어나 흡연 구역으로 향합니다. 시각화된 한숨을 몇 내쉬다

지인을 마주치면 “(취한 게 아니라 더 보기 싫어서) 토할 것 같아요” 같은 말을 중얼거린 후 다시 자리로 돌아와서는, 아까 마시며 집중하지 못한 잔에 미련을 담으며 바텐더에게 말합니다.

“너무 비싼 건 일하면서 마시기 아까우니까, 적당히 싼 걸로 추천해주세요.”

가끔은 “정신 차리게 시원한 롱 드링크도 좋겠어요” 같은 주문을 곁들이면서요.
두 번째 잔부터는 흡연 구역으로 향하는 빈도가 더 잦아집니다. 원고에 물릴 대로 물려선 ‘더 볼 것도 없어 보이는데 뭘 봐야 하는 걸까’ 같은 상태로 니코틴에 힘입어 취기가 올라와 기분이 나른해지는 동시에 좋아지기 시작하면 이제 그날 일은 망해버린 거예요. 끝까지 보고 가겠다고 했으면서 결국 노트북을 덮어버리곤 바텐더에게 두 손을 들어 보이죠. 항복! 그러면 바텐더는 묻습니다.

“끝나신 거예요?”

“네”라고 이어져야 했을 대답은 “아뇨, 나머진 내일 하려고요”가 되며 집중의 대상은 마침내 절반쯤 마셨지만 얼음이 녹아 묽어져버린 술이 됩니다. 비로소 그걸 원샷한 뒤 절제의 마지노선인 세 번째 잔*을 고심해서 주문합니다. 그 잔이 그날 마신 술들 중 가장 비싼 잔이 되도록요. 그리고 함께 바공하러 온 지인이 있다면, 그는 어느새가 일을 먼저 끝내놓고는 이쯤에서 '드디어!' 같은 표정으로 제게 환호의 미소를 보내죠.

그렇게 원고에 대한 무언가는 끝나고 마는 걸까요? 아뇨, 끝내지 못했다는 미련이 어리석게도 남아서는 하하 호호 지인과 바텐더와 떠들다가도 대화가 끊기는 순간이면 비탈길에 주차된 차의 브레이크가 풀리듯 맥없이도 원고의 잔상이 유령처럼 머리를 배회하기 시작합니다.

거긴 그렇게 쓰면 안 될 것 같은데 이거 언급해줘야 하는데 언급했나? 저는 치밀하게 계산하고 계획해서 쓰는 편이라 단추 하나라도 어긋나면 원고 전체가 꼬여버리거든요. 그러고 휴대폰의 메모 어플을 켜서 급한 대로 내일 치, 아니, 오늘치 투두 리스트에 '집 가면 주인공이 사고 친 부분 앞부분이랑 연계 확인하기' 따위를 써놨다가, 다시 술을 한 모금 마시곤 웃고 떠들다가, 아니 근데 잠깐만, 아 거기 꼬였네. 큰일 났다. 이거 당장 안 고치면 감각 다 까먹는다. 악!!!

결국은 스스로가 초래한 비상 상황에 덮었던 노트북을 다시 펼칩니다. 펼친다고 바로 수정할 수 있는 건 아니라 그새 휘발한 원고 내용을 다시 되짚고, 수정하다보면 30분

*도수에 상관없이 세 잔을 넘어가는 날은 절제하지 않는 혹은 않은 날로 칩니다

은 훌쩍 날아가 있고, 그새 내 잔의 알코올도 같이 휘발한 것 같고, 시계를 보고는 눈물을 머금고 "계산이요"를 외치고 마는 것이지요. 그렇게 원고에 정신이 잡혀가는 상황은 잠들기 직전까지 이어집니다. 그러다가 새벽 1시에 노트북을 다시 열고 새벽 4시가 되고…… 젠장.

《모든 사람에 대한 이론》의 음주 장면은 제정신으로 썼습니다. 애주가로서 부끄럽네요. 얘들아! 나도 거기 끼워줘! 제가 마셨던 스태그 주니어를 같은 장소에서 마시는 주인공의 심정은 어땠을까요. 약간의 스포일러를 하자면 주인공은 그곳에서 위스키를 마시다 정신을 잃어요. 설 작가님의 편지를 읽고 나니 주인공에게 조금은 미안해지네요. 너도 즐기고 있었을 텐데, 그렇게 돼서 미안하다. 근데 어쩌겠니, 주인공인 이상 그 정도 고난은 감내해야지.
그러다가 제가 감독으로서 "컷!"을 외치는 장면을 상상합니다. 그러면 정신을 잃었던 주인공은 웃는 얼굴로 훌쩍 일어나 "수고하셨습니다!" 따위를 말하고, 저는 속으로부터 닿을지 모를 한마디를 되뇝니다. 그렇게 고통스러운 삶은 누군가의 삶이 될 수도 없고, 되어서도 안 되며, 너도 그저 이 개 같은…… 되다 만 시나리오로 만들어진 가상의 삶을 연기하는 배우일 뿐이라고요.

하지만 털어놓자면, 비겁하게도 그것은 가상의 비극을 만들어놓고 유사한 현실의 비극과 거리 두어 도망치려는 태도와도 같다고 느낍니다.
픽션은 픽션일 뿐이라 말하고 싶지만, 현실과 닿은 이야기를 쓰는 입장에서 그런 말은 얼마나 무책임할지요. 만들어낸 고통스러운 삶이 현실에서는 누군가의 실제 삶이 되기도 하니까요.
그러니 저는 해피엔딩을 많이 쓰고 싶어요. 이제는요. 설 작가님과 나눴던 첫 인터뷰에서는 '해피엔딩이든 아니든' 많은 이야기를 쓰고 싶다고 했지만, 벌어지면 안 되는 일조차 벌어지고 마는 게 우리 세상이니까 픽션에서라도 위로받고 싶어요. 이대로는 누구보다도 제가 지칠 것 같거든요. 도망치려는 태도를 말했지만, 실은 도망치지 않고 직시하고 싶습니다.
모두가 자신의 삶을 주인공이라는 배역으로서 살아가다 감독의 슬레이트 치는 소리에 웃으며 끝을 마무리할 수 있었으면 좋겠어요. 그 모든 슬픔이 그들만의 것이 아니었으면 좋겠습니다.

이하진 드림

말하면 안 되는 우스운 감기

: 흡연과 음주, 그리고 섹스

설재인

오늘의 술

테라와 새로를 섞은 소맥

오늘의 안주

총각김치, 그저 삶은 면에 소스를 비볐을 뿐인 오일파스타, 모 대형마트 브랜드의 샐러드

답장을 늦게 드려서 죄송해요. 약간의 소동이 있었습니다. 간단한 표현으로 정리하자면 일종의 '물리적' 자아 붕괴가 찾아왔던 것이지요.

2월의 어느 토요일 갑자기 똑바로 눕는 게 지극히 괴로우며 허리를 구부릴 수 없는 벼락같은 통증이 찾아왔습니다. 바지를 스스로 입는 게 거의 불가능했고(물론 저는 혼자 살고 있고 공연음란죄로 신고당하고 싶지는 않았기에 각고의 노력을 통해 걸치기는 했습니다만) 서서 걷거나 앉는 것보다 누워 있을 때 가장 통증이 심했어요. 통증에 아예 잠을 이룰 수가 없었으니까요.

그렇게 주말을 보내고 가까운 척추 전문병원에 갔습니다. 의사가 문진을 하고 누운 저의 다리를 이리저리 움직여보

더니 아주 가벼운 목소리로 "아아아아주 전형적인 허리디스크 증상이네요!"라고 밝게 말하며 MRI를 한번 찍어보자 했죠. 그리하여 난생처음 MRI를 찍었는데, 막상 찍고 났더니 그 쾌활하던 의사의 얼굴이 급격히 어두워지면서 말하길, "조영제 넣고 한 번만 더 찍자. 두 번째건 비용 안 받겠다"는 겁니다.
그러곤 조영제의 영향으로 환-해진 사진을 보고 말하는 거였죠.

"디스크는 전혀 아니고요, 상태 아주 좋아요. 그런데 여기 보세요. 원래는 이 줄이 쭉 하얀색이어야 합니다. 그런데 여기, 무슨 먹구름이 낀 것처럼 숭덩 잘려 있잖아요. 까맣게. 제가 이게 뭔지 모르겠어요. 처음 보는 사진이라서, 그래서……."

그러더니 대학병원으로 가라는 것이었습니다.
이후의 대학병원 순례와 서서히 일어난 자연치유는 그다지 중요하지 않습니다. 지루하거든요. 어떤 이들에겐 너무나 어렵고 또 어떤 이들에겐 지극히 우스울 게 분명한 대학병원 예약시스템, '명의'와 '명의가 아닌' 의사들에 대한 정보 공유와 살벌한 평가, 암 병동의 풍경, 그리고 병원을 도는 마을버스에 실린 사람들의 표정 같은 건 제가 아주 어렸을 적 〈어린이에게 새 생명을〉과 같은 TV 프로그램과 책으로 엮여 나온 수기를 통해 익히 보아온 그대로였죠. 하나도 바뀐 것이 없었습니다.

어쨌든 병원을 몇 군데 돌고 제가 받은 진단은 공통적으로 '기다려라'였습니다.

기다려.

왜?

이게 뭔지 모르겠으니까. 처음 보니까.

차라리 그렇게 솔직히 말해주는 게 낫더군요.

더 솔직히 말씀드리자면 그렇게 온갖 마약성 진통제와 신경통약을 바리바리 싸 들고 집에 왔으면서도 저는 금주를 하진 않았습니다. '펠루비서방정 음주'나 '리리카캡슐 음주' 따위의 검색어가 아직도 제 검색기록에 남아있네요. 치명적이지 않다면 갈기고 보는 겁니다.

지금은 민망하게도 자연치유되어 그 시커먼 것이 무엇이었는지는 평생 알 수 없게 되었습니다. 재발을 방지하기 위해 무얼 유의해야 마땅한지도요.

작가님의 '이용가' 말씀을 보고 긴 이야길 시작하려 합니다.

다투자는 건 아닙니다. 그냥 저의 견해는 이렇다, 라는 것이죠.

예전에 청소년 장편을 쓰면서 성인(주인공의 엄마)의 음주 장면과, 두 청소년이 룸카페에서 성적인 행위를 하려 드는(미수에 그쳤습니다만) 에피소드를 넣은 적이 있거든요. 처음으로 쓴 청소년소설이었는데 편집자님께 바로 제재를 당했습니다. 아, 청소년소설이란 판은 원래 그렇구나, 라고 생각하며 저는 그 장면들을 들어냈지만 꽤 슬펐죠. 제가 느끼기엔 퍽 중요한 장면이었거든요. 그러나 청소년소설은 어린이책과 더불어 '독자층과 구매층이 다른'(이 특징은 생각보다 훨씬 유의미합니다. 이 얘길 하자면 또 너무 길고 신랄해지겠네요. 그냥 우리 어렸을 때를 생각해보면 되죠. 청소년소설을 내가 사달라고 한 적이 있는가? 그런데 학교 도서관에는 어떤 책이 있었는가?) 아주 특이한 장르이기에 제가 알지 못하는 질서가 분명히 형성되어 있을 거라 여겼고 저는 받아들였습니다.

아주 나중에 다른 회사의 편집자분들을 만나 그 얘길 했는데 그러시더라고요.

"어머, 말도 안 돼. 저희 회사에서도 저번에 청소년소설 나와서 읽어봤는데, 진짜 이런 걸 청소년 대상으로 써도 되나? 싶을 정도로 충격적이었거든요. 그런데 겨우 어른 음주나 룸카페 같은 걸 가지고 검열을 했다고요?"

그러고는 외국 소설이었다고 덧붙이셨습니다.
물론 출판사마다, 그리고 편집자마다 기준이 당연히 다를 터입니다. 그러나 청소년소설을 청탁받은 이후 꽤 많이 읽어본 저로서는 그런 경향을 느낄 수밖에 없었습니다. 한국의 청소년소설은 어딘가 지나치게 온건했어요. 욕도 하고 때리기도 하고, 심지어는 살인도 해요. 그런데도 그 행동들이 지면으로부터 한 뼘쯤 떠 있었어요. 연극배우들이 무대 위에서 하는 행동처럼 느껴지기도 했습니다. 분명 저는 한국에서 태어나 한국에서 자랐는데, 중고등학생이었던 제가 그 소설들을 읽고 매료되었을 거란 확신을 가지지 못한다면 저는 그 이유를 반드시 찾아야만 했습니다(그리고 당황하던 저를 결국에는 끌어들인 아주 좋은 청소년소설들을 발견했기에, 저는 청소년소설을 계속 쓰겠단 결론을 내릴 수 있었죠).
결론은 결국 바로 그 검열에 있었습니다. 지금의 한국이 아닌 곳을 배경으로 하는 외국의 청소년소설은 구매자들로 하여금 실제로 이런 일이 일어날지도 모른단 위기감을 주지 못하는 것이죠. 그 소설에서 애들이 술과 담배, 섹스를 하더라도 한국의 중학생인 내 아이는 그럴 수 없다고 확신하기 때문에 너그러워질 수 있는 겁니다.

그런데 배경이 한국이 되고 주인공이 내 아이의 또래가 되면 이야기가 급격히 달라집니다. 분명히 그 주인공도 주변 인물들도 그리고 작가도 하고 싶은 말이 있을 터인데, 그저 특정 장면들의 모방 가능성이 급격히 치솟으며 '유해매체'가 됩니다. 국내 청소년소설에 그런 장면들이 많을수록 "추천 도서로 선정될 가능성은 극히 줄어들기도 합니다"(실제로 제가 여러 청소년소설 편집자님들께 들은 말이죠. 청소년 도서는 각종 기관의 추천 도서로 선정되느냐 그렇지 않으냐가 판매고에 결정적인 영향을 미치기 때문에 추천에 결격사유가 될 만한 모난 장면은 최대한 지양할 수밖에 없다고요).

애들이 욕 쓰는 장면을 등장시켜도 괜찮습니다. 죄가 아니니까요. 폭력과 살인을 써도 괜찮습니다. 그건 누구에게나 아주 명백한 죄니까요. 그런데 흡연과 음주, 섹스 따위는 그렇지 않다 이겁니다. 어느 시점에서 1월 1일 땡 치고 보신각 종이 울리는 순간 난데없이 죄가 아니게 되어버리는 그 일들은 우습게도 그래서 '말해서도 안 되는' 금기가 되어버리는 거예요.

이미 진짜 현실에서의 아이들은 담배도 다 피우고 술도 다 마시고 섹스도 다 하는데 말입니다. 그것도 아주 열심히요. 모방해서는 안 되기 때문일까요? 이런 논리에 대해서 저는 회의적입니다. 나이가 어릴수록 이성적인 판단이 힘들고 탈선이 쉽다는 건 웃기는 소리예요. 사회에서 오래 구른 후 장착한 눈치 덕에 안 들키는 거지 사실은 십 대나 오십 대나 쉽게 매혹되는 이는 여전히 쉽게 넘어가고, 타인에게 감정 이입할 수 없는 이는 여전히 잔인합니다(확률상 이런 이들이 위에 올라가 있을 경우가 많고요). 오히려 악화되는 경우가 부지기수죠. 그 악화의 근간에는 무엇이 있을까. 전 생각합니다. 제한된 서사만으로 채워진 시기들은 영양 없는 토양과 마찬가지여서 날아오고 파고드는 수많은 씨앗 중 너무나 끈질겨서 모든 이의 토양에도 같이 존재할, 그런 기본적인 풀 몇 가지밖에는 키우지 못한다고요. 서사가 많아질수록 그 위에서 찧고 까불고 무슨 일이든 다 해보는 인물들이 힘을 얻고는 토질이 비옥해져 이것저것, 별의별 나무며 꽃을 다 만들어볼 수 있을 것이라고요.

본디 이런 주장은 입시 위주의 교육에 대해서는 이미 질리도록 제기되어 온 이야기일 겁니다. 교재밖에는 읽지 않은 아이들의 무감에 대해서 말이죠. 소설에 대해서도 마찬가지예요. 현실을 담지 않은, 올바르도록 정제된 텍스트만을 아이가 접하도록 만든다면 그것은 향후 마주할 수많은 올바르지 않은 상황을, 그리고 그런 상황이 생길 수밖에 없던 연쇄적인 인과의 고리를 이해하고 그에 대비할 수 있게 만드는 유의미한 순간들을 말살하는 것이 아닐까요?

대학에 다니던 시절, 저는 아주아주 폭력적인 상황들에서는 비껴갈 수 있었는데 그것은 제가 예쁘지 않고 또 유달리 목소리가 크며 드센 애였기 때문이었습니다. 그러나 그 폭력의 현장들을 모두 목격까지는 했는데, 놀라운 사실은 제가 당시에 그게 '맞는 것', '별 게 아닌 것', 그리고 '우스운 것'이라고 주입받았고 또한 반감을 가지지 않았다는 겁니다. 이유는 당연해요. 처음부터 저에게 음주, 흡연, 그리고 섹스는 다 그런 것들이었으니까요. 양지의 미지. 누구나 다 하지만 어린 나는 말할 수 없던 것. 그러니 성인이 되어 '그런 것들'을 처음 접하는 그들이 말하는 쪽으로 엉금엉금 따라가는 게 전부였습니다.

만약 그런 이야기를 학교에 버젓이 비치된 '청소년' '권장' 소설이 해주었더라면 어땠을까요? 적절히 뇌와 폐와 간과 클리토리스를 간질간질하게 해주면서 동시에 그런 자극에 취약한 나를 지키는 방법을 알려주는 이야기들이 '권장'되었더라면요. 저는 그 역할을 아직도 이른바 '포타'(창작물 게시를 위한 플랫폼 '포스타입'의 약자이죠. 주로 BL을 다루고요. 저희 세대에는 그저 A4용지에 두껍게 인쇄된 '팬픽'이었습니다만)가 맡고 있단 사실이 우습고 슬픕니다. 섹스할 때 반드시 콘돔을 써야 하고 그걸 어떻게 씌워야 하는지 여자애들이 어디서 배울까요? '포타'에서죠.

소설이란 매체(그리고 음악)에 대해 매기는 이용 가능한 연령 등급이 영상물만큼 세분화되어 있지 않은 이유는, 제 생각엔 단 하나입니다. 텍스트나 사운드로 진술된 자극의 발현은 영상에 비해 더디다는 거요. 언제나 한 차례의 허들이 있단 거요. 자극만을 향해 달려가던 향유자가 그곳에서 주춤할 때, 바로 그때 창작자는 자신이 진짜로 하고 싶었던 이야길 때려 박을 수 있는 겁니다.
그래서 더 많이 이야기할 자유가 생깁니다. 과감한 소재를 차용하고서도 어린 삶들을 여기저기서 구제할 수 있습니다. 위로하고 손 붙잡고 이끌고 또 계속 기억하게끔 만들 수 있습니다.

저는 그때 음주 장면과 룸카페의 디테일을 삭제한 것을 후회해요. 다시 시계를 돌릴 수 있다면 죽어라 고집을 부리고 싶습니다. 애들은 다 알아요.
창작자가 무진 애를 써야 할 것은, 그 모든 현실을 드러내면서도 동시에 모방하지는 않을 수 있는 서사를 창조해내는 겁니다, 라고 저는 생각합니다.

이번엔 주제를 드리려 합니다!
아주 쉬운 주제로요.
'안주'로 가요.

추신) 제가 읽은 최근작 중 제 주장과 가장 잘 합일된 소설은 서수진의《올리앤더》였습니다. 청소년 대상으로 출판된 작품은 아니었습니다만 저는 이 소설이 거의 완벽한 청소년소설이라 생각해요.

설재인 드림

저는 이 미감의 루트에 만족합니다

이하진

오늘의 술

비타 500에 참이슬 ○병, 하이랜드파크 12년 1잔, 글렌피딕 12년 1잔, 옥토모어 13.3 1잔

오늘의 안주

감자튀김 몇 조각과 가라아게 2조각, 웰치스 제로, 연초 몇 개비, 감자 칩

MRI는 물론이고 조영제는 본 적도 없고 성인이 되어서야 받아본 첫 국가 건강검진 안내조차 바쁘다는 핑계로 해본 적 없어 뭔가 고도의 의학적인 처치를 받아본 적 없는 이십 대 초반의 저로선 작가님의 그런 경험 되게…… 해보고 싶은 경험이네요. SF적이고 소설적 소재고 뭐고 간에요. 제 지망 분야와 닿아있기도 해서요(MRI도 CT도 엑스레이도 방사선치료도 전부 물리학이죠).* "와, 이게 실제로는 이렇게 작동하는구나!"라며 마치 본인의 뇌졸중을 '황홀한 경험'이라고 묘사한 뇌과학자처럼요.

저는 예전부터 한국의 성적인 인지가 너무나 보수적이라

*이것도 옛날 이야기. 그새 진로가 바뀌었습니다

고 느꼈어요. 정작 필요한 것에선 회피하고 본질의 근처를 맴돌기만 하면서 은유적으로 마치 "아기는 황새가 물어다 주는 거예요"하는 듯한 그 지점이요. 많은 청소년소설에서 청소년들은 별별 비행을 다 저지르지만, 정말이지 '붕 떠 있어요'. 흡연과 음주가 배제된 채 저지르는 악행의 모습은, 저로선 그다지 와닿지 않았어요. 타인의 삶을 간접적으로 경험하며 이해하고 나아가 자신의 삶조차 다질 수 있는 일을 소설이 해낼 수 있다면, 작가는 더 외진 곳의 이야기도 해야 하지 않을까요? 외지기에 더 해야 하지 않나 싶기도 하고요. 있는 그대로의 이야기를 과장하지 않고 축소하지 않고 그대로 전달하는 과정을 통해서요. 그게 무척이나 어려워서 작가로선 도전처럼 여겨질지라도, 안전한 곳에서 머물기만 해선 시야가 좁아지고 마니까요. 작가도, 독자도.

저는 지금 개강총회 뒤풀이가 한창인 자리에서 아이패드를 펼쳐 원고를 쓰고 있습니다. 괜찮냐고요? 23학번이 입학한 시즌에 고인물 19학번인 제가 평소 페이스보다 훨씬 빠르게 마셨기에 중간중간 음료수를 섞는, 술에게 미안한 짓을 저지르긴 했지만 아마 괜찮을 거예요. 다들 아무 신경도 쓰지 않을 정도로 취했거든요.

이제는 도망치듯 개강총회 자리를 나와 '어반플로어'로 향하니 지인이 하이랜드파크를 한 잔 사달라고 하길래 "그건 안 돼요"라고 말하고, 하이랜드파크 한 잔과 함께 감자튀김을 주문한 직후예요.

○

안주.

위스키에 감자튀김은 어울릴까요? 저는 보통이라고 봐요. 하지만 '맘스터치 감자튀김' 같은 부류는(정확한 이름은 기억 안 나는데요) 별로라고 생각해요. '어반플로어'에서는 감자튀김을 시키면 이거만 주거든요(찾아보니 '케이준 감자'라고 하네요). 그런 향미가 첨가된 건 특히 안 어울릴 거예요. 그럼에도 위스키에 감자튀김을 끼얹고 마는 제 결론은 저의 둔감한 미각과 후각으로부터 기인하는 것 같습니다. 그 각종 비싼 위스키를 혀에 끼얹고도 버번엔 "음, 바닐라!", 셰리엔 "음, 그윽함!", 아일라엔 "음, 피트!"를 하고 마는 글러 먹은 감각 체계에 의한(그래도 비싼 위스키마다 "이야, 돈 냄새 난다" 정도의 경탄은 가능한 편입니다).

'위스키에는 위스키 고유의 향을 해치지 않는, 자체의 향이 강하지 않은 안주가 어울린다'는 이론적인 건 알고 있지만, 어차피 향을 잘 못 느끼는 사람에게겐 무용한 이론이 아닐지요. 혹자는 위스키로부터 사과 향이나 체리 향이 느껴진다곤 하는데 저는 아무리 심혈을 기울여봤자 '프루티한 향'으로 퉁 치고 맙니다. "아, 이거도 저거도 프루티한데 느낌이 좀 달라"하는 정도로요. 그 향의 정확한 이름을 모르기 때문인 것도 크겠지만, 기본적으론 제가 디테일에 무던한 사람이라 그런 것 같아요.

확실히 케이준 감자는 다른 감자튀김에 비하면 향이 세요. 그놈의 '향의 정확한 이름을 모르기 때문'에 이게 무슨 향인지는 표현할 수 없지만 이건 위스키 안주는 정말 아닌 것 같아요. 저는 먹고 있지만요. 이쯤에서 취기를 가장해 바텐더에게 물어봅니다.

"위스키에 이런 감자튀김은 어울리는 편인가요?"

바텐더는 답합니다.

"저는 솔직히 위스키는 다 잘 어울리는 것 같아요."

그렇다네요. 그럼 그냥 어울리는 걸로 치자고요.

이쯤에서 바텐더가 다시 되묻네요.

"오늘은 담배 안 피우세요?"

담배는 좋은 술안주죠. 하지만,

"오늘은 컨디션이 안 좋아요."

"소주 마셔서?"

"네."

원치 않는 술로 울렁이는 속에 니코틴이란 안주는 별로 어울리지 않거든요. 토할 것 같아서요. 그래도 어쩌면 가장 정석적인 안주일지도 모르겠어요. 시가에 위스키를 태우는, 아니, 위스키에 시가를 태우는 아주 고전적인 이미지가 모두의 머릿속 어딘가에는 있잖아요? 실제로도 굉장히 잘 어울리는 조합이기도 하고요. 아직 위스키 맛을 잘 모를 적에 대구에 있던 시가 바에 가서 이름을 까먹은 위스키에 쿠바 시가를 곁들였던 기억이 나네요. 그 이미지만이 선명해서 이제 그 맛과 향은 기억도 안 나지만요. 언젠가 기억에 관한 책을 읽은 적이 있었는데요, 기억의 인출은 단서가 중요하대요. 내가 어젯밤에 지갑을 어디 뒀는지 기억하지 못하는 건, 실제로 지갑을 둔 장소를 기억하지 못하는 게 아니라 '그 기억을 어떻게, 무엇으로 호출해야 할지'를 잊어버린 것에 가깝다고 해요. 기억을 호명하는 법을 까먹은 거죠. 그러므로 그때의 맛과 향을 기억하지 못하는 건 위스키고 시가고 전혀 알지도 못하는 시절의 제

무지함이 원인이 아닐까요? 지금도 그렇지만 그때는 향의 이름을 더욱 몰랐으니까요. 아, 기억을 위해서라도 공부 좀 해야 할까봐요(하지만 취미로부터 의무감을 느끼게 되는 시점에서 그 취미는 더 이상 즐겁지 않아진다는 사실을 잘 알고 있습니다).

다시 '안주' 얘기로 넘어오면 레드 와인에 치즈를 곁들인 적도 있었어요. '레드 와인엔 치즈가 어울린다' 같은 어디선가 주워들은 무언가에 의해서였는데요. 그을쎄요오. 좋아하는 술에 좋아하는 안주, 이것이 가장 정석적인 정답 아닐까요? 이제야 스물세 살이 되어 제대로 된 음주라곤 고작 4년 차에 달한 음주 초짜지만 이건 단언할 수 있을 것 같아요.
사실 안주 맞춤이랄까, 그런 걸 영 못하는 편은 아니에요. 어디까지나 '향이 중요한 술은 향을 해치지 않는 안주를 고른다' 같은 이론적인 접근에 의할 뿐이지만요. 그래도, 역시 최선은 먹고 싶은 걸 먹는 것 같아요. 저는 친구와 글렌모렌지 시그넷*에 교촌 허니콤보를 곁들인 적도 있는걸요(생각보다 잘 어울렸답니다). 술을 즐기는 것도 좋지만, 타인과 마실 땐 음주 자체를 즐기는 편이니까요. 술자리를요.
저는 이쯤 가방에서 며칠을 숙성시킨 이름 모를 초콜릿을 꺼내 입에 물었습니다. 안에 과자가 있는지 크런치한 식감

*한 잔에 보통 4만 원이 넘는 위스키

이 느껴지네요. 그러곤 감자튀김을 바로 입에 물었어요. 달콤쌉쌀하네요. 위스키만 마시면 술이 깨는 건지 피로가 달아나고 있어 글렌피딕으로 입을 씻어낸 뒤 하이랜드파크를 마십니다.

맛있다.

어쨌든 저는 이 미각의 루트에 만족했어요. 그럼 된 거 아닐까요?

이론적인 부분에 대해 얘기했으니 이론과 실험 내지는 경험의 얘기를 하고 싶어지네요. 먼저 밝히자면 저는 경험파입니다. 백문이 불여일견. 실례의 실증을 보고 나서야 이론을 이해하는 편이에요. 이론을 아무리 갈고닦아봤자 직접 경험하기 전까진 이게 뭔지 와닿지도 않고 이해되지도 않고 그렇습니다. 술도 똑같아요. 테이스팅 노트를 아무리 뚫어져라 쳐다봐봤자 그 향과 맛이 어떤지 가늠조차 할 수 없어요!

저는 위스키의 테이스팅 노트를 읽고 나서 위스키를 한 모금 마신 뒤, 그 노트를 찾아내려고 안간힘을 쓰고 나서야 그 향을 간신히 느낍니다. 정확히는 세뇌당하기라도 한듯 테이스팅 노트에 적힌 오렌지 향을 어떻게든 찾아내려고 노력하다 결국 뇌가 혀끝에서 오렌지 한 방울의 향을 만들어내고 마는 것 같긴 하지만요.
이건 별로 즐겁지 않아요. 애쓴다는 것은 무진 집중이 필요한 일이고 집중은 피곤한 일이니까요. 누군가는 그렇게 집중함으로써 모든 향을 하나하나 느끼는 걸 선호한다지만, 그냥 저는 제게 느껴지는 그대로를 느끼고 싶어요. 술에서까지 집중하고 싶진 않거든요. 한숨 돌리면서 마시는 건데 굳이요? 저는 술 자체를 즐긴다기보단, 음주에서 오는 경험을 즐기는 쪽에 가까우니까요. 그러니까 술이든 안주든, 자신에게 맞는 방법으로 즐기는 게 최고라고 생각합니다.

버리지 않고 가지고 있던 엘리먼츠 오브 아일라의 공병에, 친구가 조금 따라주었던 옥토모어를 마시며 다음 주제를 생각해봅니다. 불현듯 떠오른 주제는 '술자리'인데 설 작가님께서 쓰시는 '안주' 이야기도 재밌을 것 같네요. 혹은 테이스팅 노트에 대한 경험을 묻고 싶어요. 좋으신 쪽으로 골라주세요!

이하진 드림

안주의 감각

설재인

오늘의 술

역시나 대부분의 경우 그랬듯 커다란 맥주용 유리잔에 소맥을 말아 먹고 있습니다. 다 마시고 나면 소주로 갈아타겠죠, 아마. 더하여 하이볼(존바 리저브 위스키+진저에일)

오늘의 안주

포항식 물회, 훈제오리 샐러드

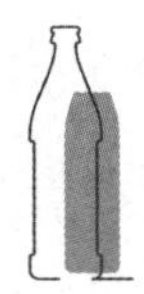

작가님의 답장을 보며 몇 번 웃었습니다. 코로나로 직격탄을 맞았는데도 대학 단체 술자리가 아직 남아있단 사실에 역시 한국의 대학생들이란, 이라고 조금 놀랍기도 합니다. 저는 다시 태어난다면 그러한 단체 술자리들엔 가지 않을 테지만(학부생 땐 가장 많이 가는 톱 파이브 중 한 명이었죠), 가끔 그 술자리들에서 먹던 안주가 그리울 때는 있더라고요. 빨래판 위에 서빙되는 무시무시한 두께의 케첩투성이 계란말이나, 오래된 고기로 만들어 돼지 비린내가 잔뜩 나는 김치찌개나, 선배들이 정말 맘 단단히 먹었을 때 쏘던, 그러나 지금 생각해보면 대체 그걸 어찌 먹었나 싶은 서걱서걱한 냉동 육회 같은 것들이요. 그런 안주를 강렬하게 먹고 싶을 때가 분명히 제겐 있습니다.

최근에 가장 많이 저를 사로잡고 있는 관념이 안주란 개념에, 그리고 작가님의 편지 중 '경험'이란 단어에 발을 걸치고 있습니다. 정확히 말하자면 저는 근래 계속해서 감각이란 것에 집중하고 있거든요. 상상도 사유도 아닌 오로지 감각이요. 요 머리란 놈의 활동을 완벽히 중지시킨 채 -물론 감각기의 작동도 당연히 뇌를 통해 이루어지는 것입니다만 제가 무얼 뜻하는지 파악해주시리라 믿습니다- 아주 작은 한 가지 대상에만 신경을 집중하는 것입니다. 그 대상이 제 손과 발에, 코와 입에 일으키는 간질거림을 받아들이고 언어로 번역하는 과정에 몰두하는 것이지요. 그 간질거림을 빌미 삼아 머릿속에 침입하는 어느 기억이나 상황들을 잘 갈무리해 놓습니다. 그것이야말로 제 감각의 가장 솔직한 동료일 테니까요.

예컨대 이렇습니다. 대학원에 진학해서는 퍽 즐겁게 지내고 있고 특히 완전히 새로운 분야, 그러니까 소설이 아니라 시를 읽고 쓰기, 에 도전하고 있는데요. 처음 쓴 시는 유년 시절의 팬티에 대한 것이었습니다. 초등학교 때 따돌림당하던 애의 집에 놀러 갔는데 -여기서 많은 분들은 쉬이 저 역시 따돌림당하던 애였단 사실을 짐작할 수 있을 터입니다- 그 애가 치마 차림으로 검은색 스타킹을 신은 채 뒹굴며 춤을 추는 바람에 그 애의 팬티를 본 적이 있었거든요. 그런데 그 팬티가 너무 희고 너무 깨끗하고 너무 예뻐서 깜짝 놀랐죠. 왜냐하면 저는 그보다 이전에, 더러운 팬티가 쌓여있는 빨래 바구니 때문에 저희 집에 온 애들(놀러 온 애들은 아니었습니다. 저희 엄마가 당시에 집에서 공부방을 하셨죠)에게서 놀림을 당한 적이 있었거든요. 그 애들은 마치 관광하는 듯 신나게 그 팬티들을 구경했습니다.
관광.
저는 관광이란 단어 곁에 머물렀습니다. 그 단어가 분만하는 기억을, 그때 느꼈던 감각들을 끄집어냈고 그 어떤 수사도 붙이지 않으려고 노력했어요. 저는 시를 잘 모르지만 지금 듣는 시 수업의 선생님을 굉장히 좋아하는데 - 제 사랑을 짐작도 못 하시겠지만 저 혼자 음침하게 애정하고 있습니다. 이렇게 말하면 재수 없겠지만 저 역시도 나름 나쁘지 않은 교수자 출신이었기에, 수업으로 저를 매혹시키긴 쉽지 않습니다. 그리고 저는 그 시인님의 수업을 정말로 좋아해요.- 그분은 첫 수업 시간에 말씀하셨어요.

"가장 나쁜 시는 아마도 생각으로만 쓰는 시가 아닐까, 관성에 물들지 않는 나의 사유를 만들어내는 건 요원하므로 그 이전에 먼저 몸을 써야 한다, 내 몸이 겪은 사실들의 누적이 그 기저에 있을 것이다, 그 기억을 꺼내 보며 동시에 시적인 문장이란 건 딱히 따로 존재하지 않으므로 그저 내 감각을 믿자."

팬티에 퇴적되어 그 아이들의 웃음을 샀던 누런 냉의 형체를 떠올리고 관광이란 단어의 결에 머무르며 저는 동굴을 생각했어요. 희미한 산소의 농도와 종유석, 석순, 그리고 초현실적으로 울리는 가이드의 확신에 찬 현실적 언어들을요. 그렇게 기억이 전혀 다른 곳으로 빠르게 번져나갈 때 느꼈던 경이로움을 어떻게 표현해야 할까요? 저는 그 시를 학교 카페의 등나무 벤치에서 쓰고 있었는데, 그곳을 벗어나 화장실에 가서는 잠시 숨을 고를 수밖에 없었습니다.

그 이후 다른 시들도 쓰고 있죠. 한 번 경험한 그러한 희열은 누구도 작용 방식을 정확히 모르는, 몹시 새로운 싸구려 약물 같아요. 꾸밈의 강박을 벗고 문장의 위엄을 내려놓은 채 심해로 내려가다 문득 내 발목을 탁 붙잡는 곳을 들여다보면 거기 바로 잊고 있던(혹은 잊으려 노력하던) 기억들이 있습니다. 손을 가져다 대면 질기게도 아직 다는 부패되지 않은 그것들이 촉각을 마구 활성화시켜요.

안주의 기억도 제게 그런 연쇄작용을 불러일으킬 수 있을까요('테이스팅 노트'는 좀 어려운, 아니, 저로선 할 말이 없는 주제입니다. '소주입니다.' '맥주입니다.' '소맥입니다.' 대충 이 정도니까요)? 아마 작가님께서 말씀하신 '기억의 단서'란 개념을 잘 들춰보다보면 가능할지도요. 인생 첫 안주는 양파링을 위시한 봉지 과자들인데 이미 어린 시절 옥상에서 술 마셨던 얘길 했던 것 같고, 평생토록 안주에 신경 쓰며 술 마신 적은 없지만요.

일단은 '안주'란 두 글자에 시선을 두고 단서를 더듬어보도록 하죠. 나이가 들수록 기억력이 뚝뚝 떨어지긴 하는데, 그래도 열 살 때의 팬티에 대한 시까지 쓴 사람입니다. 설마 안주에 대해 할 말이 없겠어요?

천천히 눈알을 굴립니다.

아니, 그런데, '건강한 안주'라는 말은 사실 웃깁니다.

저는 최근에 샐러드를 아주 많이 먹어요. 일주일간 열네 끼를 먹는다 치면 그중 열 끼가량이 샐러드예요. 동생이 묻더군요.

"언니 근데 왜 살이 안 빠져?"

"글쎄, 왜 안 빠질까."

"언니 술 얼마나 먹어?"

"음, 그 샐러드를 안주로, 매일 마시지."

"아니, 미쳤어? 장난해? 샐러드를 그럴 거면 왜 먹어?"

안주와 연계된 감각에 대해 조금 더 이야기해볼까요. 저는 문득, 안주를 흡입한 후 부어오르는 열 개의 손가락이란 대상에 주목하고 싶어졌어요(설마 이게 삼십 대 이후의 이들만이 느끼는 것일까요?!). 정확히는, 번쩍번쩍 빙글빙글 도는 어떠한 종류의 경광등과 어두운 체념, 그리고 그 이후의 하루에 대해서 말이에요.

새벽 5시입니다(보통 요새는 4, 5시에 일어나는 것 같아요, 그 전날 과음을 하지 않았다는 걸 전제로요). 아침에 하이볼을 마시는 습관이 든 것은 얼마 되지 않았어요. 세상에, 저는 토닉이나 탄산수로만 말아놓은 하이볼을 마셨지 진저에일이란 신세계가 있단 걸 몰랐거든요. 역시 세상은 넓고 배울 것은 많습니다. 그러니 오래 살아야죠. 그럼요.

어젯밤 쓰다 만 편지에서 저는 '손가락의 감각'에 대해 이야기했습니다. 어쩌면 그것은 나이가 든다는 것에 대한 이야기로 연결될 거예요. 그러고는 갑자기 펄쩍 뛰어 최근에 읽었던 에밀 졸라의 자연주의로 종착할 듯하네요.

나트륨이 아주 많이 들어간 안주를 먹고 손가락이나 팔목 부위를 만져볼 때 '실시간으로' 몸이 붓는다는 걸 느끼기 시작한 건 아마 이십 대 후반 정도부터였던 것 같아요. 정확히는 당시 연인과 맞춰 나눠 끼고 있던 커플링 덕이었죠. 남아돌던 반지가 어느 날 아침엔 꽉 맞고, 오후가 되면 다시 스르르 움직이곤 했으니까요. 그 사실이 당시에는 그다지 충격적이진 않았고(아무래도 회복이 빨랐으니 말이에요), 연인에게 부어오른 손가락을 보여주며 낄낄 웃기도 했으나 그와 헤어지고 서른을 넘기고 이젠 초반이라 우길 수도 없는 나이가 되면서 몸이 즉각적으로 붓는 감각은 제겐 꽤 불쾌한 것이 되었습니다.

최근에는 본가에 내려가 감자탕에 소주를 왕창 먹을 일이 있었는데, 그러고 나서 간밤에 옷을 벗자 엄마가 다짜고짜 묻는 것입니다.

"아이고 세상에 너는 여자애가 몸이 이게 뭐니?"

(저는 여자'애'도 아니고, 저를 제외한 저희 집 여자들은 몸매 관리에 대한 강박이 조금 심하며, 저런 말을 들은 것이 살 때문이든 근육 때문이든 간에 하루 이틀은 아닙니다)

다음 날이 되자 나트륨으로 인한 부기는 다 빠져나갔습니다만 저는 왠지 슬프게도 인정할 수밖에 없었습니다. 맞아,

그렇게 몸이 부으면 영 기분이 좋지 않아, 하고 말이에요.

사실, 저는 제 몸을 무언가 입력했을 때 예상되는 결과를 출력하는 일종의 알고리즘을 탑재한 시스템으로 이해하고 있습니다. 시합에 자주 나가고 감량을 자주 하던(보통 2주 안에 5킬로그램 정도를 빼곤 했습니다) 시절에 생긴 인식이에요. 음식의 양과 종류, 그리고 운동하는 루틴을 고정해놓으면 계산한 대로 정확히 체중이 줄곤 했거든요. 사람 몸이라 봤자 다를 게 없구나, 라고 저는 조금 오만한 생각을 했었고 그래서 어느 순간 사람이란 대상에 대한 일종의 신비 혹은 신성을 완전히 묵살하기에 이르렀습니다. 사람이 별건가? 사람은 그저 조금 부드러운 기계일 뿐이다, 하고요. 자기통제를 맹신하는 지경에 이르러버렸고, 통제하지 못하는 사람들을 붙잡은 채 개똥철학을 역설하고 싶었습니다. 당신은 아무것도 아니에요, 당신은 그저 당신 몸이란 기계를 나서부터 소유한 소유주일 뿐이에요, 하고 말입니다.

말도 안 되는, 위험하기도 한 주장이지만 제 개인적으로는 이로운 점도 많은 시절이었어요. 무엇보다 우울감에서 기반한 자의식을 많이 털어버리는 계기가 되었습니다. 내가 별거 아니고 그저 거리에 널린 수많은 기계 중 하나일 뿐이라고 나 자신이 주장하고 있는데, 그렇다면 입력과 출력으로만 내 효용을 증명할 수 있으니, 오작동 일으킬 요인을 통제하고 나란 미지의 기계를 직접 실험하여 데이터를 적립해야만 이 기계의 더 나은 미래를 도모할 수 있는 것 아니겠는가. 저는 실제로 그렇게 생각했어요(지금도 저란 대상만큼은 계속 그런 자세로 마주하고 있습니다. 물론 알코올을 통제하지 못한다는 엄청난 한계가 있긴 합니다만, 그건 간이란 부품의 파국으로 끝나겠죠. 예상 가능한 범위 내입니다).

물론 이러한 주장을 저 아닌 타인에게 떠벌리고 충고하는 것은 문명 시민으로서 좋은 자세는 아닙니다. 대신 아마도 저는 제 인물에게 이런 실험을 하고 있는지도 모른다는 생각을 최근에 에밀 졸라의 《테레즈 라캥》 서문을 읽으며 생각했어요. 얼마 전 편지에서 저는 그들을 술친구로 생각하고 관계를 맺고 있다 쓴 것 같은데 아니었던 거예요. 차라리 일종의 실험을 하고 있던 겁니다. 각자의 정념과 상처를 가진 기계들의 작동 원리를 파악하고 새로운 변인을 주어 나오는 결과를 기록하는 식으로요.

에밀 졸라가 초판에 대한 엄청난 비난('외설적'이라는)을 마주하고서는 이를 부득부득 갈며 2판에 적어놓은 《테레즈 라캥》의 서문은 아주 좋은 영업이기도 합니다(읽고 나면 대체 어떻길래? 라고 본 소설을 읽을 수밖에 없어요. 막상 읽어보니 지금 시대의 기준에서는 너무 평범한 통속소설일 뿐이었지만요).

「나는 사람의 성격이 아니라 기질을 연구하기를 원했다. (중략) 그들에게 영혼은 완벽하게 부재한다. 나는 그것을 시인한다. (중략) 나는 해부학자가 시체에 대하여 행하는 것과 같은 분석적인 작업을 살아있는 두 육체에 대하여 행한 것뿐이다. 오직 진실 추구의 근엄한 즐거움이 목적이었던 그 작업으로부터 빠져나왔을 때, 특이한 목적을 갖고 음란한 그림을 그렸다고 사람들에게 비난받는 것은 가혹한 일이 아닌가.」*

2판에 자기 소설을 변호하는 서문을 달아버린, 대단히 쿨하지 못한 졸라의 글이 그럼에도 좋았던 이유는 인간이란 거대한 개념에 매몰되지 않고 실험하며 관찰할 수 있다는, 자기 글이 그 결과물이라는 자신감 때문일 것입니다. 멋지잖아요! '해부학자가 시체를 대하듯 사람을 실험하는' 문필가란 말이에요.

자못 횡설수설한 편지인데 아마도 결론은 감각과 응시 정도로 마무리될 것 같습니다. 영혼 따위가 어딨어? 입력과 출력만이 있을 뿐이야, 라고도요. 그런 의미에서 매일 새벽 5시에 하이볼을 입력하는 행태는 참, 할 말 없게 만드는 장면이지만요.

*에밀 졸라, 박이문 옮김, 《테레즈 라캥》, 문학동네, 2003

두 시간 후의 등굣길을 위한 기름칠 및 주유를 했다고 여기도록 합니다.

설재인 드림

술과 안주가 모두 맛있는 경험

이하진

오늘의 술

버터스카치 밀크 1잔, 리치 맛이 나는 롱 드링크 1잔, 요이치 그란데 1잔

오늘의 안주

없음

4학년이 이렇게 바빠도 되는 걸까요?

두 달 동안 원고를 아예 쓰지도 못한 건 아니었어요. 술을 안 마신 것도 아니었고요.

제 두 달을 요약하자면 다음과 같았습니다.

바쁜 일정과 스트레스로 인해 얻은 위염과 위경련.

……네.

아직 위염이 다 안 나은 것 같아요. 응급실에 다녀온 이후로 화장실에 갈 때마다 정상적인 형태의 변을 본 적이 없거든요. 거기다 종강하자마자 월경까지 찾아왔네요. 아이고 맙소사. 그런데 시험 기간마다 '얘네는 전부 시험 끝나

고 할 거다'라며 미루는 일들이 있단 말이죠.
즐겁네요!
물론 반어법입니다.

○

위염 때문에 음식을 가려먹느라 알게 된 사실입니다만, 보통 안주라고 하는 것들이 대체로 위염에 안 좋더라고요. 금요일 동아리 회식 자리에 잠깐 놀러 갔다가 맥주 한 잔에 모듬 튀김에 곁들여 나온 샐러드만 집어 먹고 나왔잖아요(하지만 동생분의 말씀처럼 샐러드는 '그럴 거면 왜 먹어?' 느낌의 안주이긴 합니다).
생각보다 먹으면 안 되는 게 많았어요. 매운 거, 짠 거, 기름진 거. 그런데 자취생이 쉽게 먹을 수 있는 음식 중에서 저 셋을 빼면……. 덕분에 며칠은 죽만 먹었네요. 이야. 죽이 배달되는 시대라니. 아플 때 가족이나 지인이 곁에 없어도 되는 시대라니. 과한 문명의 가호네요. 어딘가 쓸 곳이 있겠지, 죽 배달 용기를 재활용하기 위해 설거지하며 생각했습니다.
안주가 맵지도 짜지도 기름지지도 않으면 대체 무슨 재미일까요?
물론 그 나트륨이 몸을 붓게 만들고, 제가 줄곧 껴왔던 반지가 이따금씩 잘 빠지지 않았던 이유를 설 작가님의 답장으로부터 포착하긴 했습니다마는.

아니다, 생각을 더 해봅시다. 술과 안주는 균형을 이뤄야 해요. 적어도 술이 맛없으면 안주가 맛있든가, 안주가 맛없으면 술이 맛있든가 해야 한다고 생각하거든요. 소주나 맥주를 마실 땐 온갖 화려한 안주를 다 시켜놓고, 자극적인 음식으로 이루어진 수라상에서 -그 자리의 모두가 알고 있지만 묵과하는- 온갖 안주들이 침 묻은 수저로 휘적거려진다는 불편한 진실 따위와 함께하려면 안주가 맛있어야 해요. 아니, 맛이라도 있어야 해요. '맛있다'까진 아니더라도 그런 이물감을 희석시키려면 맛이 강렬하기라도 해야 해요. 맵거나 짜거나 기름지거나요. 쌈박하게 주방에서 만들어진 안주로 결론이 향하게 되는 것이지요.
만약 안주가 맛없다면 술이라도 맛있어야죠. 가격으로 치자면(서울의 물가 기준은 아니겠지만) 술과 안주 둘 중 하나의 가격이 15,000원을 넘는 정도였습니다. 근 두 달간의 음주는 대부분 그러했어요. 하지만 단체 술자리는 이 균형을 온전히 제 의사로 통제할 수 없단 말이죠. 이왕 마신다면 만족할 수 있는 음주를 해야죠. 아무튼 술이 비싸지면 자연적으로 안주는 저렴해져요. 저렴하지만 맛은 내야죠. 그럼 또 결론은 맵거나 짜거나 기름지거나 입니다.

자극적으로.

술과 안주가 모두 맛없거나, 모두 맛있거나 하는 나머지 선택지는 고려하지 않아도 될 것 같아요. 전자는 음주라는 행위로써 '즐길' 가치가 없고(대부분의 '사회적 음주'가 이쪽에 해당하겠죠), 후자는 투머치해요. 너무 사치스럽달까요. 오마카세에 좋은 술을 곁들이는 정도가 이쪽을 경험한 것의 전부인데, 분명 좋았지만 너무 오롯이 미각과 후각에만 집중해야 하는 게 피곤했습니다. 의식적으로 집중하지 않아도 과한 자극이 쉴 새 없이 들어오니까요. 무언가의 역치가 오르는 느낌이라서 한 번 경험한 이후로는 그다지 즐기고 있진 않습니다.

다시 안주에 초점을 맞춰봅시다. 결국 안주는
① 비싸고 맛있거나
② 저렴하고 맛없거나
(가끔 비싸고 맛없는 거나 저렴한데 맛있는 것도 있긴 하지만 이쪽은 비교적 비율이 낮으니 넘어갑시다. 어차피 술 들어가면 다 맛있긴 합니다)
여기서 '맛있다/맛없다'를 판단하는 기준이 모호해지는데요. 결국 '식사'나 '음식'으로서가 아닌 '안주'로 태어나 '안주'로서 기능할 것들의 운명은, 위에서 한 얘기를 반복하자면 결국 맵고 짜고 기름지게 되는 것이지요. 적어도 제게는 그렇습니다. 그런고로 결론. 안주로서의 샐러드는 나에게도 미안하고 술에게도 미안하고 샐러드에게도 미안한 조합이 아닐까요. 특히 샐러드에게 미안해요. 넌 사람을 건강하게 해주려고 존재하는 음식인데, 감히 술 따위와 어울려지다니. 주정뱅이가 미안하다.

다시 생각해보면, 건강한 음주라는 측면에서 샐러드라는 안주는 나쁘지 않을지도 몰라요. 일단 몸이 붓지 않을 테니까요. 그런데 건강이라는 단어와 음주라는 단어가 양립할 수 있는 단어인지요.

자극적인 안주에 대한 단상은 전부 잊어버리세요. 진짜 결론은 이거네요. 역시 '술 주(酒)' 들어가는 단어와 건강이란 단어는 양립할 수 없고, 유일한 예외는 절주라는 거요.

예이. 우리의 간과 식도와 위와 장을 위해 치얼쓰!

○

최근 시집을 하나 읽고 있어요. 인생 첫 시집이에요.
저는 국어가 재미없다거나 싫진 않았는데요(오히려 좋아

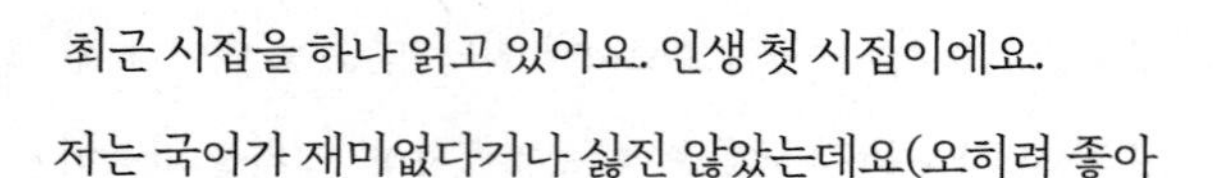

하는 편이었죠), 입시를 지나면서 강박이 생겼어요. 수능 국어를 공부하다보면 현대 시니 고전 시니 하면서 시구를 뜯어보며 시상은 무엇이고 결국 주제는 무엇이며 하고 시를 분석하잖아요. 어릴 때 동시를 읽은 적도 없는데 시를 그렇게 접하니까, 이후에 시를 온전히 즐길 수가 없게 되더라고요. 음미할 대상이 아니라 분석할 대상으로 보이는 거예요. 이해하지 못하면 읽은 게 아닌 것 같아서 영 찝찝한 느낌만 남게 되는 거죠.

주변에 이걸 토로하니까 돌아오는 답은 똑같더라고요. 그냥 읽으래요. 문장을 느끼면 그걸로 된 거라고요. 그렇게 말한 사람 중 한 명과 함께 서점에 갔다가 집어 든 게 백은선의 《가능세계》였습니다. 왜 하필 이거였냐면, 개인적인 맥락에서 제목이 도발적이었거든요.

「이게 끝이면 좋겠다 끝장났으면 좋겠다/(중략)/이미 실패했지만 다시 실패하고 싶다
(중략)
오해받고 싶다 하염없이 넘어지고 싶다
(중략)
마지막에는 뭐가 남을까/전파를 찾아 다리들이 온다/말하겠지 하고 싶다고 하고 싶다고/결국 하겠지/어떻게든」*

*백은선, 〈가능세계〉, 《가능세계》, 문학과지성사, 2016

책을 집어 들게 한 시는 '어려운 일들'이었고 아직 표제작 인 〈가능세계〉까지는 가지 못했지만, 페이지를 펼쳐 표제 작을 먼저 읽고 불러와봅니다. 시는, 시인이 쓴 문장의 흐름이 독자의 경험과 맞물려 새로운 감상을 자아내는 게 재밌는 것 같아요. 어쩐지 저는 이 시로부터 음주로 행했던 자기파괴를 떠올리기도 했습니다. 그런 감상이 감동과 변화를 주고요.

아, 문학 맛있다.

다음 안주는 이 시집으로 해봐야겠습니다. 이제 시험도 끝났으니 '고작 시험공부 하는 데 비싼 술을 곁들일 수 없다'며 피해왔던 좋은 술에 곁들여서요.

이건 술과 안주가 모두 맛있는 경험이 되겠네요. 그리고 이건 진짜 건강한 안주기도 하고요.

다음 답장은 이 경험에 대한 후기로 찾아뵐게요.

이하진 드림

매일 술을 마시는 주정뱅이의 푸념

설재인

오늘의 술

LEO 맥주, 진토닉, 가미카제

오늘의 안주

치앙마이의 매연

오랜만에 소식을 받아 기뻤습니다. 사실 저는 회피형 인간이라, 받아치고 싶지 않은 사람에게는 일부러 답장을 질질 끌곤 하거든요. 내가 지난 편지에서 뭘 잘못 썼던 걸까? 아니면 편지가 지루했나, 그래서 흥미로운 답장을 고안할 수가 없으신 걸까? 한참 생각했는데 답이 나지 않더라고요. 아무렇지 않은 척하며 그런 질문을 슥 던질 정도로 가까운 사이도 당연히 아니고요(개인적인 메시지를 주고받은 적도 별로 없으니까요).

저는 지금 혼자 여행을 왔어요. 치앙마이에 아마 여덟 번쯤 온 것 같은데 코로나가 유행한 이후로는 처음입니다. 어젯밤에 착륙했으니 오늘이 사실상 첫째 날인 셈인데 적잖이 당황하고 있어요. 너무 조용해서요. 00년대의 배낭여행자들이 흔히 이야기하던, '때 묻지 않은 시골 마을 치앙마이'의 허름한 재림을(마치 '돌아온 탕아' 같은 느낌이지요) 목도하고 있는 것 같아요. 넘쳐나던 식당과 술집, 타투숍과 여행사들은 온데간데없고 저는 6인실 도미토리에 혼자 묵고 있습니다. 오늘은 걷다가 제가 처음 묵었던 도미토리의 폐허를 지나갔어요. 배낭여행자의 성지라 할 만하고 로비에 한 시간만 앉아있어도 친구를 두어 명은 사귈 수 있었던 곳인데요, 임대 표시가 붙었습니다. 저는 새 타투를 잔뜩 하겠다고 작정하고 왔는데 타투숍들은 죄다 대마초 가게로 변모한 것 같습니다, 아무래도요.

사실 제가 이곳을 좋아했던 이유는 뻔한 것 같아요. 그런 식으로 인스턴트식 친구를 숱하게 사귈 수 있었기 때문이었어요. 넌 무슨 일을 해? 여긴 몇 번째야? 얼마나 묵어? 그런 이야기를 하며 맥주를 콸콸 마시곤 했는데 개중에는 언제나 여행자의 무드를 타고 진지한 이야길 나누고 싶어 하는 젊은 치들이 있었고, 어차피 며칠 후면 헤어질 사람들에게는 흉금을 터놓기가 훨씬 쉬웠지요. '스페셜 퍼쓴'이 되기도 쉬웠습니다. 교사이던 시절 입시에 미친 학교에 대해 성토를 했더니 뉴욕 아저씨랑 이스라엘 애가 그렇게 저를 표현했는데요, 그땐 좀 이상하고 언짢은 워딩이라 생각했습니다만, 슬프게도 그때가 더 나았다는 마음이 드네요. 5년 전 왔던 노천 바에 다시 와 있는 지금, 제 등 뒤에 있는 두 무리의 영미권 남자들이 죄다 자신들의 아시안 걸프렌드 수집력을 자랑하는 대화를 하고 있는 상황이라서 더요(인간들아, 나도 영어 듣기를 한다). 이 바가 코로나 이전 제가 마지막으로 왔던 치앙마이의 술집이었고 그때는 옆에 앉아있던 아저씨와 나름 철학적인 담소를(물론 개뼈다귀였습니다만) 나누기도 했습니다.

이제 라떼 타령은 그만하겠습니다. 하루 이틀의 인상으로 무언가를 단정 짓는 것 또한 가장 지양해야 할 일 중 하나니까요. 치앙마이에 스무 번을 온들 어떻게 이곳을 설명할 수 있겠어요. 5년 만에 이토록 달라질 수 있단 것을 제가 직접 확인했는데 말이에요.
살면 살수록 무언가에 관해 설명하는 것도, 의견을 표하는 것도 너무나 겁이 나요. 극히 미시적이지 않은 시간과 공간의 구성원들에겐 제가 말하는 것들이 모조리 거짓이니까요. 가령 서울에 대한 의견을 묻는다면, 서울 극 서쪽에 사는 저와 남동쪽 어딘가에 사는 누군가는 사뭇 다르게 이야기할 것이고, 문학계에 대한 의견을 듣고 싶어도 2010년대에 주로 활동하던 이와 2020년대의 이는 전혀 상반된 의견을 펼칠 수 있을 것이지요. 그 말들은 다 어찌 보면 진실입니다(덧붙이자면 방금 제 등 뒤에 있던 이들 중 하나와 말을 섞었는데, 그에겐 친한 한국인 여자가 있으며 자신이 한국에 대해 가지고 있는 가장 명료한 이미지는 '성형수술에 목숨 건 거대집단'이라 하는군요. 그는 여기저기서 다 이 얘길 할 테고, 한국에 대해 모르는 사람들은 이걸 진실로 받아들이겠죠)!
그러니 어쩌면 매일 술을 마시는 취객의 이미지로 주변 사람들에게 받아들여지는 게 저 자신에게 너무나 편리하다는 생각이 들기도 해요. 제가 무슨 말을 하든 주정뱅이의 푸념으로 여겨질 테니 말이에요. 권위를 도저히 획득할 수 없는 헛소리로.

시에 대해서 조금 더 이야기해볼까요? 저도 작가님도 시에 대해서는 영 많이 모르지만, 저는 대학원을 다니며 좋은 선생님을 만나 더없이 소중한 첫 시 쓰기의 경험을 아주 잠깐이나마 했고, 아주 못 쓰진 않은 것도 같고, 시를 전공한 동기들이 저의 시 쓰는 과정을 꽤 특이하고 흥미로운 방법이라 평했기에 나누면 어떨까 해요. 어쩌면 이건 소설가에게 최적화된 방법일지도 모르겠습니다. 그러니 더욱 함께 공유하고 싶네요.
(여담입니다만, 제가 동기에게 들었던 정말 웃긴 이야길 말씀드릴까요. "소설 쓰는 사람이 쓴 시에는 무조건 장소가 등장해요!" 그 말에 배를 잡고 웃어버렸어요. 장소가 등

장하지 않는 창작물을 만들어내는 게 가능한가요? 그러나 놀랍게도 시인들은 가능한 것 같습니다. 아무래도)

일단은 지난 학기에 썼던 시를 먼저 보여드리고 설명을 하는 게 낫겠습니다.

저녁 식사

가족은 유리 없는 식탁에서 식사한다
지양은 젓가락으로 뜬다
밥
신김치
국의 방울 방울
살핀다 유독
빛을 더 움직이는
알갱이가 있을까?
젓가락의 끝은
식탁에 내려놓아 맞춘다
파인 자국이 많다
지양의 침 여러 날 비로 내린

그곳엔 애들이 살겠지

지양이 엄마인

열을 맞출 때마다

하늘 자주 무너지고

만나가 우르르르

흰쌀-만나

액젓-만나

두부-만나

사랑해! 우르르

절을 하겠지 나에게

축복해! 우르르

필요하겠지 내가

애들을 핥는다면 혀를 벨까

흘린 피로는

풍요의 베이비붐?

지양은 상상하나

아버지가 먼저 말한다

다 삼켰니?

입을 닫아보려무나

사랑해!

축복해서!

피는 아무것도 낳지 못하고

목구멍 뒤로 넘어가며

행주는 최대한 더러워야

애들을 살릴 수 있고

오래된 식탁엔 유리가 없다

다정한 목제 양식장

가계도가 고이는

처음엔 서사를 만들어냅니다. 가령 이 시를 쓸 때 저는 유리 없는 식탁에서 식사하는 부모와 어린 딸을 상상했어요. 식탁에 유리가 없는 이유는 아버지가 물건을 집어 던져 그 유리를 깼기 때문이지요. 부모는 어차피 다시 깨질 유리를 갈지 않고, 채 행주로 다 훔쳐내지 못한 아주 잔 유리 조각이 남아있습니다. 쇠젓가락의 높이를 맞추느라 나무 식탁을 젓가락의 끝으로 두드리는 일을 반복하다보니 식탁에는 작은 구멍들이 생겨요. 지양이라는 이름의 어린 딸은 고요하고 무서운 식사를 할 때마다 그 구멍에 쇠젓가락을 맞춰 넣으며 상상하지요. 자신의 침과 국물이 섞여 이 구덩이를 메우니 그 안에선 일종의 미생물 왕국 같은 것이 자라날 것이고, 매일 같이 일용할 양식을 젓가락을 통해 내려주는 자신은 그곳에서 아주 다정한 엄마 혹은 신과 같을 것이라고요. 자신의 부모와는 다르게요. 그러나 넋 놓고 상상하다가 아버지에게 뺨을 맞고, 식사가 끝난 후 어머니가 아주 깨끗한 행주로 식탁을 다시 닦는 걸 보면서 지양은 어머니가 그 행주를 빨지 않았으면, 그래서 그 애들이 멸종되지 않고 고비를 넘어 융성하였으면, 하고 바라게 됩니다.

저는 이 시를 쓰기 위해 위의 이야기를 모두 행과 연으로 나누어 기술했습니다. 굉장히 길었어요. 그러고 나서는 행들을 차례차례 삭제하기 시작했습니다. 뭐니 뭐니 해도 시의 가장 큰 매력은 보여주지 않는 행위를 통해 가장 크게 행위 하는 것이라 생각했으니까요. 설명이 사라지면 독자가 움직이기 시작해요. 독자의 상상이 참여하지 않는 시는 실상 시로서 기능하는 게 불가능하지요.
(여기서 어떤 행을 지워야 하는가, 에 대해 말하기는 쉽지 않군요. 리듬감이란 것을 믿으면 될 것 같은데 그냥 저는, 소리 내어 읽었을 때의 흐름에 많이 집중합니다)
그렇게 한참을 지우고 행과 연을 잘 가른 후에 적당한 제목을 붙이고 누군가에게 보여줘보세요. 놀랍게도 읽는 이는, 제겐 너무나 명확한 시의 기저와는 전혀 다른 것들을 느끼고 말하게 됩니다. 텍스트로 독자를 이해시키고 정해진 세계로 끌어들여야 하는 소설과는 정반대예요. 독자의 세계를 만드는 데 제 시가 참여하는 것이지요. 세상에 이런저런 시가 많겠지만 적어도 저의 시가 완성되는 순간은 바로 그때였다고 저는 확신합니다.

사실 위의 시가 좋은 평을 얻어서 '어느 날 나에게 시인의 자질이 찾아왔다?!'라는, 라노벨 제목을 닮은 생각을 15분쯤 했습니다만 다행히 정신 줄을 잡고 제 분수를 찾았습니다. 무엇보다 저는 시를 자발적으로 쓰지 않거든요. 그렇다면 시인이 될 재능이 전무한 것이나 마찬가지지요. 그래서 이 지면에 슬그머니 공개해봅니다.

적어도 저는 시를 쓰면서 소설에 대해 조금 새로운 생각을 가지게 되었거든요. 이제 소설로 무언가를 설명하고 싶지 않아졌어요. 최대한 많은 것을 공동(空洞)으로 내버려둔, 그러나 이상하게도 붕괴하지는 않는 구조물을 짓는 과정을 목표로 하게 되었습니다.

지난 학기의 모든 시는 다 '지양 연작'으로 쓰였는데요. 지양 연작의 한 편을 더 보내드리며 이번 편지는 마무리 짓도록 하지요. 다 지어놓고서는 무너지지 않는 선에서 모든 벽을 부순 집입니다. 들어가 구경해보셔도 위험하진 않을 것이에요.

저녁 식사 2

근데 엄마 옛날에 있잖아

종일 천장 칠하니까 오십견이 났더라 얘
잘됐네 엄마 근데 있잖아
느이 아빠 늙었나 어째 그런 일을 다 해줄까
그래 엄마 잘됐어 근데
가구 다 버렸다 얘 그냥 두면 잡귀가 끓어

식탁이 없네 그럼 밥은 어디서 먹어?

느이 아빠랑 미란이네랑 설악 가려고
등산복 샀는데 어떠니 좀 촌스러운가?

거실에 누우면 나쁜 꿈을 꿔
벽 너머
아무래도 초면인 이들이 코를 골고
볼에 붙던 손가락들이
물에 불어 떠내려가고
이를 갈아도 이제
아작 소리 없고

공포가 주식인 애들은 멸종했나

이런 악몽 어떨까요

이왕이면 빛기둥이 내리사
머리부터 발끝까지 뚫어버리길

그럼 나는 수평의 빨대 될 거예요
옛날엔 하늘을 자주 무너뜨렸지
그렇지만 만약 빨대라면
빨대라면 그 애들은 하늘 잃지 않고
그럼에도 만나 주울 수 있고
기어오르고
오르고
오르다 언젠가
어린 엄마 혀와도 키스할 것이잖아
들어가 다시 나오지 않아

그러니 빨대가 될 거예요

거실에서 자면 나쁜 꿈을 꿔
몸이 뚫려 죽는 꿈
그게 뭐?
사랑 꿈

설재인 드림

자유로운 시의 언어

이하진

오늘의 술

글렌모렌지 시그넷 2잔(바틀을 샀답니다), 우드포드 리저브 1잔

오늘의 안주

백은선의 《가능세계》, 버팔로 윙봉, 솔트 초콜릿

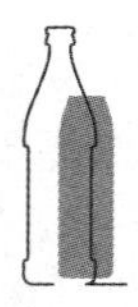

더위에 약해 이번 여름휴가를 포기한 사람으로서 설 작가님의 인스타그램 스토리에 올라온 여행기도, 편지에 적어 주신 치앙마이의 느낌도 즐겁게 읽었습니다. 익숙하지 않은 장소가 주는 긴장과 편안의 양립은 언제나 설레는 것 같아요. 저는 아무도 저를 알아볼 수 없는 장소에서 어쩐지 숨통이 트이는 느낌을 받곤 하는데요, 그런 연유에서 인스타그램으로 바라본 체육관에 연이어 출석하고 무에타이 학생 비자를 고민하던 작가님의 모습은 어찌나 재밌던지요. 낯선 사람과 새롭게 이어지는 일에는 어느 정도 검증이 뒤따르고 그 과정은 적잖이 피곤하기에, 여행지에서 어려움 없이 현지인과 친해지는 작가님이 조금 부럽기도 합니다. 운동에 대한 한결같은 애정도 멋지고요. 언젠

가 두 달간 헬스 PT를 받았다가 이후로는 입으로만 "운동해야지"를 되뇌는 사람으로서 존경스럽기까지 합니다. 그래도 운동할 땐 재밌긴 했는데요. 도통 시간이 안 나네요(이거 핑계려나요?).
운동만큼 정직한 게 있을까 싶긴 합니다. 공부든 창작이든 결과물이 항상 그에 기울인 노력에 상응하는 건 아니잖아요. 애석하게도요. 그런데 운동은 할수록 성장이 체감돼요. 말 그대로 정직하죠. 이렇게 보니까 작가님께서 말씀하신 것처럼 몸은 인풋과 아웃풋이 비례하는 기계 같다는 말이 와닿기도 합니다.

첫 시집을 읽으면서도, 작가님의 시와 시 창작에 대한 과정을 읽으면서도 느낀 거지만요, 제게 문학은 과분하게 자유로운 것 같아요. 예컨데 저라면 '저녁 식사'에서 미생물 왕국의 탄생을 생각해내지 못했을 거예요.
'미생물은 습한 환경에서 번식하기 쉬운데, 구덩이는 아무리 파여있다고 한들 대기에 노출되어 있으니 실내의 습도에서 그들이 자라긴 어렵지 않을까? 맨날 랩에서 세포 키우는 친구들도 툭하면 세포 죽었다고 울던데. 그건 심지어 세포 생장에 최적화되어있는 통제된 환경일 텐데도',

따위의 생각이 먼저 듭니다. 증명되었거나 경험한 사례가 아닌 이상 확언할 수 없게 됩니다. 그래서 저는 늘 소설을 쓰면서 스스로 문장을 확신하지 못합니다. '대충 가능하지 않을까'라는 의문으로 남겨둔 채 무책임한 문장을 쓰는 가벼운 죄책감을 억누릅니다. 개인에게 존재하는 세계관이 작품으로써 역동하는 것이 문학이라면 그 세계관이 이미 문학에 맞지 않는 느낌이랄까요. 그래서 저는 실명으로 활동하기가 꺼려집니다. 굳은 세계관을 가진 자아와 자유를 역설하는 자아가 동기화될 수 없다고 생각해요. 당장은요.

작사·작곡 동아리를 표방하는 곳에서 활동하고 있고, 제 소설을 주제로 보컬 곡도 쓰는 입장에서 가사를 조금 쓰긴 썼습니다. 저희 동아리는 공연 시에 팀마다 하나씩 자작곡을 만들어 공연하도록 되어 있는데요. 아래는 이번 공연에서 제가 신입생 팀에 만들어준 곡의 가사입니다. 부끄럽지만 첨부해봅니다. 급하게 이틀 만에 써서 스스로가 봐도 만족스럽진 못하지만요.

아이의 꿈

~Intro~

- Verse 1

오래전 지나왔던 길

기억도 나지 않고

색 바랜 일기장만이

그때에 머무르네

어릴 적 부푼 꿈들은

어디에 있을까

모른 채 숨을 먹고

- Chorus 1

바라고 꿈꿨던 마음속 이야기는

이룰 수 없을 것 같아서

어제도 오늘도 반복될 이야기가

내일에 이를 수 있기를

~Elec Guit Solo~

- Verse 2

조각난 이정표에

의미를 덧붙이고

때 묻은 연습장은

지우길 반복하고

잘하고 있는 걸까요

내가 할 수 있을까요

여기서 잠깐 끊고 이야기하자면,

정말이지 단기간에 써낸 글들은 적잖이 내면적이고 자기 진술적이기에 너무나 비관적이고 우울해져버립니다.

그렇지만 무엇보다도,

제가 청춘 가사를 정말 싫어합니다.

제 이십 대는 시작부터 망해버렸는데, 반짝반짝 하하 호호 화기애애하게, 마냥 "Everything will be alright :) You are beautiful :)" 같은 얘길 하는 이십 대 청춘, 여름, 봄, 희망, 낙관, 아름다움, 창천, 맑은 구름……. 도저히 납득하고 이입할 수가 없었어요. 청춘은 아름답기만 하지 않아요. 자신의 미숙함을 처음 마주하고 요령 없이 책임지느라 고통스러운 게 더 크죠. 이런 게 바로 미디어가 행하는 세뇌의 예시가 아닐까요?

(그런데 웃기게도 저는 이번 공연에서 청춘 노래 끝판왕인 DAY6의 〈한 페이지가 될 수 있게〉를 연주했습니다)

작사, 작곡의 과정은(제 경우) 곡마다 다르지만 이 곡의 경우는 반주가 완성된 뒤 선율을 만들고 가사를 붙인 케이스라 운율을 맞추는 게 가장 중요했습니다. '와아 의미는 모르겠고 일단 그냥 곡의 분위기랑 감정선만 따라서 글자 수나 제대로 맞추자!'가 되어버린 나머지 아무 말이나 지껄인 거죠. 저는 이 우울해 빠진 가사를 구해내야만 했습니다. 공연자도 주 관람객도 이십 대인 공연에서 진탕으로 빠져버릴 수는 없잖아요. 동아리 이미지도 있고, 무엇보다도 제 '청춘 미화 혐오'는 보편적인 정서라고 보기 어렵죠.

직후 이어지는 브릿지는 분위기가 반전되며 곡에 새로운 텐션을 주는 부분에 해당합니다. 이 부분을 최대한 이용해야 했습니다. 일단 뇌에 힘을 주고 감정선을 틀어줍니다. 가장 만만한 '희망'이란 키워드를 잡습니다. 고생 끝의 희망을 최종 목표로 잡고 어떤 이야기를 할 수 있을지, 그 이야기에 맞는 느낌을 고른 뒤 박자에도 맞는 단어들을 골라줍니다. 그리고 그들을 조합합니다.

– Bridge

하루하루에 지쳐가지만

아이의 꿈을 쥐고

마침내 눈앞에 다가오네

마치 선물처럼

헛되지 않았다고

– Chorus 2

바라고 꿈꿨던 마음속 이야기는

어느덧 이뤄져 내 곁에
오늘도 내일도 새로울 이야기가
언제나 희망을 비추길

요약하자면 '무의미하게 반복되는 걸로 보였던 고생들이 결국 꿈을 이뤄내었다' 정도가 되겠네요. 재밌게도 제가 가사를 쓰는 과정은, 제가 단편을 쓰는 과정과 꽤 유사합니다. 글의 핵심이 될 감정선과 그 변화를 잡고, 키워드 내지는 소재만을 선정한 뒤 구체적인 계획 없이 쭉 써내려가고 수정해요. 오직 감정선에 맞춰서요. 개인적으로 서사 매체의 매력은 감정이라 생각하기에 이런 방법이 나오는 게 아닐까 싶습니다. 단편에 비하면 가사는 서술을 조금 생략할 뿐인 거죠.

가사는 여럿 써봤지만 시와는 적잖이 다른 영역 같습니다. 넓은 행간으로부터 독자의 경험과 상상력을 끄집어내어 감정을 자극한다는 면에선 비슷하지만, 시는 온전히 글자로 존재하는 대신 가사에는 선율이 있죠. 가사는 선율이 감정을 함께 부담하기에 시에 비해선 문자 자체의 감각이 선명할 필요가 비교적 적어요. 입으로 발음하기 쉬운 단어의 흐름을 만들어야 하기도 하고, 선율에 얽매인다는 느낌도 있고요(하지만 그 구속성이 작사를 더 재밌게 만든다고 생각합니다).

오직 글로만 보았을 때 시의 언어는 조금 더 강력합니다. 모호하기도 하고 직접적이기도 합니다. 글을 쓰는 입장에서는 보다 자유로울지도요. 박자를 스스로 만들어내어 완급을 조절하는 시 쪽이 조금 더 취향이긴 한데, 시보다는 가사를 많이 읽은지라 아직까진 작사가 더 쉬운 것 같아요.

다음 학기에는 학점이 조금 남아서 국문과 수업을 들어볼까 하는데, 시 수업이 있다면 그걸 신청해볼까 싶기도 합니다.

설 작가님의 작품을 전부 읽어본 것은 아니지만, 이번 '지양 연작'에서도 느낀 건데요. 작가님의 대다수 작품에서는 청소년 인물들이 주를 이루는 것 같습니다. 대체로 기성세대의 잘못됨을 억울하게 덮어쓴 채로요. 그리고 작가님은 좋지 못한 교육자와 양육자, 그리고 그들을 길러낸 사회를 겨냥합니다. 그렇지만 청소년들은 올바르게(작가님이 좋아하진 않을 것 같은 표현이지만), 성숙하게 상황을 다뤄낼 수 없습니다. 그렇기에 결국 상처받고요. 그럼에도 그들은 분명히 행동합니다. 누군가에게 종속된 자녀가 아닌 개인으로서 세계에 호소하고 주장합니다. 심지어는 그게 되게 거칠기도 하고요. 물론 저는 그 거친 면을 좋아하지만요.

작품의 화자들이 대체로 무해하지 않은 청소년이기에 작가님의 작품에 늘 매료되는 것 같습니다. 그리고 그들에게 발언권을 주는 작가님의 시선이 좋아요. 이 사람이 계속 교육계에 있었다면 그대로 이 시선을 향하지 않았을까 하는 기대가 드는(이건 너무 부담을 주는 과한 기대일까요?).

자, 말해봐. 그리고 행동해봐. 하고 싶은 대로.

그런 것들이 혀끝에 남기는 왠지 모를 씁쓸함이 싫지 않아요. 오히려 오래 간직하며 머금고 싶은 향입니다. 이걸 독한 위스키의 잔향에 비유하면 조금 과하려나요? 분명 너무 센데, 나쁘지 않은 그런 느낌이요.

이하진 드림

저는 사람이 정말 좋습니다

사람이 미치도록

싫지만요!

설재인

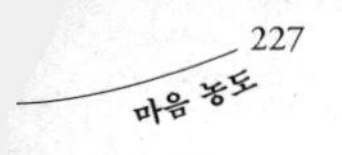

오늘의 술

홍초 타트 체리맛, 켈리 라거, 새로 소주, 존바 리저브(섞어 마셨고, 그 방법에는 용량을 무시한다면 ${}_4C_1+{}_4C_2+{}_4C_3+{}_4C_4$, 즉 열다섯 가지의 짐작의 수가 있겠군요)

오늘의 안주

집의 냉동고에 쌓아둔 것들 중 일부를 선택하여 에어프라이어로 돌릴 수 있는 각각의 경우(아무래도 저와 작가님 모두 요리에는 흥미가 없는 것 같죠? 전 작가님과 가장 큰 동질감을 느끼는 때가 바로 이 점이 드러날 때입니다. 과학도 글도 술도 아닌, 바로 이럴 때요. 가끔은 궁금해집니다. 아침형 인간과 요리 잘하는 이들 중 누가 더 반대편을 쉬이 탄압하려 들까?)

답장을 보내기 위해 작가님의 편지를 다시 읽다가 '식탁의 구덩이에서 미생물 왕국이 번성하는 것이 가능한가'를 논하는 문단에서 빵 터졌는데요. 마침맞게 어제 같이 술을 마신 분이 생각났기 때문이었습니다. 저도 처음 뵙는, 생물학 전공하신 과학서 전문 번역가이셨는데 일로 만났다가 어찌어찌 둘이서 뒤풀이를 하게 되었지요. 그런데 소주를 따르는 매 순간마다 계속 뚜껑을 닫으시는 거예요.

"아유, 신경 쓰지 말아요. 내가 옛날에 실험실에 오래 있어가지고요, 이게 습관이에요. 바로 안 닫으면 불안해 죽겠거든요."

정말, 단 순간도 그 습관을 버리지 않으시더군요. 덕분에 웃음 가득한 술자리가 되었습니다. 그 말씀을 들으며 떠올려 보니 저희 과에서는 '교양으로 화학과 수업 듣지 말라'는 조언도 많았거든요. 소수점 아래 몇 자리까지 신경을 쓰다 보니 조교들이 여간 쪼잔해지는 게 아니라면서요. 물론 수학하는 이들이 남 험담할 계제가 아니긴 합니다만(제가 평생 본 특이한 인간들을 프로듀스101 식으로 줄 세우자면, 데뷔 조는 모두 수학자들이었으니까요). 그런 이야기 하면서 흥겨운 반주의 자리를 가졌습니다. 저는 저 자신을 이과 아닌 인간(문·이과의 이분법도 구시대적인 발상이긴 하죠)으로 정체화하긴 하지만 그래도 대학 시절 낄낄거리며 나누던 우스갯소리들을 다시 불러내니 즐겁더라고요.

처음 보는 이와의 즐거운 대화와 친교라. 저는 사람과 관계를 맺는 것에는 흥미가 없으나, 미시적 역사를 반영한 개체로서의 사람 하나하나를 파악하고 분석하는 과정은 굉장히 즐기는데요(아마 그래서 거대 세계관과 그 작동 원리에는 관심이 없는 듯도 합니다. 어디 가서든 항상 말하죠. "제가 쓴 건 SF가 아니고, 저는 SF 작가가 아니에요!"라고요. 사변 소설이라 말한다면 또 다른 이야기입니다만……). 어쩌면 그래서 처음 보는 이들과 쉽게 말을 트는지도 모르겠습니다. "무릇 여행은 혼자 가야지!"라고 주창하는 이유죠. 언제 또 그렇게 다양한 사람들을 관찰해보겠어요? 쉽지 않은 기회입니다.

작가님 답장을 읽고 나서야 제가 '가사'란 매체를 정말 사랑했다는 사실을 깨달았습니다. 초등학교 5학년 때는 친구와 교환 일기로 가사들을 나누었어요. 일기도 산문도 시도 아니라, 우리가 좋아하는 노래들의 가사를 개사해서는 주고받았습니다. 내용은 모조리 아빠 욕 엄마 욕 선생 욕, 플러스 어떻게 가장 참혹한 방식으로 죽을 것인가(지금 그 친구는 아들 둘 낳고 잘 살고 있습니다). 예컨대 보아의 〈ID:Peace B〉의 가사가 우리 일기장 위에서는 힙합 래퍼들 저리 가라 하는 온갖 욕설의 향연으로 변화하는 식이었죠. 마더퍼커가 귀엽게 보일 정도의 어휘들로(그 일기장이 발각되는 바람에 저의 어머니가 학교에 몇 번 소환되었습니다). 중학교 다니던 시절에는 교과서 표지의 여백마다 좋아하는 가사를 빽빽하게 적어 꾸미곤 했어요. 당시에는 언니네 이발관이나 허클베리핀이 최애였는데요, 그때의 제가 느끼던 모호한 감정, 그 코어가 분노든 슬픔이든 절망이든, 저 혼자로서는 도저히 분석할 수 없던 대상들을 그들이 술술 풀어주었기에 사랑했던 것 같습니다. 즉 그 경험들에 비추어 이야기하자면, 가사란 것은 대다수의 사람들이 가장 접근하기 쉬운 문학일지도 모릅니다. 게다가 다른 방식의 발화(보컬 멜로디, 연주, 뮤직비디오, 안무 등)와 융합한 형태이기 때문에 더욱 강력한 효과를 가질 것이고요. 심지어는요, 방금 떠올린 건데 자신의 부재에마저 의미를 줄 수 있는 엄청난 권력을 가졌잖아요? 예컨대 소설가가 소설을 쓰지 않는다면, 시인이 시를 쓰지 않는다면, 소설집을 폈는데 온통 백지라면, 시집을 샀는데 제목이 시의 전부라면, 그렇다면 그것은 직무 유기이겠으나, 가사가 없는 멜로디 혹은 아예 노래하는 사람의 목소리가 없는 포스트 록 앨범들은 그 존재만으로 부재 이상의 메시지를 전할 수 있지 않나요. 언어 없음으로 더 많은 갈래의 언어를 발화할 수 있는 문학. 다른 장르에서도 시도할 수 있으나 가장 사람들에게 편히 다가설 수 있는 건 아무래도 가사일 것 같습니다.

여행 이후 재미있는 일 하나 없이 버석버석하게 남은 해를 보내게 될 줄 알았습니다만, 퍽 흥미로운 소설을 하나 쓰고 싶어져 우스운 일화가 생겨났습니다. 지역색이 강한 소설을 쓰길 좋아하는 저의 특성상 현 거주지에 대한 장편을 여럿 구상하게 되었는데, 또 하필이면 제가 지금 살고 있는 동네가 점집들의 천국이거든요. 서울 시내에서 이렇게 점집이 많은 동네가 또 있을까요? 차 두 대가 반대 방향으로 지나갈 수 없어 길을 비켜주어야 하는 골목 한 블록에 점집 간판이 열 개 가까이 걸려있는 동네는 경험한 바가 없습니다.

그래서 젊은 여성 무당과 관련된 소설이 쓰고 싶어졌고, 하여 취재가 필요하게 되었습니다. 다행히 그 업계도 매우 현대화되어 네이버 예약이나 간편결제가 가능하더군요. 저는 제가 계획한 밑그림에 맞추어 이 동네에서 이십여 년을 터줏대감처럼 지낸 이와 갓 신내림을 받았다는 '애동제자'(이런 새롭고 전문적인 어휘를 알게 되어 짜릿하더라고요. 역시, 사람은 배우고 봐야 하는 건가 봅니다), 이 두 사람에게 복채를 내고 점사를 요청하며 현장을 염탐하기로 결정하였습니다.

그러면서 엄청난 상상들을 하기도 했죠. 예컨대 신당에

들어가자마자 "믿지도 않으면서 잿밥만 처먹으러 온 년! 당장 나가!" 하며 때리고 침을 뱉으면 어떡하지? 성묘나 제사마저 '코리안 샤머니즘'이라고 거부한 K-장녀의 신념을 부수는 초현실적 케이스가 내게 벌어지면 어떡하지? 와 같은 것들이요. 말씀드렸듯 저는 샤머니즘을 믿지 않지만, 제 입장에서는 불가해한 힘의 작용을 못 본 척할 생각 역시 없거든요. 그러니까, 제가 알지 못하고 이해하지 못하며 작금의 어느 과학기술도 명확히 해석할 수 없는 힘이 존재한다는 사실을 받아들이지만 거기 내 삶의 일부라도 의탁할 뜻은 없단 얘깁니다.

사흘 전 이 동네에서 20년 넘게 일하며 주민들의 신뢰를 받았다는 무당의 신당에 갔습니다(아예 건물을 하나 세운 건물주더라고요). 제가 평생 실제로 본 이들 중 SBS 〈인기가요〉 대기실을 돌아다니던 여자 아이돌 그룹 다음으로 눈화장을 짙게 한 여자분이었죠.

"평생 떠돌아다니고, 몸 쓰고 말 써서 먹고살 팔자야. 다른 데 점 보러 가면 분명 그럴 거야, 신 모셔야 되는 사람이라고, 내림굿 하자고 할 거야. 신 모신다는 게 사실 그런 거거든. 말 잘하고 잘 뛰노는 애. 그런데 내가 보기에 그건 아니야, 신 모시고 나면 이제 평생 여기 방석 깔고 앉아 있어야 되잖아? 근데 넌 한 군데 절대 못 있거든. 있으면 죽어, 속 썩어서 죽어."

"사람 싫어서 다 피해 다니잖아? 근데 원체 인복도 없어. 주변의 누구든 친구는 없어. 다 자기 이용하려고 드는 사람이야. 평생 혼자 살아야 돼. 심지어 가족도 남이야. 가족 생각하지 말고 너나 걱정해."

"공부? 헛소리하지 마. 너 지금 하는 공부도, 사실 공부하고 싶어서 간 거 아니잖아. 그냥 자격 따러 간 거지. 팔자에 공부가 하나도 보이지 않는데 무슨 소리야, 공부의 티끌도 없어! 그거 해봤자 나아질 거 하나도 없으니까 그냥 대충 하고 그만둬. 돈도 시간도 아까워."

"금전운 평생 없어. 없는데, 본인이 딱히 모으지도 않아. 그냥 지금처럼 근근이 먹고사는 거야, 평생. 아, 코 절대 고치지 마. 얼굴에서 그나마 코에 돈이 있어. 코 마음에 안 들어 죽겠지? 그거 고치면 진짜 최악이다. 없는 복도 날아가."

"뼈마디가 다 아파. 오른쪽 어깨랑 골반이랑, 근육이 아니라 뼈마디가 아파. 겉 말고 속? 위가 아픈 것 같네. 예민해서 자주 얹혀, 응. 골반이 엄청 안 좋네, 거의 칠십 대야."

어디까지가 '용'했을까요? 답은 들키지 않도록 엉덩이에 깔고 앉겠습니다. 나름대로 연기력이 괜찮고 또 연기하는 걸 좋아하는 편이라 신나게 맞장구를 쳤어요. 깔깔거리고 박수도 몇 번씩 치며, 속으로는 아, 소설에 쓸 재료 많이 생겼다, 하며 기뻐했어요.

사실 신점이란 거, 카운슬링과 별반 다를 게 없더라고요. 그런데 이십여 년 동안 한 지역에서 카운슬링한 이는 얼마나 많은 사연들을 들었고, 또 속에 쌓아놓고 있을지 몹시 궁금해지긴 했습니다. 어쨌거나 전문가니까요. 절대 무시해선 안 되는, 내가 모르는 분야의 전문가!

열심히 이야길 듣고 나서, 주어진 시간이 다 되기 전에 주위를 둘러보았습니다. 신당 앞에 '○○굿 무형문화재 ○○호'라 쓰인 현판이 붙어있었는데, 저희 둘이 마주 보고 앉은 자리를 둘러싼 삼면 역시 엄청나게 많은 수의, 보드라운 파란색 하드커버로 장식된 상장 혹은 표창장 따위가 수십 개 도열하여 채우고 있더라고요. 어디서 어떤 명예를 얻으셨을까 궁금하여 몰래 실눈을 뜨고 보는데, 나름 글밥 먹고 사는 사람이라 많은 수의 활자를 한 번에 스캔한 후 주요한 부분을 한눈에 파악하는 재주를 익힌 덕분에, 저는 본능적으로 가장 유의미하며 강력하다고 표현할만한 부분을 발견하게 된 것입니다.

현 대통령의 이름 세 글자 그리고 벌건 직인을…….

태풍이 지나가고 있는 새벽 6시입니다. 요새는 아침에 술을 잘 마시지 않았습니다만, 본디 술은 비바람 부는 새벽에 마셔야 가장 맛있는 법이라고 생각해서 오늘은 저항할 의사조차 없이 일단 '말고' 시작했네요. 비가 들이치든 말든, 이따 청소하자는 안이한 판단하에 일단 창문을 다 열어놓고 빗소리를 들으며 마시고 있자니 마냥 기분이 좋습니다.
바로 오늘이 갓 신내림을 받았다는 애동제자의 업무환경을 염탐하러 가는 날입니다. 전화상으로 들었던 그의 목소리가 믿을 수 없이 아기 같아 깜찍했기에 기대가 됩니다. 반대로 묻고 싶어요. "무슨 일이 있었나요?" 하고. 그러나 호락호락하지 않겠지요. 신이 납니다. 주접 떨 생각에 벌써 횡격막이 벌렁거려요. 그러니 말이에요, 저는 사람이 정말 좋습니다. 사람이 미치도록 싫지만요!

설재인 드림

완벽한 해피엔딩 따위는 없다

이하진

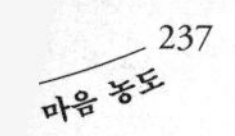

오늘의 술

잭 다니엘 애플과 토닉을 섞은 하이볼 2잔, 이름을 까먹은 청주 계열의 전통주 서너 잔, 마찬가지로 이름을 까먹은 포트 와인 4잔

오늘의 안주

집에서 준비할 수 있는 잡다하고 미니미한 간식거리들

섞어 마셨다는 술의 콤비네이션을 계산하신 걸 보고 확통*을 싫어했던 과거의 악몽이 떠올라 살짝 괴롭기도 하네요. 저는 확통보다 기벡**을 차라리 더 좋아하고 잘하는 학생이었거든요. 솔직히 말하면 조합과 순열의 계산 방법도 다 까먹었어요. 물리 전공하면서 딱히 쓰는 걸 본 적 없기도 하고요. 저희는 계산에 쓸 수 있는 상태의 조합이 몇 개 있다는 사실을 알아봤자 어차피 그거 다 하나하나 계산해내야 하거든요. 개수를 파악하는 것만으론 의미가 없어요. 반면 벡터 같은 건 물리에서 왕창 쓴단 말이죠(계산에 있어선 행렬을 더 많이 쓰는 것 같지만 제 고교 수학 교육과정에 행렬은 없었고요)?

*2009 개정 교육과정(2014~2017년도 고교 입학생) 고등학교 수학과 과목 중 '확률과 통계'
**2009 개정 교육과정 고등학교 수학과 과목 중 '기하와 벡터'

저는 수학이 마냥 싫지만은 않았어요. 정답을 맞춰보며 자기효능감을 키우는 희열은 있었지만, 문제 풀이 과정에 있어 근본적인 재미는 영 없다고 느꼈죠. 물리나 화학은 문제 푸는 거 자체가 재밌었고요.

제 개인적인 정의 하에서는, 물리학에서 스토리를 빼면 수학이 나옵니다. 스토리라 함은 현실이라는 세계관, 개념이라는 설정과 문제 상황이라는 맥락, 그리고 철수와 영희 같은 인물들이라 할 수 있습니다. 극한의 서사 충을 자처하는 입장으로서 그런 이야기가 없는 수학 문제들은 도저히 정을 붙일 수가 없었어요(혹시 몰라 말하건대, 누군가 계산 과정을 찢어서 우리가 다시 계산해야 한다는 그런 억지 맥락은 제가 말하고자 하는 '스토리'라 볼 수 없습니다!!!).

무엇보다도 설정이 누락되어 있잖아요. 아니면 수학이라는 자체 세계관이라고 보는 게 맞을까요. 그렇다면, 저는 어느 정도 현실에 기반한 세계관을 선호해서 그런 수학의 추상적 논리뿐인 세계관은 별로 취향이 아니라 답할게요.

굳이 비유해 정리하자면, 수학은 자연의 '언어'이고 물리학은 자연의 '시' 정도라고 생각합니다. 저는 언어 자체보다는 언어로써 이루어진 문학을 더 즐기는 것이고요.

'현 대통령의 이름 세 글자 그리고 벌건 직인'이라니, 저는 이 대목에서 앞서 읽었던 무당의 신묘함과 용함 따위를 전부 잊은 채 웃을 수밖에 없었습니다(어떤 웃음이었고 어떤 의미로 웃었는지는 굳이 말하지 않아도 될 것 같아요).

집이 대체로 무교 성향이기도 하고 -이모가 스님이시긴 합니다만- 어릴 때부터 제가 유사 과학처럼 보이는 것들마다 "그런 이상한 거 하지 마!"라며 으름장을 놓아댔기 때문인지 저희 집은 가볍게 타로 점이나 신년 운세 같은 것도 거의 안 보는 편입니다. 매년 1월마다 인터넷 무료 사주 같은 걸 심심풀이로 보긴 하지만요.

생각난 겸 올해 1월에 보았던 신년운세 사이트에 다시 들어가 총론 부분만 읽어보았어요. 아주 가볍게 요약하면 "걱정할 거 없고 일하는 것보다 많이 얻을 테니 열심히 바닥에서 굴러라"라네요. 하지만 올해는 걱정할 게 많았고 일하는 만큼만 번 것 같은데요. 구르긴 열심히 구른 것 같은데. 뭐 이런 건, 해석자가 말하고 듣는 이가 받아들이기 나름이니까요. 8월 운세를 보니 신상에 좋지 못한 일이 생길지 모른다네요. 큰일만 아니길 바라야겠어요.

다시 읽으니 느끼는 건데요, 설 작가님이 하셨던 것처럼 1:1 맞춤 서비스를 받는다든가 하지 않는 이상 이런 인터넷 운세에서 하는 말들은 대체로 너무나 일반론적인 말이어서 어느 상황에 대입해도 말이 되는 것들뿐이에요.

"가만 있으면 돈이 안 들어오니 일을 해라."

→ 따지고 보면 당연함

"건강이 나빠질 수 있으니 유의하라."

→ 건강은 언제나 나빠질 수 있음

"사람에게 베푸는 만큼 돌아온다."

→ 대체로 당연하다고 생각

"사람을 잘못 들이면 큰 재물을 잃게 된다."

→ 당연함

"가만히 있어도 나를 찾는 사람이 귀인이다."

→ 당연함

"사소한 오해로 언쟁이 생겨 사람과 멀어질 수 있으니…
…"

→ 언제나 있는 가능성

"어려운 일도 전화위복이 되니……"

→ 언제나 있는 가능성

그저 그런 것들이 시기 좋게 나름의 논리를 따라 정렬되어 있으니 신빙성을 얻는 거죠. 만약 거기서 하나라도 엎어 걸리면 게임 끝.

사주를 볼 줄 아는 지인에게 전해들었던 제 사주 얘길 꺼내볼까요. 일주였는지 월주였는지는 모르겠지만 제겐 백호살이 끼어있어서 사소한 일도 드라마틱한 결과를 낸다고 합니다. 이건 좀 '어쩐지!' 싶긴 했어요.

전부 플라시보 효과라고 생각은 합니다만, 가끔 들으면 재밌긴 한 것 같습니다. 시험공부 하기 싫을 때마다 비과학적인 것에 빠지는 취미가 있어서 다음 시험 기간엔 사주나 보러 가봐야겠어요. 무당집도 나쁘지 않을지도요?

뻔한 말이지만 결국 자기 인생을 한 치 앞조차 알 수 없기에 이런 것들을 통해 미래를 통제할 수 있다는 효능감을 얻으려고 하는 게 아닌가 싶습니다. 완전히 예측 가능한 인생이라면 사주나 운세에 완전히 비 의존하지 않을까 싶고요. 비록 재미로 볼지라도요. 불확정성과 불확실성에서 오는 불안을 재워주는 예지라는 이름의 항불안제인 거죠. 물론 끔찍하게도 인생사는 미리 안다고 제대로 대응할 수 있는 게 아니긴 합니다만!

며칠 전 갑자기 떠오른 호기심에 고교 생활기록부를 인터넷으로 발급받아 다시 읽어본 적이 있었어요. 오랜만에 보니 생각보다 웃기고 안쓰럽더라고요. 정말로 이도 저도 아닌 생기부고 지금 보니 어느 대학에 떨어져도 이상하지 않은 중구난방인데, 고작 조금 긴 단편소설 정도의 생기부 하나 만들겠다고 그렇게 울고 웃고 절박했었구나, 해서요.

대학에 들어와선 실망만 가득했죠. 특별할 거 없는 학교생활의 연장인데, 이게 뭐라고 어른들은 그렇게나 겁주고 불안하게 만들었을까 싶었어요. 아무리 생각해봐도 '대학 가면 인생 다 편다' 같은 헛된 희망을 만들면서까지 이뤄야 할 목표는 아닌 것 같은데 말이죠. 아마도 '현타'였겠네요.

그렇게나 거대하고 두려워 보였던 대입에 실패하지 않았음에도(고1 때 첫 번째로 지망하던 타 국립대에 학원 하나 다니지 않고 과하*로 최초 합격했다는 것만으로도 제 입시는 실패하지 않았다고 생각해요) 오랜 시간을 그렇게 헤맸던 것 같아요.

현실에 완벽한 해피엔딩 따위가 언제나 존재할 수는 없는 것이니 우리는 미리 인지하고 조금 덜 아프도록 대비하는 수밖에 없죠. 쿠션을 껴안고, 떨어질 높이를 가늠한 뒤 그나마 안전해 보이는 곳으로 착지할 수 있게끔요. 그래야

* 과다 하향(지원). 학생의 내신 성적과 대학의 작년 입결을 비교하여 과다 상향-상향, 소신, 적정, 하향-과다 하향 정도의 단계로 학생의 원서가 적절한지 합격 가능성을 가늠하는 대학 입시 용어

만 한다 생각하고 그러기 위해선 더 많은 상황을 헤아려야만 해요. 우리가 사는 실제 세상엔 다정한 이야기만 존재하는 게 아니니까요.

이하진 드림

짠, 세모금

3부

취중 마음 농도 0.25

오래 자리에 머문 이들의 기세

: 노포의 맛

설재인

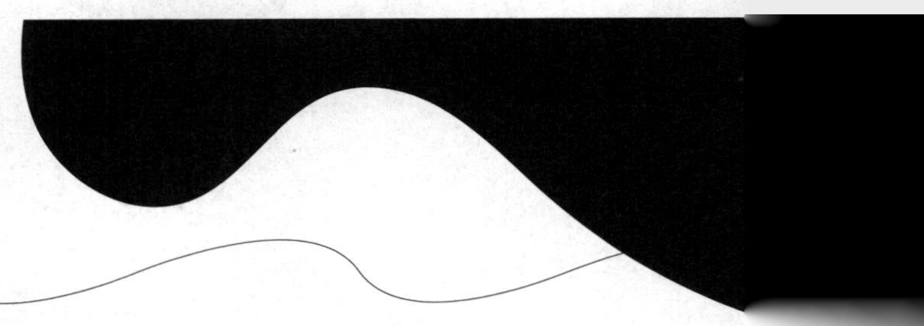

오늘의 술

소맥(참이슬, 카스)

오늘의 안주

모듬회 소자(밴댕이, 병어, 전어)

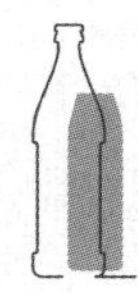

이번 편지는 테마가 분명합니다. 노포를 여러 군데 다닐 테고, 각각의 안주가 주는 감흥을 그대로 복사해 읊는 것이나 다름없는 편지가 되겠어요.

편지를 위해 다니는 것은 아니고요. 연유를 설명하자면, '책을 내는 것은 아이돌 그룹이 싱글앨범을 내는 것과 같다'라고 저는 자주 이야기하곤 합니다. 싱글을 파는 것으로는 돈을 벌 수 없죠. 음원을 낸 후엔 방방곡곡 행사를 뛰어야 정산을 받고, 생계를 유지할 수 있습니다. 그러니 싱글은 '여기 이런 내가 있다'라는 출사표와도 같은 것이에요. 책도 마찬가지죠. 작가님도 저도, 소설 단행본 선인세가 얼마나 쥐똥만한지 알지 않습니까. 저는 작가로서 여기저기 -주로 중고등학교입니다- 강연을 종종 다니는데요, 강연이 잡힐 때마다 가장 먼저 하는 일은 카카오 맵과 맛집 지도 앱인 '뽈레'를 동시에 켠 후 강연 장소 인근의 노포를 검색하는 것입니다. 가고 싶은 노포를 중심으로 동선과 시간을 짭니다(강연은 거들 뿐). 가끔은 번 만큼 쓰는 게 아닌가, 이거야말로 공수래공수거 정신이 아닌가, 하는 반성을 하기도 하지만 소주 맥주 4,000원인(가끔은 아직도 3,000원인 곳들이 있답니다) 노포의 유혹을 어떻게 거부하지요. 그리하여 저는 서울이 아닌 곳의 강연 일정을 너무나 고대하게 되었습니다. 스스로를 '지역 경제활성화 아티스트'라 칭하면서요.

우연찮게도 이번 편지를 보낼 타이밍에 딱 흥미로운 곳들의 강연이 잡혔습니다. 하여 저는 손님 평균 연령대가 오륙십 대쯤 되는 노포에서 혼자 소맥을 말며 끈적한 테이블에 패드를 올려놓고 키보드를 두드리게 된 것입니다.

너 무 좋 아!!!

오전에 인천의 어느 여자고등학교에서 강연을 했습니다. 최근에 가장 히트한 과학 교양서라 할 수 있을 루시 쿡의 《암컷들》에 대해 이야기를 조금 했으며 -세 개의 질을 가진 주머니쥐, 나선형의 질을 가져 원치 않는 수컷의 정자를 차단할 수 있는 청둥오리, 암컷 개체군밖에 없는 도마

뱀, 성을 선택하기 위해 자발적으로 낙태를 택하는 판다 등- 이어 각자의 인생 곡선을 그리고, 발표하고, 상처를 드러내고 치유하는 시들을 읽고, 상상하지 못한 차원의 화자를 상상하여 쓴 자신의 시를 낭독하는 시간을 가졌어요. 강연 경험이 쌓일수록 여실히 느끼는 건데 학생들은 자기 이야기를 하고, 또 얼굴을 잘 아는 또래의 숨겨진 이야기를 들을 수 있을 때 가장 열렬히 호응합니다. 그래서 저는 강연할 때 제 이야기를 거의 안 하는 편이지요. 누군가는 보며 저 강연자 정말이지 날로 먹는다고 생각할지도 모릅니다.

강연을 하고서는 인천역 근처로 와서 밴댕이회와 병어회를 전문으로 취급하는 노포에 왔습니다. 저녁에는 웨이팅이 상당하다는데 늦은 점심에 와서인지 제가 앉을 자리 정도는 남아있더라고요. 혼술러에게도 이렇게 친절한 노포는 처음이라 약간 감격한 상태입니다(일하시는 두 분이 가족인 듯 보이는데 지나다닐 때마다 제 자리 쪽으로 선풍기를 하나씩 붙여주셔서, 지금 저는 선풍기 세 대와 에어컨 한 대의 바람을 만끽하고 있습니다). 물론 두세 명이 와서 먹는 모듬회를 혼자 시켰기 때문에 친절하실 수도 있겠다는 생각을 하긴 했습니다만, 앉아서 손님들에게 하시는 걸 관찰해보니 저의 오해였습니다.

날생선을 좋아하고 숱하게 먹었습니다만 밴댕이회는 특

별하군요. 밴댕이의 제철은 5, 6월. 지금은 금어기랍니다. 제가 먹는 건 금어기 전, 가장 제철이었을 때 잡아 냉동시킨 개체들이죠. 상에 올라온 밴댕이의 껍질을 처음 맛보고선 제 일평생의 날생선 경험을 재정립해야 했습니다(이전에 제가 제일 좋아하던 횟감은 청어입니다. 가격은 저렴하지만, 등푸른생선 특유의 비린 맛과 제거되지 않은 잔가시 탓에 진입장벽이 좀 높아 즐기는 사람이 많지 않고 따라서 취급하는 곳도 별로 없어요). 좋아하는 세 가지 특징, 즉 살짝 질긴 식감과 거슬리지 않게 씹히는 뼈, 그리고 입안에서 터지는 고소한 기름기가 완벽히 삼위일체를 이루는 밴댕이란 것은, 그 어떤 양념 없이 고추냉이만 살짝 올려 먹어도 풍미가 기가 막히더라고요. 껍질은 그렇게 즐기고, 세꼬시로 뜬 부위는 커다란 상추와 깻잎에 뭉텅이로 턱 올린 후 막장과 생마늘을 넣어 와구와구 삼킨 후 술로 씻어내리는 것이지요.

게다가 물론 사람마다 차이는 있겠습니다만, 저는 아무래도 원물로서의 모습이 분명하게 살아있는 음식들을 선호하는 것 같아요. 예컨대 은푸른 껍질이 그대로 붙은 사시미라거나, 붉은 육고기든가, 익히지 않은 푸른 채소 같은 것들 말입니다. 눈으로 먹는 재미가 있지요. 아마 그래서 더 날음식을 좋아하는 것일지도 모릅니다.

유독 노포를 찾아다닙니다. 성격 탓일까요? 오래 자리에 머문 이들의 기세를 언제나 경외하고, 그 경외심이 명백히 저의 미뢰에 영향을 미치는 것 같습니다. 보통 혀가 느끼는 미각은 단맛, 쓴맛, 짠맛, 신맛의 네 가지라고 하던데, 저의 혀에는 분명 다섯 번째 분류가 존재하는 것 같아요. '노포의 맛'이지요. 경험의 맛, 끈기의 맛, 시간의 맛. 운동을 오래 한 사람이라 그런지 몰라도, 저는 그 끈질긴 기다림의 맛에 쉽게 항복하곤 합니다. 게다가 노포에서는 사람들의 목소리가 커지기 일쑤잖아요. 단골 장사하는 곳이 많으니까요. 더욱이 저와는 평소에 접점이 거의 없는 어르신들의 대화를 엿들을 수 있죠. 술 잔뜩 걸쳐 불콰해진 얼굴에서 나오는 솔직한 말들. 고백하건대 저는 사람들이 싸우는 광경을 옆에서 구경하는 것을 흥미로워하는데 - 온라인과 오프라인 모두요. 언제나 한마디도 끼어들지 않는 것이 원칙입니다- 노포에서 여러 테이블의 대화들을 안 그런 척 청취하고 있노라면 퍽 재미가 있습니다.

오늘의 술

'참' 소주 1병

오늘의 안주

대구의 따로국밥 '특' 한 사바리

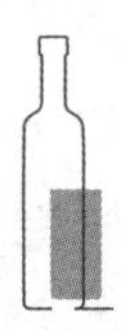

지금은 아침 8시 25분. 저는 서울역에서 새벽 5시 27분 열차를 타고 대구에 도착해 동성로의 어느 따로국밥 노포에 자리를 잡은 참입니다. 역시나 강연을 하러 왔는데(장소는 대구가 아니라 김천입니다만), 워낙 경상도 음식을 좋아하는 터라 한 번도 와본 적이 없는 대구의 안주들이 그렇게 궁금했거든요. 하여 아예 1박을 하기로 결정했습니다. 정말로 안주에 진심이 아닐 수 없군요. 먹어보고 싶은 게 너무나 많은데 삼십 대 중반에 접어들면서 급격하게 먹는 양이 줄어, 대구행을 결정하며 목표했던 바의 절반이나 이룰 수 있을지 의문입니다.

따로국밥으로 아주 유명하다는 집의 옆집에 왔습니다(저는 언제나 이런 식입니다). 직장인들은 거의 다 출근 중일 시간인 데다가 비도 오고 있어서인지 손님은 저밖에는 없는 것 같지요. 가게에 들어서자 스뎅 냉면 그릇에 밥을 썩썩 비벼 드시던 종업원께서 벌떡 일어서셨는데 등이 굽은 모양이 제 십여 년의 노포 탐방 구력으로도 처음 보는 각도입니다. 더욱 압권인 것은 화장실인데 화장실의 입구는 바닥에서부터 육십 센티쯤 떨어져 있고, 문의 세로 길이가 일 미터쯤 됩니다. 제 키가 160센티미터니까, 화장실에 가려면 대충 고개를 까딱 수그린 채 다리를 힘껏 찢어 영차, 하고 커다란 바위를 오르듯 허벅지에 힘을 줘서 올라야 한단 뜻입니다. 이 정도로 특징적인 구조는 서울시 양평동의 오래된 단란주점 이후 처음이군요(저는 그곳을 '양평동 9와 4분의 3 승강장'이라 부르곤 했습니다).

특 국밥을 시켰더니 소고기 가득 든 육개장 뚝배기에, 주먹만 한 선지 두 개 든 뚝배기가 하나 더 나옵니다. 다진 마늘과 부추를 넣으면서 생각합니다.

망했구나.

이걸 다 먹으면 방금 뜬 해 다 넘어갈 때까지 배가 안 꺼질 게 분명하니까요.

밴댕이를 먹으며 꺼냈던 단어, '끈기'에 대해 조금 더 이야기를 해볼까요.

체육관 회원님들이 가끔, 제가 운동하는 꼴을 우두커니 바라보다가 그런 질문을 하시곤 합니다.

"안 지겨우세요?"

그렇게 묻는 분들은 대부분 지독한 권태기에 시달리고 있는 중이지요. 복싱을 내일 그만둬도 이상할 게 없을 정도로 지긋지긋한 분들입니다. 다시 말하자면, 그만큼 진심으로 오래 수련했단 뜻이기도 합니다. 강한 열정을 가졌고 매일매일 빠짐없이 출석하였으며, 시간이 지날수록 다음을, 그다음을 궁금해한 것이지요. 보통 오래 깊이 사랑할수록 허탈감도 커지기 마련이라 누군가가 대단한 언어로 흔들리는 마음을 붙잡아주기를 바라는 것입니다(물론 저를 정말로 신기해하는 초심자도 계십니다만). 그러면 제가 뭐라고 답해야 할까요? 어떤 말을 해야 떠나는 이를 붙들 수 있을까요? 10년 차지만 아직도 그 답은 찾지 못했고 다만 머쓱하게 얼버무릴 뿐입니다.

"당연히 지겹죠. 그런데 지겹게 해야 진짜 아주 조금씩 늘더라고요."

자매품으로는 이것도 있습니다. "운동을 해야 체력이 느는데!"라는 말에 덧붙이는 개인적 경험.
"늘죠. 그런데 확 늘 때까지 딱 5년 걸리더라고요."

여기까지 썼는데 뚝배기가 바닥을 보이네요. 몇 시간 후로 흐름을 늦추도록 하겠습니다. 여담이지만 제가 정말 뜨내기 같아 보이긴 하나봐요. 저에겐 "뭐 드릴까요?"로

묻던 그 종업원분이 저 다음으로 들어온 남자분에게는 “뭐 드릴까예?”라 묻는 걸 듣자하니…….

오늘의 술

참 소주

오늘의 안주

무침회와 납작만두

‘몇 시간 후’라 말씀드렸는데 겨우 두 시간이 지났네요. 지금은 오전 10시 30분, 반고개역 무침회 골목에 와서는 가오리무침회를 납작만두에 싸 먹는 중입니다. 양이 이렇게 많을 줄은 몰랐기에 나온 음식을 보고는 좀 암담한 기분이에요. 그러나 제가 언제 또 대구에 올까요. 게다가 아직까지 이십 대 시절 과를 주름잡고 연인을 녹다운시키는 대식가였던 과거의 영광에서 헤어 나오지 못하고 있습니다(사실은 카페로 갈까 잠시 고민하였습니다만 아무래도 커피에는 영 흥미가 없어 돈과 시간 그리고 위장의 용량이 모두 아깝더라고요).

는다는 것, 다시 말하자면 성장에 대해 생각합니다. 우리나라에서는 아무래도 성장을 눈에 보이는 정량적 결과로 판단하는 경향이 강한 것 같죠. 그러나 우스운 일입니다. 실상 어느 집단에 속하지 않고 또 어느 집단에도 속해볼 생각이 없다면, 한국 땅에서는 성장을 인정받을 방법이 없지요. '인정'을 가장 중시하는 사회를 구축해놓고서는 인정의 방식을 극히 제한하다니, 잔인한 일이 아닐 수 없습니다. 그렇잖아요?

우리가 배웠던 대로 스무 살의 입시와 서른 살의 취직처로 사람을 평가한다면, 좋습니다, 그런데 그렇다면 이후의 칠팔십 년은 어떻게 자기 가치를 증명받으며 살아갈까요(물론 자신의 가치를 타인에게 확인받지 않더라도 잘 살아갈 사람이 있을지도 모릅니다. 그러나 일단 전 남이 칭찬해주면 주책맞게 춤추는 고래가 되곤 합니다)? 교육받은 기준대로 살게끔 해주지 못한다면 아무래도 거대한 사기를 치는 것이 아닐까요? 승진이나 성과급 같은 것이요, 물론 있지요, 있는데요, 사실 없습니다. 제가 가장 최근에 근무한 업체의 케이스로 미루어보건대 없습니다. 아무리 대박 쳐도요, 없습니다. 정말인가? 예를 들어 출판업계라든가.

그래서 취미를 진득하게 오래 유지해야 한다고 생각합니다.

자신의 성취를 확인받을 취미를 끈질기게 가지지 못한 이들은 결국 괴로워하다가 그 결핍을 귀신같이 알아채고 달려드는 사람들에게 이용당하기 마련이죠. 사기도 당하고 깃발도 흔들고 고함도 지르다가 대거리도 하는 것입니다. 안타깝고 미련해 보이지만 동시에 저는 언제나 자신을 의심해요. 30년 후의 내가 저렇게 되지 않으리란 보장이 과연 어디에 있을까. 설재인이란 사람은 자신의 성과를 십여 년 동안 인정받지 못한 상태에서도 사실관계를 제대로 파악하고 타인의 의도를 간파해볼 능력을 유지할 수 있을까. 전혀 아니지요. 속절없이 붕괴할 게 분명합니다. 남들 역하다고 일컫는 화학성 알코올에조차 함락당해 취하는데 어떻게 그런 상황을 견디겠어요.

하여 끈기로 나의 성장을 판단할 수 있는 유형의 활동에 매달렸습니다. 외국어도 공부하고 악기도 여럿 배우긴 했습니다만 아무래도 하루의 짧은 성취에서 오는 쾌락이 덜하더라고요. 다시 말하자면 아주 짧은 시간 내에 저를 힘겨워하게 만드는 것들이 좋습니다. 성격이 급해서 말이지요. 결국엔 운동이 가장 특화되어 있었고, 그중에서도 눈앞에 직면하는 공포를 이겨내야만 하는, 즉 몇 초 안에 쾌감을 -'내가 저 공격을 감당해냈다고!'- 주는 훈련에 집중하는 게 최선의 안이었다고 말할 수 있겠습니다. 그래서 격투기를 좋아하나봐요.

오늘의 술

참 소주 1병과 카스 1병 섞어 마시기

오늘의 안주

생고기(대구 말로는 '뭉티기') 한 접시, 양지머리와 오드레기(소의 대동맥) 한 접시

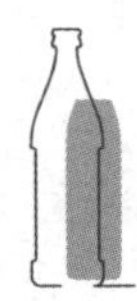

사실 대구에 온 이유의 8할은 뭉티기와 오드레기를 먹기 위해서겠죠. 육회나 육사시미를 좋아하긴 하지만 뭉티기란 것에 대해 처음부터 딱히 열망이 있던 것은 아닙니다. 뭉티기의 존재를 확실히 알고 궁금해하게 된 것은 잡지 에디터로 일하던 시절 대구 출신의 작가님을 인터뷰했을 때였어요. "대구는 날것을 잘하거든요"로 시작하는 작가님의 말씀을 들은 이후, 물론 작가님은 소설론을 이야기하기 위해 비유로서 사용하신 것이었습니다만, 제 머릿속에는 온통 '대구 뭉티기'에 대한 환상으로 가득 차게 된 것입니다. 그렇게 맛있다고? 육사시미랑 뭐가 다른데?

물이 창문 여기저기서 뚝뚝 새고 있고 친절하신 두 분 사장님께서 제 쪽으로 돌려주신 선풍기 바람은 제게 전혀 와닿고 있지 않으며 아무도 보지 않는 채 돌아가고 있는 TV는 정말 간만에 보는, 더도 말도 덜도 말고 딱 사람 머리만한 크기의 브라운관입니다. 많고 많은 뭉티기 집 중 여길 택한 이유는 단출한 기본 찬과 그 덕인지 저렴한 가격 때문이었는데요, 물론 그 기본 찬이 제아무리 단출하다 한들 된장과 양배추 그리고 땅콩과 황태채 라면 술꾼에게는 이미 끝난 거죠. 산해진미가 밑반찬으로 올라와도 이길 수가 없습니다.

뭉티기의 맛이 아주 인상적이지는 않았습니다. 아무래도 녹진한 선어회에 익숙해진 입맛이라 그런가봅니다. 물론 이토록 두툼한 날 소고기를 먹어본 적은 없긴 하지만, 그냥 우리 동네 시장 정육점에서 만 원짜리 육회를 사 먹어도 식감과 크기를 제외한 맛 그 자체로만 따지자면, 별 차이는 없을 것 같다는 감상이어요. 아주 이성적으로 말하자면 말이지요.
그러나 이성 밖에는 언제나 예외가 존재하지요. 가령 방금 전의 상황처럼요. 사장님 두 분이 마치 여중생들처럼 같이 화장실을 가시더라고요. 그러고서는 줄줄이 기차처럼 혹은 동네 뒷산의 난데없는 메아리처럼, 제 테이블을 지나며 똑같이 물으셨습니다.

"두부 더 드릴까예?"

"두부 더 드릴까예?"

(제가 처음 주문할 때 혼자 다 못 먹을 거라고 엄청 뭐라 하셨거든요. 지금 접시는 기본안주 빼고는 다 비었고요)

그러면 저는 씩 웃으며 말하는 거죠.

"제가 먹을 수 있다고 했잖아요!"

그 두 분은 약 2초 정도의 딜레이와 약간의 변형을 두고 똑같이 대답하는 겁니다.

"잘 잡숫네예."

"아이고 아가씨, 잘 잡숫네예."

그런 거죠. 공리를 세우고 그 공리를 통해 정리를 증명해 내는 것도 사람이고, 견고해 보이던 논리를 부수는 반례를 내세우는 것도 결국엔 사람입니다. 그러니 사람은 좋고 싫고 징그럽고 사랑하고 무섭고 각별한 것일 수밖에 없을 테지요.

여기까지 쓰고 문밖을 봤는데 아직도 해가 지지 않았습니다(모텔 체크인 시간도 되지 않았습니다). 저 혼자 있던 가게에는 이제 '주이소'로 주문을 끝내는 손님들이 차오르기 시작했고 고장 나지는 않았는가 의아함을 심어주었던 에어컨이 터보 모드로 동작하고 있죠. 저는 소주 한 병을 더 시킬까 말까 계속 고민을 하고 있습니다.

사실 빛이 밝을수록, 그리고 일어난 지 얼마 안 될수록 술은 이백 퍼센트의 기능을 하는 법이잖아요? 그러니 저는 이제 원고를 놓고 마지막 남은 한 잔을 피눈물 나게 한 방울 한 방울씩 즐기려 합니다. 너무 제정신이었어요. 그만 놓을 때가 되었지요.

아니 근데, 조금만 더 마실 용량이 남아있을까요.
아무래도 액체니까, 어디 스며들어주진 않을까요.

설재인 드림

정말 오랜만에 취했습니다

이하진

오늘의 술

글렌모렌지 시그넷 1잔, 디플로마티코 레제르바 익스클루시바 1잔, 노아스 밀 1잔, 시그니처 칵테일 '틈메이러' 1잔, 글렌알라키 10년 CS 배치 7 1잔, 싱글톤 15년 글렌오드 SR 2022 1잔, 킬호만 코리아 익스클루시브 2023 1잔, 시그니처 칵테일 '제제' 1잔

오늘의 안주

물, 프레첼, 하몽을 곁들인 치즈 플레이트(아마도 올리브유를 곁들인 모짜렐라 치즈+생 바질 잎+하몽의 조합), 치즈 크래커

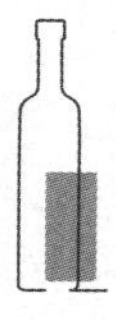

애매한 포지션의 프리랜서에게는 1년에 몇 개월씩 절망의 계곡이 찾아옵니다. 시기 좋게 인세나 고료가 들어오지 않아 생활비가 동나는 때가 말이죠. 오늘이 딱 그 시기의 한가운데였는데요, 가장 최근에 출간된 책의 증정본을 받으신 분께서 몇 개월 전에나 했던 증정본 선물 약속을 지켜줘서 고맙다며 술을 사주시지 뭡니까.

사실 저는 얻어먹는 걸 굉장히 부담스러워하는 편입니다.

작가님께 술을 얻어먹었던 때도 그랬어요(저희 언제 다시 뵐까요). 그도 그럴 것이, 제가 먼저 다른 동료 작가님께 함께 식사를 하자고 청하면 십중팔구는 제가 학생이라며 자기 카드로 일시불을 긁으셨거든요. 먼저 밥 먹자고 한 건 저인데도요. 이러면 부담돼서 또 밥 먹자고 말을 꺼낼 수가 없잖아요!

물론 제가 아무리 잘 벌어봤자 다른 작가님들과 소득 수준에 차이가 존재하는 것은 사실입니다만, 학생에게 한 끼에 만 원이 넘어가는 식사는 부담스럽거든요. 그러므로 편협한 시각으로써 '모든 사람들이 한 끼에 만 원 이상을 부담스러워할 것이다'라고 생각하여 더치페이를 제안하게 되는 것이죠. 그게 아니라는 걸 깨달은 건 최근의 일입니다. 그래서 요즘엔 '얻어먹는 일'에 익숙해지려 하고 있어요. 호의를 감사로 받아들이는 일에요. 10년쯤 뒤에 지금의 제 나이만 한 작가님이 데뷔하시면 잔뜩 챙겨줄 요량으로 두고보자, 라고 이를 갈며 말이죠.

아무튼, 요점은 술을 잔뜩 얻어 마셨다는 겁니다. 1차의 글렌모렌지 시그넷을 제외하면 안주까지 모두 그분께서 계산해주셨어요. 무려 저를 위해 100만 원을 빼두었다며 말이죠. 즉 제가 전날에 원고 때문에 밤새서 컨디션을 원더풀하게 망치지만 않았다면, 도서전 직후 무리하다가 응급실에 다녀온 이후로 위가 약해지지만 않았다면 최대

100만 원 한도까지 술을 얻어 마실 수 있었다는 뜻입니다. 심지어 그분은 저만 괜찮다면 부산에 데려가 아주 멋진 회를 먹이며 바닷가에서 일출을 보여준 뒤 돌려보낼 생각까지도 하셨다고 합니다.

"100만 원씩이나요?"

제가 100매를 쓰려면 아무리 짧아도 이틀은 걸리는데 말입니다.

"작가님은 왜 그렇게 자신의 가치를 폄하하세요? 충분히 잘될 잠재력이 있으신 분이고 제게 고마우신 분인데. 약속 안 지키는 사람들 생각보다 많아요. 그걸 기억하고 지켜줬다는 게 저는 너무 고마웠어요."

저는 월에 몇천을 벌어도 고작 몇 개월 전의 증정본 선물 약속을 지켜주었다는 이유로 바에서 만난 사람에게 100만 원을 선뜻 쓸 수 있을 것 같진 않지만, 그렇다고 하십니다……. 제가 인복이 좋은 걸까요? 모를 일입니다.
참고로 그분은 결혼식을 2주 앞두고 계신 예비 신혼이시고, 2차로 간 바에서도 옆자리의 사람들에게 계속해서 술을 몇 잔이고 사주셨습니다.

"작가님이 작년에 2,000만 원 버셨다고 했죠? 제 주변엔 재산이 300억 이러는데도 잘못돼서 한순간에 빈털터리가 된 사람들도 많았어요. 그런데 작가님은 커리어도 쌓으시면서 2,000만 원을 버신 거잖아요. 그리고 그 2,000만 원은 정직하게 번 거라 잘못될 일도 없어요. 그래서 저는 그 2,000만 원이 남들의 300억보다 훨씬 값지다고 생각해요."

저는 수중에 300억이 떨어지면 그런 소리 못할 것 같은데 말입니다.
세상엔 정말로 다양한 어른이 있네요.

그리하여 이번 편은 그분을 위해 함께 즐겼던 술을 늘어놓을까 합니다.

1차는 뻔하게 '어반플로어'였고 이번에 갔던 2차의 바는 그분의 추천이었습니다. 주변에 술집이라곤 하나도 없는 주택가에 위치한 바였어요. 사람들은 조용하고 스피커에선 재즈가 흘러나왔고요. 에어컨이 불쾌하지 않게 온도와 습도를 조절해주고 있었고, 바텐더의 뒤에는 딱 봐도 비싸 보이는 분재가 하나 놓여있었습니다. 스코틀랜드에서 직구했다고 하는 문 앞의 재떨이는 자칫하면 '쌈마이'해 보일 수 있는 진녹색이었는데도 무척이나 고급스러웠고요. 자고로 술쟁이가 새로운 바를 뚫으면, 그 바의 분위기가 마음에 들었다면, 그곳에 계속 올 예정이라면 시그니처를 마셔봐야만 한다고 생각해요. 옆의 그분께선 "위스키를 마실 줄 알았는데 칵테일을 시켜서 놀랐다"고 하셨지만 사실 위스키는 어딜 가도 일률적인 맛이 나잖아요? 에어링 정도에 따라 차이는 있겠지만요. 아무튼 시그니처는 바의 느낌을 확인하는 좋은 척도가 되죠. 혹은 단순하지만 바텐더의 실력에 따라 맛이 크게 달라지는 진 마티니 같은 클래식 칵테일을 시킨다거나요.

'틈메이러'는 토마토를 사용했다는데도 붉은 기운이 하나도 보이지 않는 시그니처였습니다. 색은 조금 노란 빛이 있는 다이키리에 가까웠어요. 근데 맛은 토마토였습니다. 아마 과즙만 착즙하지 않았나 싶었는데요. 과육째 갈지 않고 즙만 짜낸 토마토의 맛은 또 새로웠네요. 토마토의 맛과 향 자체를 별로 좋아하지 않는다는 것만 빼면 상당히 괜찮은 칵테일이었습니다. 상큼함이 과하지도, 많이 달지도 않았고요. 전반적으로 밸런스가 잡힌 맛이었습니다.

글렌알라키 10년 CS(Cask Strangth)는 옵션이 두 가지가 있었어요. 배치 7과 배치 8. 언젠가 친구가 제 곁에서 둘 다 마셔보곤 배치 7이 더 낫다고 했던 걸 떠올리곤 배치 7으로 주문했죠. 배치 8을 안 마셔봐도 좋다는 걸 알겠더라고요.
알라키도 참 좋은 위스키죠. 시그넷과 비슷한 향이 나면서도 -둘 다 저는 '그윽하다'거나 '무게감 있다' 정도로 표현합니다만- 향의 방향성이 조금 달라요. 특히 로스티드한 향의 정도가요. 시그넷은 커피나 티라미수에 보다 가까운 달달한 느낌이고, 알라키는 뭐랄까, 좀 더 '위스키'스럽달까요. 아무튼 둘 다 묵직하니 깊은 맛이죠. 바에 있으면 한 잔은 꼭 시킬 만큼 좋아하는 위스키입니다.

싱글톤 15년 글렌오드 SR 2022는 한정판이었던 것 같습니다. 싱글톤은 12년만 '어반플로어'에서 마셔봤는데, 15년 글렌오드 SR(Special Release) 2022는 디자인이 예쁘기도 해서 한번쯤 마셔보고 싶었어요. 확실히 평이 괜찮은 만큼 좀 더 뚜렷하면서도 깔끔한 느낌이 나더라고요. 데일리로 두고 마시고 싶었던 무난한 특별판이었습니다.

그리고 킬호만! 킬호만도 좋아하는 위스키이긴 한데, 코리아 익스클루시브라는 게 있다는 건 처음 알았어요. 아일라 위스키를 주로 마신다고 하니 추천해주시더라고요. 한국을 위해 오크통 하나를 따로 빼서 만들었다고 합니다.
굳이 위스키 시장도 쥐똥만한 한국을 위해서?
그런 의문이 들긴 하지만, 피트가 정말 장난 아니게 좋았습니다. 보통 피트를 '치과 냄새'로 표현하곤 하잖아요. 이건 스모키함보다도 그런 치과 냄새가 더 강렬한, 특이한 피트였어요. 피트 강도가 비슷하게 느껴진 아드벡 10년이랑은 또 다른 느낌. 마지막 위스키로서 찐하게 끝내기엔 더없이 좋았답니다.

마지막 '제제'는 옆의 그분께서 "한 잔 더 하시죠?"라며 추가 주문을 권하시길래 깔끔히 끝낼 목적으로 시킨 칵테일이었습니다. 메뉴판에 오렌지가 그려져 있길래 물어봤더니 오렌지와 자몽 맛이 난다고 하더라고요. 가니쉬로는 바에서 직접 만든 정과 두 점. 도수가 8도밖에 안 되기에 주스처럼 마실 수 있었고, 정과가 많이 달지 않아서 좋았어요. 덕분에 술이 깬 건 조금 억울했지만요.

자고 일어나 숙취 대신 속쓰림과 밤샘 피로에 9시 수업과 10시 반 수업을 모두 째고 우체국 등기까지 폐문부재로 반송시킨 뒤 느적하게 글을 잇습니다. 속이 쓰린 건 제 위장이 약하기 때문인 걸까요, 원래 40도 이상 6잔에 저도수 2잔을 마시면 속이 쓰리기 때문인 걸까요?
(설 작가님의 이야기를 듣다 보니 대충 알겠지만) 작가님은 음주에 때와 장소를 가리지 않는 편이시죠? '오늘은 날이 아니야'라든가, '이렇게 시끄러운 장소는 별로야'라든가요. 주종도 안 가리시고, 정말 술을 애정(혹은 애증)하시는 분으로 보여요. 저번 편지를 보고 가장 놀랐던 부분이 그런 부분이었습니다.
아니, 대낮에 혼자 고깃집에 가서 술을 깐단 말이야?
파워 내향인인 저로선 상상도 못 할 일이었거든요. 낮술은 오케이, 하지만 개방된 장소에서의 혼술은 낫 오케이.
이번 술자리에서 그분께서 제게 미안함과 아쉬움을 표하

신 적이 있었어요. 조용한 곳이라고 소개했는데 목소리 큰 사람들이 갑자기 많아져서 시끄러워진 거에 대해 미안하다고요. 하지만 저는 그거에 대해 전혀 속상하지도, 화가 나지도 않았거든요. 물론 고즈넉하고 조용한 바에서 혼자 원고를 쓰거나 책을 읽는 걸 선호하긴 하지만, 이건 그분이 통제할 수 있는 변수가 아니었잖아요. 그래서 저는 전혀 아쉽지 않고 오히려 비싼 술과 좋은 장소를 접하게 된 것에 대해 매우 기쁘며, 이 시간이 즐거웠고, 당신의 미안함과 아쉬움은 굳이 제게 표하지 않고 혼자만의 것으로 남겨두어도 괜찮을 거라고 말해주었어요. 그래도 계속 불편해하시더라고요.

어쩌겠습니까. 소란과 소음은 술집의 숙명인걸요.

그분께서는 특히 "옆의 이십 대 초반분들이 시끄럽다"라고 짚어 말하셨지만 저도 이십 대 초반인걸요! 원래 이십 대 초반은 시끄러워요. 상스러운 비하적 욕설과 저급하고 천박한 말투가 소란을 더하죠. 물론 그들의 소음과 욕설을 합리화하자는 건 아니지만, 어린 사람들에게 조금 더 관대해질 필요가 있다는 거죠(어린 사람이 이런 소리 하면 자기변호가 될까요). 온통 부당한 일들 사이 자신을 억압해야 하는 현대사회에서, 술집에서까지 자아를 억눌러야 한다면 사회구성원 전부는 돌아버리고 말걸요.

그리고 바가 아무리 시끄러워봤자, 요란한 헌팅포차나 개

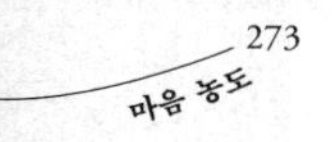

강총회나 종강총회 시즌의 대학가 술집보다 정신없겠어요? 맛있는 술이 있다면 감당할 수 있어요, 저는.

개강 기념으로 학교 얘길 해보자면, 이번 학기엔 청강 포함 22학점을 듣고 있습니다. 편지가 밀리는 데에 이 사실이 가장 지대한 공헌을 하고 있긴 해요.

22학점이지만 오전 수업과 오후 수업 사이에 공강이 꽤 긴 시간표라 중간에 맥주 한 캔 따기 딱 좋은 시간표예요. 이야기를 하다보니 설 작가님의 시간표도 궁금해지네요. 이번 학기엔 어떤 수업을 들으시나요? 문예창작과 대학원은 어떤 느낌인가요? 아침마다 술을 마시시겠지만, 공강 시간에도 술과 함께하시는지요. 저는 물리학과 대학원에 진학하겠다고 교수님께 말씀드리고 온 직후라, 인문/예술 계열의 대학원은 어떨지 궁금해졌어요!

이하진 드림

내가 우산꽃이였다는 사실도

가끔 잊을 수 있게 하는 환각

설재인

오늘의 술

참이슬 1병

오늘의 안주

학교 앞 순댓국집의 정식

“공강 시간에도 술을 마시나요?”라는 질문이 퍼뜩 생각나 급히 수정해야 할 원고를 뒤로하고 학교 앞 순댓국집에서 편지를 써보도록 합니다. 공강은 아니고 수업 들어가기 전이에요. 수업이 꽤 길고 이른바 ‘기 빨리는’ 경우도 많아서 항상 수업 들어가기 전에 학교 앞 음식점들에서 요기를 든든히 하고 가는 편이고, 그때마다 태블릿으로 이런 저런 원고를 열심히 치곤 합니다. 이미 잘 아시겠지만 엄청난 아재 입맛의 소유자고 몇십 년 된 이 동네에는 아재들이 좋아할 만한 음식점들이 여기저기 숨어있어서, 오늘은 어디서 어떻게 반주하며 소설을 써볼까 고민하는 것도 즐거운 일입니다. 문학하는 사람에 대한 세간의 오해와는 달리 이렇게 대책 없이 술 마시는 사람은 아마 저뿐인 것 같지요. 그런데 사실 남과 술 마시는 걸 그다지 선호하지는 않는 편이라 아쉽지는 않아요. 무엇보다, 동행이 있으면 남의 이야길 잘 못 들으니까요. 그러니 '내향인으로서 대낮 고깃집에서 혼술을 할 수 없다'는 작가님의 논리에는 수긍할 수가 없어요. 저는 내향인이라서 대낮(정확히는 점심, 저녁의 피크타임이 아닌 시간이죠. '브레이크 타임'에 딱 걸리는 그런 타이밍에 브레이크 타임이 없는 식당을 찾아가는 것이지요. 혼자 오래 앉아있어도 눈치 보지 않는 시간대잖아요) 고깃집에서 혼술을 하는 거니까요. 이것이야말로 진정한 내향인의 술자리라고 저는 생각합니다.

여기까지 쓰고 가장 최근에 타인과 술을 먹었던 적이 언제였나 생각해보니 제가 쓴 장편소설의 북토크 뒤풀이에서였습니다. 뒤풀이할 생각은 아니었는데, 놀랍게도 그 자리에 대학 과 동기 하나가 등장을 한 거예요. 저한테는 아무런 언질도 주지 않았는데요. 그 친구가 결혼한 이후로는 처음 만나는 것이었기에 정말 깜짝 놀랐는데, 북토크가 끝나고 저녁을 못 먹었다며 같이 가볍게 뭐라도 먹자는 친구의 말에 갑자기 제가 '급발진'을 하며 독자분들까지 낚아 2차를 하게 된 것입니다.

인간관계를 유지하기 위한 최소한의 노력조차 거의 하지 않는 사람이라서, 이렇게 오래 본 친구는 없죠. 15년이 되었으니까요. 심지어 서른 살 즈음에는 굉장히 가까이 살아서 자주 밥을 먹곤 했습니다. 저희가 항상 가던 식당은 두붓집이었는데 무얼 시키든 온갖 나물과 계란 후라이를 서비스로 줘서 비빔밥을 만들어 먹을 수 있게 했고, 제 단골 멘트는 "저는 공깃밥 빼 주시고 지평막걸리 하나 주세요"였습니다. 쌀로 만든 거니까 밥이나 진배없다는 주장이었어요(친구는 밥을 아주 잘하지만 술은 못 했고요). 그렇게 이상한 조합의 밥을 먹으면서 진짜 이상한 이야기들을 나누곤 했습니다.

문예창작과(정확히는 국어국문학과 소설창작 전공인데요) 대학원이 어떻냐고 물으셨죠.

너무나 즐거운데요, 무엇보다 저는 이곳에서 '진짜 이상한 질문들'을 해도 다정한 반응을 얻을 수 있는 게 행복합니다(물론 한 10년 전과는 많이 달라졌기 때문이기도 합니다. 제가 대학원 간다고 할 때 말리던 분들이 다 문예창작과 출신이셨거든요. 그런데 제가 다니는 거 보고 말씀하시더라고요. "우리 때랑 진짜 많이 달라졌네요, 정말 잘 가신 거 같아요").

학부 동기이므로 문학이 아닌 수학교육 전공입니다만, 그 친구를 제가 좋아했던 이유도 그거였습니다. 본인도 익히 아는 바인데, "쟤가 도통 무슨 얘길 하는지 모르겠어"라는 말을 그 친구는 대학 다니던 내내 듣곤 했습니다.

논리가 없어. 이성적이지 않아. 근거가 뭔데.

저는 이상하게도 그 애가 하는 말들이 재미있었어요(그땐 문학이고 뭐고 하나도 관심 없을 때였는데도요!). 북토크 뒤풀이에서도 이야기했지만 당시 저는 굉장히 보수적이며 이른바 사회적 정상성이란 것에 집착하는 사람이었고 이 친구는 완전히 반대였거든요. 툭 터놓고 이야기하자면 "쟤 어떻게 살려고 저러냐?"라는 말을 듣는. 그런데 이상하게도 이 친구와 이야기하는 것만은 항상 즐거웠습니다. 서로의 지향이 완전히 달랐는데도요.

이야기(굳이 서사에 한정 짓기보다는 거대한 상상과 인지적 공감을 가능케 하는 장치라고 할까요)의 힘과 포용의 효능을 아마 이 친구가 저에게 난생처음 가르쳐주었던 게 아닐까, 지금 와서 돌이켜봅니다. 갑갑한 이성적 집단에서 그 친구는 이상한 사람이었지만 저는 그 애가 펼쳐놓는 생각들에 매혹되곤 했지요. 게다가 어떤 핀잔을 듣더라도 결국엔 "내가 헛소리했다고 생각해도 상관없어"라 말하며 함빡 웃는 그 모습이 정말로 편안했어요.

지금의 대학원이 저에게 즐거운 이유가 그거예요. 물론 연구를 위해 논리적이고 아카데믹한 글쓰기도 해야 하지만, 이성 중심의 세계관대로 각종 삶이 작동하지 않는다는 사실을 이상하거나 지적으로 하등하다고 하대하지 않는 자세가 존재의 안정됨에, 더 다양한 종류의 현상을 분석하려 드는 노력에 큰 영향을 준 것이지요. 예컨대 제가 지금 듣는 수업에서는 퀴어와 장애학 그리고 동물학을 함께 연결하고 있는데 각자의 시간성을 정의하고 그것으로 시간이란 거대 개념을 분석하려 하는 행위가 문학적 상상력 없이는 고안되기 힘들었으리라 여기는 것입니다.

사람들의 이야기를 듣는 순간순간도 즐겁죠. 시 쓰고 소설 쓰고 문학 비평하는 사람들이요. 사실 대학원에 진학하기 전에도 오래 작가 생활을 했습니다만 -그래서 제가 면접 볼 때 지도교수님께서 참 많이 말리셨습니다- 동료라 할 사람은 없었거든요. 지속가능한 관계에 무능한 제 성향 탓일 수도 있겠으나, 아무래도 그때 저는 편집자로 일을 하고 있었으니까요.

몇 개의 출판사에서 편집자로 일을 했습니다. 아무래도 인간의 입체적 면모를 가장 잘 알게 되는 방법은 그들과 서로 다른 위치에서 함께 일을 해보는 것이겠지요. 이건 비단 출판뿐 아니라 모든 노동의 순간에서 마찬가지일 것이고요. '작가들 제일 싫어 으아아아악!!!'이 편집자 직함 달고 출근하던 제가 툭하면 외치던 구호였지요. 그래서인지 아직도 작가를 만날 때보다는 편집자를 만날 때 더 즐겁습니다. 과연 편집자도 그렇게 생각할 것인가, 를 묻는다면 딱히 자신은 없지만요.

그러니 이번엔 노동의 환각성에 대해서 생각해볼 수 있겠습니다. 익히 아시듯 아재 스타일 맛집에서, 주로 낮에, 자주 술을 마시다보니 하루분 노동의 가운데쯤에 피로를 털어버리기 위해 '일잔'들을 하는 무리의 수다를 많이 주워듣거든요.

○

권여선 작가의 음식 에세이를 가장한 안주 에세이 《오늘 뭐 먹지?》에는 그런 이야기가 나옵니다. 원체 입이 짧아 먹을 수 있는 것이 많지 않았으나 술을 배우면서 그 음식들의 참맛을 알았다고(필름 끊긴 날, 토사물의 색깔을 보고서 입에도 대지 못하던 순대를 왕창 먹었음을 깨닫는 장면은 백미죠). '나를 키운 것은 팔 할이 쌉쌀한 소주'라는 구절에 도저히 공감하지 않을 수 없어 몇 번이나 웃었는데, 그 말을 빌리자면 저는 슬프지만 적어도 소주라는(다른 주류는 잘 모르겠습니다) 한국 서민의 술과 가장 완벽하게 페어링되는 안주는 노동이라고, 그리고 저를 다 때려치우지 않고 노동하게끔 만든 것은 팔 할이 소주라고도 할 수도 있겠습니다. 몸 쓰는 아르바이트 할 때는 당연히 그랬고, 다수의 쓰레기통이 되어야 할 때도 그랬지요.

아니지, 쓰레기통이라 말하면 그 다수를 너무 악마화하는 것 같아 차라리 우산꽂이라고 하는 게 맞을 것도 같아요. 예컨대 편의점의 우산꽂이를 생각해볼까요. 물 하나 털지 않고 또 제대로 정리하지 않고 마구 꽂아둔 우산꽂이 아래 빗물이 잔뜩 고여있을 때, 사람들은 종종 그 더러운 찌꺼기들을 보고서는 쓰레기통이라 오인하고 아무런 가책 없이 쓰레기를 넣기 시작하지요. 그러니까 우산꽂이를 쓰레기통으로 만드는 것에는 그 어떤 아주 분명한 악의는 없습니다. 그저 자신의 몸이 조금 편해질 수 있는 순간 적절한 의도로 만들어진 듯한 대상이 옆에 있는 거지요. 너의 꼴을 보아하니 네가 만들어진 목적은 이것이로구나 하고 받아들이고, "그거 쓰레기통 아니에요" 말해야 하는 이는 똑같이 힘들기에 입을 꾹 다물고요. 제가 했던 대부분의 노동은 그런 식의 우산꽂이가 되는 일이었던 것 같아요. 완전히 혼자 일하지 않는 한 많은 일자리들이 비슷한 양상을 띠기도 하고요.

그런 순간들엔 값싸고 든든하며 접근성이 강한 환각이 필요하더라고요. 더는 쓸 에너지가 없는 탓인지도 모르고 제가 돈이 없어서일지도 모르지만 예상 가능한, 전혀 벗어날 리 없는 익숙한 정도의 환각들이 서로 시너지를 일으켜 사위에 안개를 살짝 덮어주는 게 가장 중요했습니다. 누가 내 안에 뭘 던지는지도 잘 모르겠고 내가 우산꽂이였다는 사실도 가끔 잊을 수 있게 하는(전 그래서 담배가 안 맞나봐요. 각성제가 아니라 이완제여야만 하니까요). 그건 번 돈으로 맛있는 음식이나 술을 마시는 행위와는 본질이 다릅니다. 아무래도 기호품이 아니라 진통제니까요. 어쩌면 함바집에 가는 걸 좋아하는 이유도 그것일지 모르겠어요. 약간 뭐랄까요, 비슷한 병증으로 같은 병실에 머물고 있는 이들 사이의 분명한 동료 의식 같은 게 흐르고 있어서일까요.

(이렇게 써놓고 보니 좀 충격적인데, 플라스틱 용접하시는 저의 아버지가 알코올 의존증을 우려하는 이들에게 하는 해명과 똑같은 주장을 제가 하고 있군요. "이건 약이야, 약. 이거 없으면 내가 얼마나 아픈지 알아?" 아버지의 단골 대사입니다)

작가님의 테이스팅 노트를 읽으면서 한때 이런저런 분야에 조예가 깊은 이가 되어보고 싶었던 시절들을 떠올렸어요. 술도 물론 있었고, 다양성 영화나 〈피치포크〉 입맛의 록 음악 따위에 대해서도 그랬군요. 그러나 시도와 실패 끝에 알게 된 건 아무래도 저에겐 진득하게 무언가를 조사하고 알아볼 에너지가 딱히 없다는 사실이었어요. 메타 감상이라고 할까요. 만족하고 감탄하다가도 문득 나는 감상을 위한 감상을 하는구나, 하고 인지하며 시도를 종결하게 된 것입니다. 물론 거기엔 '가성비'란 개념에 지나치게 집착하는 저의 특성이자 단점도 당연히 영향을 끼쳤지만요. 아무래도 우리 집 가난하고 돈 없단 얘길 평생 듣고 있는 사람으로서는 어쩔 수 없는 일이지요. 정확히 말하자면 가난하게 사는 게 청빈하다고 말씀하시긴 하는데, 저는 그게 진짜 신념인지 성공하지 못한 인생에 대한 방어기제인지는 모르겠더라고요.

작가님께서 편지에 이런저런 술 이야기를 많이 써주셨으나 결국 제게 가장 인상적이었던 것은 타인에게 자신의 돈을 쓸 수 있는 이에 대한 이야기였어요. 나이가 점점 들어가면서 애석하게도 사람이 하는 말을 잘 믿지 못하게 되죠. 특히 정치나 사회 이슈에 대해 말 얹는 것과 아랫사람에게 하는 행동이 천차만별인 이들이 워낙에 많으니까요. 그러니 눈에 보이는 기준을 써서 따를 수밖에 없는데 그게 바로 남에게 돈을 쓸 수 있는 사람인가, 하는 것이었습니다. 조금 더 정확히는, 아무 이유 없이도 선물을 하는 행위를 좋아하는 사람인가.
이런 생각을 갖게끔 만들어준 어른이 있지요. 제가 세상에서 가장 존경하고 또 따르는 분이네요, 지금으로서는요

(뭐 여기저기서 얘기했기에 숨길 필요는 없습니다. 체육관 관장님이죠). 제가 당신에게 그 어떤 도움이 될 사람이 아님에도 불구하고 그저, 제자로서 오래 배웠다는 이유만으로 난데없는 선물들을 하시는 분. 하이엔드 급의 장비를 턱턱 사주시는 것은 물론이거니와 일본에도 같이 간 적이 있어요(저는 단 한 푼도 쓰지 않았습니다). 제가 그분의 선물에 감복한 이유는 그 스케일 때문이 아니라, 그것이 오롯이 우리가 만나고 몰두하며 사랑하는 대상, 복싱에 연계되어있기 때문이었습니다. 일본에 같이 가자고 하시며 신이 나서 그런 말씀을 하셨죠.

"거기 경기장은 여기랑 완전 달라. 사람들이 쫙 줄을 서서는, 경기장 밖을 몇 바퀴나 두르고. 막 와아- 하는 함성도 엄청나고. 입장할 때도 진짜 멋있고. 노래 빵빵 나오고 조명 빵빵 쏘고. 얼마나 멋있는 줄 알아? 어우, 막 소름이 돋아서는. 그거 같이 봐야 돼. 그거 가서 꼭 봐야 돼."

네, 그렇습니다. 관장님은 그저 그 멋진 경기장을, 한국과 달리 복싱이 인기종목인 일본의 모습을 일개 체육관 관원에게(물론 가장 오래 다닌 지박령이지만요) 실제로 보여주고 싶었던 거죠.

남에게 돈을 쓰는 현장이야 넘쳐납니다(가령 작가인 저희는 가끔의 미팅 때마다 '법카'의 혜택을 받곤 하잖아요?). 그러나 목적은 제각각이고, 저는 누군가에게 선물을 하고 싶을 때마다 그 행위가 나의 커리어에 아무런 영향을 미치지 않으나 그저 나를 기쁘고 보람차게 할 거란 확신을 가집니다.

관장님을 질투하는 아버지는 곳간에 인심 나는 거라 하시지만, 곳간의 규모와 인심의 발생은 별개라는 걸 모르는 이가 어디 있나요. 저는 그 속담 싫어해요.
곳간에서도 인심은 나지 않습니다.
작금의 헤드라인을 보면 다 알 수 있잖아요?

설재인 드림

이 맛있는 걸 느끼고 좋아하는
당신의 모습이

이하진

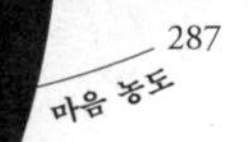

오늘의 술

자몽 하이볼 1잔, 켈리 2병, 노아스 밀 1잔, 레모나 라들러 1캔

오늘의 안주

후토마키, 스리라차 소스 감자튀김, 야끼우동, 오니기리

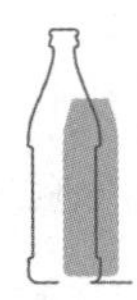

작가님의 편지를 읽고 나서야 남에게 자신의 돈을 베푸는 이들의 마음을 조금 이해할 수 있을 것도 같습니다. 가령 말씀하신 대로 저희는 작가로서 '법카'의 혜택을 종종 누리곤 하지만, 왜 이건 그다지 부담스럽지 않은데 친구나 동료 작가님들께서 사주시는 밥은 그렇게 부담스러운 걸까 싶은 생각을 이따금씩 했거든요(집단-회사의 베풂과 개인의 베풂은 다가오는 게 다르죠).
대학에 와서 가장 충격을 받곤 오래도록 적응하지 못했던 문화가 바로 '밥약'이었습니다. 이제는 사주는 위치가 된 고학번으로서 더욱 이해하기 어렵게 되었지요.
아니, 고작 한두, 두세 살 차이라고 돈이 그렇게 풍족한 것도 아닌데 그렇게 다들 막 사줬단 말이야?

어느 지인분께선 말씀하셨어요. 그거 내리사랑이라고. 호의와 사랑이 본질적으로 같은 뿌리에서 출발하는 개념이라면 그 말이 맞는 듯도 합니다.

어쨌거나, 말씀하신 대로 곳간의 규모와 인심의 발생은 별개예요. 저는 누군가가 좋아할 만한 무언가를 추측하는 걸 어려워하는 사람이라 선물을 챙겨주는 데에 상당히 부담을 느끼는 편이거든요. 그래서 생일을 챙겨주기보단 누군가 문득 무언가를 갈망하는 듯하면 바로 그걸 선물해주는 식으로 보답해요. 이런 선물들은 가격대도 신경 안 쓰는 편이고요. 잔고가 30만 원밖에 남지 않았을 때도 10만 원짜리 선물을 사주기도 했으니까요(왜, 학생들은 10만 원이 넘어가면 지갑 사정이 괜찮더라도 선뜻 긁기 망설이곤 하잖아요? 그런 걸 사주는 편입니다).

그걸 가능케 하는 원동력은 순전히 제 만족과 기쁨, 보람입니다. 내가 당신께 필요한 것을 제공했다는 약간의 개인적인 만족감과 그걸 받고 기뻐하는 당신의 모습으로부터 느끼는 보람. 비슷하게 바에서 술을 나눠줄 때도, 이 맛있는 걸 느끼고 좋아하는 당신의 모습이 제게 재미가 된다는 식으로 말하곤 해요. 내게 기쁜 걸 남에게 행함으로써 그들도 같이 기뻤으면 하는 마음도 있고요. 그렇다면 분명 제게 무언가를 베풀어주시는 분들도 그런 느낌인 거겠죠.

그러니 내가 당신의 호의를 당연히 여기지 않는다는 것

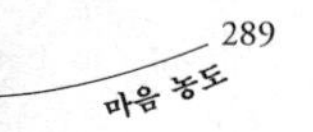

을, 최대한의 감사로써 표하며 즐겨주는 것이 도리인 것이겠죠.

휴대폰으로 반복 재생시켜둔 마일스 데이비스의 〈Autumn Leaves〉가 자취방을 가득 채운 와중 달큰한 라들러를 30분 만에 비우고 조금 나른해진 상태로 책을 읽다 편지를 잇습니다. 요즘 제대로 쉴 수 있는 날이 없었어요. 그러니 일주일에 가까운 이번 연휴엔 책이나 뒤지게 읽자고 다짐했죠. 비록 2개월 내 마감 원고가 3편이나 쌓여있긴 하지만요.

야호! 의무를 등한시하기 너무 좋아!

연휴 첫날인 오늘에만 김화진의 《공룡의 이동 경로》, 김정의 《노 휴먼스 랜드》, 김보현의 《가장 나쁜 일》(분명히 이전 편지에 등장했을 텐데, 그때 못 읽은 걸 마저 읽었습니다)까지 3권을 읽었어요. 네 번째로 지금 읽고 있는 건 무라카미 하루키의 《도시와 그 불확실한 벽》입니다. 간단히 베이글로 저녁을 챙긴 뒤 나른해진 상태로 읽는 문학은 어쩐지 현실과 가상의 경계가 더욱 모호한 것만 같아 꽤나 사람을 매료시키는 성질을 지닌 듯합니다.

사실 하루키는 《도시와 그 불확실한 벽》으로 처음 읽는데,

제 취향은 아니네요. 그럴 수도 있죠. 설정이 있으면 그 구동 역사와 현재, 미래까지 전부 서술되는 걸 좋아하는 편인데, (원래 이런 작가인 건지는 몰라도) 세계관에 대한 설명과 두 세계의 경계가 너무 두루뭉술한 것이 그냥 그렇구나 싶을 수는 있었지만 적어도 지금의 제 마음에 와닿진 않았습니다(그래도 그의 문체는 적잖이 아름다웠습니다). 확실하고 명확한 걸 좋아하는 성향 때문에 그런 것 같아요(이 성향이 저를 이공계로 이끈 걸까요, 이공계 전공이 이런 성향을 만든 걸까요?). 불확실한 것은 불안정하기에 불안감만 심어준다고 생각하는지라.

아마 그런 성향은 진로 고민에서 비롯한 고뇌의 영향이 크지 않았나 싶습니다. 무엇도 정해지지 않았다는 것은 무엇도 할 수 있다는 뜻이기도 하지만 현재 무엇도 하지 않고 있다거나 할 수 없다는 뜻이기도 하죠. 결국 관점의 차이입니다. 왜, 자기소개서를 쓸 땐 약점도 포장해서 쓰라고 하잖아요? 그런 긍정적인 관점에 영 재주가 없어서 툭하면 흑백논리로 '확실한 거, 좋음. 불확실한 거, 안 좋음.' 이런 식으로 가치를 갈라버리곤 부정적으로 분류된 것에 다시는 눈길조차 주지 않는 탓에 재단된 가치가 항상 고여 있어요.

사람의 관점이란 것은 더없이 빈약하고 고일수록 편향되기 마련이기에 주기적인 환수가 필요합니다. 만약 제가 하루키의 글이 취향이 아니라는 사실을 미리 알았다면, 이번 신작을 과연 읽었을까요? 이런 글이 존재할 수 있다는 사실을 과연 알 수 있었을까요? 내용은 취향이 아니었더라도 그의 문체는 유려하고 좋았어요. 취향이 아니더라도 모호함을 이렇게 잘 쓸 수도 있다는 걸 알게 되었죠. 그러니까, 이야기는 자신이 부정적으로 여기는 가치에마저 자연스럽게 녹아들 수 있는 거예요. 설 작가님께선 이야기에 대해 '인지적 공감을 가능케 하는 장치'라고 정의하셨죠. 그러므로 저는 거기에 '낯섦으로써 인지적 환수를 시켜주는 매체'라는 정의를 추가하도록 할게요.

오늘의 술

셰리 캐스크+버번 캐스크+와인 캐스크 특집 1/3잔씩 전부 마심

오늘의 안주

포카칩, 아사히 드라이 1캔

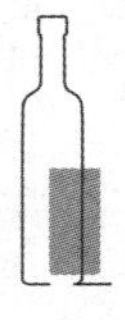

추석 연휴입니다. 작년 추석엔 친구와 제 자취방에서 조촐한 포트럭 파티를 열어 대만 청춘 영화 따위를 보며 시간을 보내곤 했는데, 그 친구는 벌써 졸업 후 취직에 성공했고 저만 학교에 남아있군요. 그러므로 이번 연휴는 마찬가지로 학교에 남은 -정확히는 이 친구도 휴학 후 취직하여 회사에 다니고 있긴 하지만- 다른 친구와 보내게 되었습니다. 어차피 저도 프리랜서로서 돈을 벌고 있긴 하니 쌤쌤인 걸로.

작가님의 '이완제 내지는 진통제로서의 술' 이야기를 듣자

니 저희가 술을 상당히 다른 방향으로 간주하고 있다는 사실을 다시금 깨닫네요. 제게 술과 담배는 어디까지나 기호품이고, 약물의 영역으로 들어가 있지는 않아요. 그 생화학적인 작용 때문에 소비하는 게 아니란 말이죠. 술은 앞선 편지에서 보였듯 정말 취하지 않을 정도로 향과 맛을 즐기기 위해 소비하고 있고 담배는, 시작은 조기 입학자의 한풀이 같은 것이었지만, 지금에서는 한숨 쉴 틈을 만들겠다는 핑계로 피운다고 하면 변명처럼 들릴까요. 누군가를 만날 때마다 에너지가 소모되는 사람으로선 술자리에서도 주기적으로 말없이 쉬는 텀을 둬야 한다고요! 그 대화가 즐겁든 즐겁지 않든 간에 말이죠. 아마 후자라면 더 자주 피우러 나가겠지만요.

최근 X(구 트위터)에서는 사회성과 외향성, 내향성에 대한 이야기가 돌았습니다. 그 맥락의 종결이라 함은 결국 사회성 없는 내향인보다 사회성 없는 외향인이 더 괴롭다는 결론이었는데요. '사회성'을 어떻게 정의하느냐에 따라 다르겠습니다마는, 제가 부가적인 이야기를 꺼낼 틈도 없이 본인의 삶에 대한 이야기만 늘어놓는 사람과의 만남을 별로 좋아하지 않긴 합니다. 애초에 그런 사람과의 이야기를 '대화'라고 부를 수는 있는 걸까요? 이런 경우가 '대화가 즐겁지 않아 담배를 더 많이 피우러 가는 경우'가 되겠네요. 그리고 돌아오는 "오늘 대화 즐거웠어요!"에는 대체 어떻게 반응해야 하는 걸까요. 대화는 핑퐁이잖아요. 제대로 된 대화는 모두가 자기 얘길 할 수 있어서 즐겁다고요.

오늘의 술

시나몬을 뿌린 코젤 다크 1잔, 하이랜드파크 12년 1잔, 아드벡 10년 1잔

오늘의 안주

화덕 피자와 봉골레 파스타, 동석자와 나눈 각자의 직업에 대한 비하인드 스토리

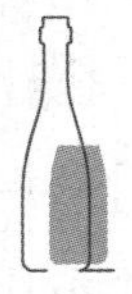

한글날입니다. 이번 원고는 어쩌 연휴 특집이 되었군요. 내일 1교시는 글쓰기 교양 수업이고 이 수업은 제가 대학에 5년째 다니면서 단연 가장 최악으로 꼽을 수 있는 수업이어서 대학에 개설된 글쓰기 수업에 대한 말을 꺼내볼까 합니다. 물론 아주 주관적인 한에 불과하겠지만요.

학부에 개설된 교양 글쓰기 수업을 들어보신 적이 있으신

가요? 저는 1학년 때와 4학년 때(지금) 총 2번을 수강했고, 수강하고 있습니다. 왜 두 번이나 들었냐 물으신다면 두 번 모두 자의는 아니었다고 말해둘게요.

피드백마저도 개인의 의견에 불과하고 모든 피드백을 수용할 필요는 없다는 글쓰기 첨삭의 대전제는, (저희 학교 수업만 그런 건진 모르겠지만) 교양 글쓰기에서 산산이 부서지고 말아요. 교수자가 자신의 주관적인 피드백을 너무 절대적으로 여기도록 지도한다는 뜻이죠.

예컨대 지금 수업에서는 신문 사설을 200자 원고지 1매 내로 요약하는 활동을 하는데, 사실 사설의 주요 내용이란 관점에 따라 충분히 달라질 수 있는 거잖아요? 게다가 고작 200자라고요. 그마저도 조금이라도 넘기거나 부족하면 감점. 모든 내용을 담다간 분량이 부족하니 선택적인 생략이 필수인데, 그렇게 생략한 내용에 특정 내용-역시 교수님의 주관으로 선택된-이 없으면 죄다 감점을 때려버리는 이상한 채점 방식을 고수하고 있어요. 사설 읽기는 비문학 독해의 영역이고 어느 정도 답이 정해진 건 사실이지만 그렇다고 감점은 부조리하잖아요. 시행착오로 배우는 사람들은 감점부터 먹고 시작하는 시스템이라고요. 이미 완성된 사람들은 감점 없이 시작하고요.

글쓰기 수업은 '평가'되어선 안 된다고 생각해요. 특히나 상대평가로는요. 정말 글쓰기 수업으로 학생들의 쓰기 능력을 키우고 싶다면 패스와 논패스 방식으로 진행해야 한다고 절실하게 생각합니다.

사실 이건 모든 수업이 그럴지도 모르겠어요. 대학까지 와서 경쟁적으로 학점을 얻는 것에 의미가 있나요? 시험을 잘 보는 능력과 공부를 잘하는 능력은 종이 한 장 차이라지만 분명 다른데, 한정된 짧은 시간 내에 가능한 한 많은 지식을 동원하여 답을 적는 방법이 과연 맞는 걸까요? 집중에 문제가 있는 사람이라면요? 기억력에 한계가 존재하는 사람이라면요? 시험은 다양성을 고려하지 않은 너무나 획일화된 평가 방식이라고 생각해요.
이상론적인 이야기인 건 알아요. 모두가 만족할 수 있는 완벽히 공정한 방법 따위는 존재할 수 없는 거니까요. 더군다나 저는 교육론을 배운 적도 없으니 그저 학생으로서의 삶이 인생의 대부분을 차지할 뿐인 학부생의 넋두리에 불과할지 모릅니다. 하지만 사회가 너무 완성된 사람만을 바라고 있다는 느낌이 드는 건 혼자만의 착각에 불과할까요? 실수로부터 배울 기회조차 주지 않는다는 감각이 들 정도로 이따금씩은 숨이 턱 막히는 것 같습니다. 한 발자국이라도 삐끗하면 안 된다고 강요받는 느낌. 부당한 압

박감. 불안. 과긴장. 두려움.

보다 더 너그러운 사회가 되었으면 좋겠어요.

이상에 완벽히 닿을 수는 없을지라도, 이상에 한없이 다가갈 수는 있는 거잖아요?

이하진 드림

좋아서 머무는 이들의 필드를 생각합니다

설재인

오늘의 술

한라산 오리지널과 한맥

오늘의 안주

고등어회 소 자

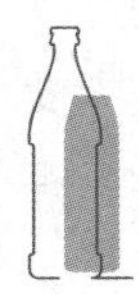

어쩌다 보니 계속 집 밖에서 편지를 하게 되네요. 저는 지금 혼자 제주시 연동의 어느 횟집에 와 있습니다. 비행기에서 내려 겨우 15분 버스를 타고, 모텔이라기보다는 여인숙과 가까워 보이는 건물의 싱글룸에 캐리어를 던져 넣자마자 미리 찾아놓은 '도민 맛집'(간판에 그렇게 쓰여 있어요!)에 달려와 호기롭게 고등어회 소 자를 주문하였어요. 그리고 나온 모양새와 그 맛에 감탄하면서, 자본주의를 찬양하는 카카오톡 메시지를 가족 방에 투척하여 자타공인 현실 인식이 결여된 사회주의자인 아버지를 실컷 놀릴까 말까 고민 중입니다(그럴 때마다 제 걱정을 완화해주는 것은 아버지가 무언가 아주 거대한 존재가 되기에는 너무 체력이 약하다는 것뿐이었습니다. 아직도 기억나네요. 자살 충동을 동반한 극심한 우울증으로 인해 공교육

교사직을 그만두었을 때 아빠가 "그래도 이제 가고 싶은 시위는 다 잘 나갈 수 있겠다"고 말씀하셨던 것을요).

대학에서의 글쓰기 수업이라. 저는 대학 다니던 시절엔 문학에 관심이 거의 없던 이였기에 비슷한 수업은 '대학 국어'뿐이었네요. 그 수업에서는 조별 프로젝트에 대해 이른바 '합평'과 같은 평가의 시간이 있었습니다. 제가 정말이지 어마어마하게 날카롭고 오만한 평가를 일삼는 이였던 것도 부끄럽지만 기억이 나요. 같이 수업 듣던 다른 조의 학우들을 꽤 많이 울렸는데, 다행인지 불행인지 담당 교수님이 저와 비슷한 생각을 하셨기에 얼추 총애를 받았으나 지금의 저라면 절대 그런 짓을 하지 않을 거라는 사실을 저는 알고, 그 앎을 그때 울었던 이들에게 토로하고 또 사과하고 싶으나 그럴 방법이 없는 게 서글픕니다. 왜 그래야 했을까? 지금 추측건대 아마 저는 제가 인정할 수 없는 제 성취의 모자람을 그런 식의 공격성으로 해결하려 들었는지도 모르겠어요. 차츰 나이가 들고 이른바 '청년층'에서 벗어나는 와중에 저는 계속해서, 다양한 '사연'을 목격하지 못했던 때, 내 논리가 전부라고 여겼던 때를 복기하며 혼자 수치스러워하는 것입니다.
글쓰기를 작가님께서 말씀하신 극히 보수적인 방향으로 가르치는 이들을 저는 그래서 이해하려 노력해보았는데요.

제가 최근에 대학원 수업 준비를 하며 어떤 책을 읽다가 무릎을 쳤지요. '직업에 대한 교육은 교육시스템 하에서 이루어지지 않는다. 직업교육은 노동 현장에서, 혹은 여타 비공식적인 채널을 통해 이루어진다'라는 내용을 보고서요. 제가 과거 교육 현장에 종사하면서 느꼈던, 그리고 결국 퇴직하게끔 만들었던 가장 큰 괴리가 무엇이었는지 저는 정확한 언어로 정체화하지 못하고 그저 사연을 구구절절 늘어놓는 것에 만족해야 했는데 드디어 명징한 설명을 찾아낸 것입니다.

교육은 실용을 위해서가 아니라 교육'하는' 주체, 예컨대 교수자, 기관, 혹은 국가의 효용성을 증명하기 위한 -그리고 가장 쉬운 증명 방법은 타인보다 자신이 우월하다는 마음을 보장해주는 것이지요. 마치 이십 대 초반의 제가 실수했듯- 방향으로 언제나 돌아가고 있으며 그 방향성은 사회 체제와는 무관하다, 그래서 반자본주의 체제하에서도 교육만은 끝내주게 자본주의적일 것이다, 라고 저는 대학원 수업 시간에 주장하였습니다(다들 이 문제에 대해서는 별로 관심이 없었나봐요. 딱히 발언이 없어 다음 주제로 넘어갔거든요. 저만 혼자 몹시 죄송한 것이었습니다. 너무 좋은, 내 생을 구원했다고 여겨지는 선생님들을 많이 만나 교사를 꿈꿨던 애가 커서 이런 말을 하는 게 과연 합당한가, 에 대한 죄책감을 아무래도 가질 수밖에 없었으니 말입니다).

제 현직에서의 경험에 따르자면 교육의 작동 방식은 교육의 존재 이유를 증명해야 합니다. 이상적이고 원론적으로 말하자면, 교육이 발생하고 작동하는 이유는 교육이 권위를 가져야 하기 때문이라는 얘깁니다. 트집을 잡고 부족함을 알려줘야 가치를 인정받고 유지될 수 있는데 그 과정은 그 어떤 체제하에서도(하물며 조선시대 서당에서도) 똑같을 것입니다.

이상하죠. 나이가 든다는 증거일까요. 저는 자꾸만 저항하게 됩니다. 비합리가 발생하는 원인과 과정이 궁금하고 분명 제가 아는 그 어느 누구보다도 더욱 다정한 사람들이 왜 그런 식의 정치적 스탠스를 가지는지를 이해하고 싶고요. 그러니 당연지사, 저보다 어린 이들이 전부인 대학원 수업에서는 거의 '떡밥'-즉, 공격해보기 너무나 쉬운 대상-이 되었지요. 저는 요새 이른바 '꼴보수'라 불리지만 현실에서는 타인에게 다정하고 아름다운 사람들을 서사의 대상으로서 주목하고 있는데 그런 관심 덕에 말도 그리 나오고, 하여 오해도 많이 받나봐요.

오늘의 술

한라산 21도

오늘의 안주

놈삐각재기(무를 수북하게 넣어 만든 맑은 전갱이국입니다), 멜조림(이건 밑반찬으로 나왔네요!)

제주도에서만 먹을 수 있는 음식을 향한 일념 하에 울렁울렁거리는 제주 버스를 타고 굽이굽이 언덕을 넘은 오전입니다. 저는 제주도에 겨우 세 번째 오는 건데 사실 올 때마다 기억이 좋지 않아 이번에도 걱정했어요. 하지만 지금까지는 완벽에 가깝네요. 숙소의 냉장고 소리가 너무 커서 악몽을 꾸다 일어나 코드를 뽑아야 했던 것만 제외한다면요. 작가님께서 말씀하신 것 중 또 재미있는 게 '내 얘기만 하는 사람'에 대한 이야기더라고요. 저는 사실 남의 말 듣는 걸 되게 좋아하고, 공교육 현장에서 근무할 때 제가 수업을 잘하는 교사였다고는 생각하지 않지만 상담을 잘해주는 교사였다고는 뻔뻔히 자부합니다. 상담을 잘해준다는 이야기는 결코 어떤 종류의 해결책을 제시한다는 뜻이 아닙니다. 말씀하신 '대화 즐거웠어요'의 상황이 훨씬 낫죠.

예컨대 어떤 친구는 이른바 ‘밀덕’이었는데 30분 내내 학교생활이나 진로에 대한 이야기는 하나도 하지 않고 권총에 대한 설명만 늘어놓았습니다. 저는 열심히 들었어요. 아주 잠깐 졸긴 했으나(한창 야자가 진행 중이었던 밤 9시경이었으니까요) 나름 재미있었습니다.

그 아이를 제일 잘 아는 방법은 그 아이가 아무런 물음 없이 스스로 내뱉는 말을 듣는 거라고 생각했으니 그리했어요. 저는 아마 두 문장 정도를 말했던 것 같아요. ‘앉아’와 ‘그럼 이제 가자, 다음 차례 ○○○ 불러와’ 정도를요. 그런데 며칠 후 어머니께 전화가 와서 말씀하시더군요.

“우리 애가 선생님이 상담을 너무 잘해주셨다고. 그래서 전화를 드렸어요.”

(이렇게 쓰는 와중에 식당 단골손님이 〈나는 솔로〉를 틀어줄 것을 요구했고 지금 테이블이 저와 그 손님의 것밖에 없기 때문에 결국 일하시는 분들을 포함한 모든 사람들이 〈나는 솔로〉를 골똘히 보며 논평하는 상황이 되었습니다. 단골손님은 오십 대 정도로 보이는 남자분이고 일하시는 분들은 또래의 여자분들인데, 남자 손님은 이미 이 화를 다 보신 것 같아요. 계속 조금씩 앞선 중계를 해주고 계신데요. 저는 프로그램보다도 단골손님과 일하시는 분들 사이의 티키타카 한 마디 한 마디가 너무 재미있어

죽겠어요. 게다가 〈나는 솔로〉는 심리, 사회, 인류학적으로 너무나 완벽한 연구 텍스트잖아요. 심지어 방금 전에는 단골손님께서 "잠자리를 하지 않고도 서로 매력을 느끼는 게 가능해?"라 물으셨는데 일하시는 분께서 호쾌하게 "대충 상상하는 거지. 나이 먹고 왜 이렇게 순진하냐?"라고 핀잔을 주시는 바람에 그만 빵 터지고 말았어요. 성희롱이라 여겨질 수 있는 대화에 대처하는 내공이 엄청나시군요. 저게 삶에서 나온 '짬'이겠죠)
지난번 언젠가 작가님 계신 자리에서 "저는 남에게 관심 없어요. 그래서 인스타 스토리도 하나 안 보고 좋아요도 안 누르잖아요. 안 보니까요"라 말했던 기억이 나는데요(혹 제 기억이 잘못된 것일 수도 있어요. 다른 모임에서 말한 것일지도요), 그 말과 지금 하는 주장이 상반되는 것은 아닌가 스스로를 의심하게 되는군요. 이거야말로 하나의 원칙에 따라 움직이지 않는 입체적 인간의 형상을 보여주는 예시일지도 모릅니다. 아마 제가 이어질 가능성이 별로 없는 단시간의 인간관계를 좋아하기 때문일 수도 있고, 아니면 사람과 관계를 맺기보다는 '관찰'하는 것을 선호하기 때문일지도 모릅니다.

오늘의 술

한라산 21도와 카스(저 그 집 또 왔어요!)

오늘의 안주

고등어회

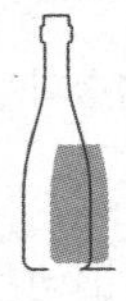

하루키 소설에 대해서는 군대 갔던 전 애인이 '진중문고 장서 중 하루키 소설만 너덜너덜하다'라는 증언을 해줬던 기억이 나네요. 트레이드마크와도 같은 주인공과 '어딘가 길을 잃은 듯 보이는 미소녀'의 섹스 신들 덕분이었지요(이번 신작에서는 섹스 신이 없다면서요?!). 저는 그의 소설보다는 그가 자신을 담금질하는 방식에 감화되는 편입니다. 하루키는 꾸준한, 그리고 수준급의 마라토너(비유로서가 아니고 진짜 마라토너)로 유명한 작가이기도 하니까요.

좌우지간 운동하는 사람이 좋아요. 사실 지금 제주도에 와있는 이유는 저희 체육관의 프로 선수가 경기를 하기 때문입니다. 응원하러 온 거죠. 링네임은 한국식으로 지었으나 사실은 몽골 출신이고 아내와 아이를 두고 한국에 이른바 '코리안 드림'을 이루러 온 선수예요.

그런데, 복싱이 지극히 비인기 종목인 우리나라에서 코리안 드림이 가능할까요?

보통 선수의 레벨은 '라운드 수'로 결정합니다. "걔는 한 8라운드 선수야"와 같은 문장이 그를 평가하지요. 4(데뷔), 6, 8, 10라운드. 한국에서는 10라운드 한국 챔피언 결정전의 파이트머니가 보통 소설집 한 권의 선인세만큼도 되지 않습니다. 그리고 선수들은 반년에 한 번 정도 경기를 합니다(비인기 종목일 뿐만 아니라 '두들겨 맞는' 종목 특성상 어쩔 수 없습니다). 그 돈으로는 당연히 한국에서의 생활이 불가능합니다. 결국 그들에게 돈을 주는 건 관객이나 협회가 아니라 지도자, 그러니까 그들을 데려온 관장입니다. 그리고 그 관장들은 언제나 가장 두려워합니다. 한국에서는 자신의 금전적 지원 아래 매일 하루 대여섯 시간씩 힘들게 운동하는 것보다 '노가다'로 벌 수 있는 돈이 많다는 사실을 선수들이 깨닫고 이탈하는 순간을요.

기묘한 생태계죠. 판 가운데 오래 존재해온 이가 아니라면 아무도 모르는 상황. 갑갑한 현실이지만, 어쩌면 저는 이러한 종류의 생태계에서 위안을 얻는지도 모르겠다고 생각해요. 이렇게 빈곤한, 순환하는 자본 자체가 존재하지 못하는 판이 어떻게 굴러가고 있을까? 묻는다면 이유는 하나밖에 없거든요.

이게 너무 좋아서지요.

오늘 제가 응원한 선수는 승리하였습니다. 어느 세계협회의 아시아 타이틀 간판을 얻었어요. 타이틀을 가진 중국 선수에게 도전하는 입장이었고, 난전이었으며, 조금 밀리는 듯도 하다가, 8라운드(총 10라운드로 예정된 시합이었습니다) 후반쯤 신들린 듯한 연타로 상대를 바닥에 눕혔습니다. 저는 조마조마하던 내내 실은, 나의 사랑하는 스승이 패배한다면, 이라는 염려 탓에 제정신이 아니었는데 후반부 진행이 급격히 반전된 거죠. 어찌 그리 반전되었나 궁금했는데 관장님께서 말씀하시더라고요. 라운드 사이의 쉬는 시간에 무슨 말씀을 하셨는지요.

"너 지금 포인트로 지고 있어. 저쪽 애는 너보다 빠떼리(그러니까, '체력'을 의미하죠)가 강해. 너도 알잖아, 내가 이미 말했으니까. 어떻게 할래? 그대로 질래?"

오늘의 술

한라산 21도

오늘의 안주

노물각재기(네, 어제의 그 집에 또 왔습니다. '놈삐'는 무의

제주도 방언이었는데 '노물'은 아마 배추인가봐요. 오늘 뚝배기에는 전갱이가 배추된장국에 빠져 있군요)

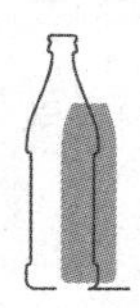

좋아서 머무는 이들의 필드를 생각합니다. 극도로 팽창한 자본주의 사회에 살면서 꿈만 생각하는 사람들의 전혀 이성적이지 않은 행동들을요. 그러한 필드를 보면 볼수록 이상한 의문과 알고 싶은 욕망이 많이 생기겠지요. 아마 작가님께서는 이러한 마음을 잘 이해하실 것 같다는 생각도 드네요. 물론 아마 지금 이 시기 이 땅에서 소설을 쓰는 사람들은 대부분 비슷한 부류의 인간이니 딱히 특별하게 취급될 특성은 아니겠지만 말입니다.

이리 복잡하게 생각하는 와중에 뒤 테이블에서 누군가 갑자기 반갑게 인사하기에 봤더니 어제 〈나는 솔로〉를 같이 봤던 단골 아저씨였습니다. 아마 이 가을 들어서 이렇게 반가운 표정으로 인사한 게 저로서도 처음일 겁니다. 어제 먹은 전갱이 오늘 또 먹는 사람들은 아마 어떠한 종류의 유사한 특성을 공유하고 또 동료 의식을 가질 테니까요. 당사자로서 이야기하건대, 정말 그렇습니다!

약물로서의 술을 이야기했었습니다만, 그래도 중독이 된

첫 계기는 결국 '좋아해서'겠죠. 결론적으로 아주 다른(다르다고 예상은 했지만 편지를 주고받으며 더욱 느꼈습니다. 정말 정말 다르더라고요) 저희가 뭉치게 되었던 이유는 '뭇사람들의 기준에 따른다면 백해무익하다고 여겨지는' 대상, 그 대상에 몰두하는 모습 때문인 것 같아요.

평생 그런 종류의 일만 하면서도 살아낼 수 있을까요?

설재인 드림

우리를 '살아낼' 수 있게 만드는 것

이하진

오늘의 술

1:2 소맥 4잔, 심술 7도 4잔

오늘의 안주

계란말이, 치즈계란말이, 해물홍합우동, 맛감자 튀김, 쥐포구이

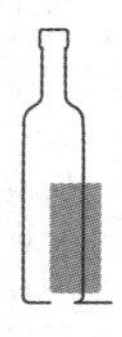

오랜만에 글을 적습니다.

술자리엔 묵은 이야기들이 쉽게 가십거리로 오르기 마련이고 저 역시도 화자로서 그런 이야기들을 자주 꺼내곤 합니다.

근래 대학 사람들과 가진 술자리의 화두는 저희 과 사람들에 대한 이야기였습니다. 학교를 5년째 다니고 있는 4학년이니 해묵은 이야기가 얼마나 많겠습니까(아, 참고로 저는 과 생활을 하지 않습니다).

비단 저희 과만이 아닌 인문학을 등한시하는 사람들로 표본을 넓혀도 좋을 이야기겠네요. 더 넓힐 수도 있겠으나 제가 경험한 것은 저희 과 사람들뿐이니, 일단은 이렇게 한정하겠습니다.

이과 당사자로서 말합니다. 인문학을 필연적으로 배우지 않는 사람들이랑 함께 지내는 시간이 길어지다보면 역설적으로 인문학의 중요성과 필요성을 깨닫게 됩니다. 인문학은 '인간'이라는 종을 사회적 유기체로서의 '사람'으로 만드는 학문이에요. 사회구성원으로서의 배려와 예의와 윤리를 가르치는 학문이죠. 그런 영역의 지식을 배척하는 사람들은 타인에 둔감하고 무관심해지기 십상이잖아요. 하나의 예시만 들자면, 왜 PC(정치적 올바름)에 대한 얘길 일절 하지 말자면서 PC가 싫다는 의견만큼은 자유롭게 말하는 거죠? 당신 옆에 성 소수자 있는데 말이에요? 그러면서 "자기 주변엔 성 소수자 없다"고 말하는데 왜 없겠어요. 왜 말 안 하겠어요.

'나이브하다'라든가 '빻았다'라든가 그런 말로 그들을 일축하진 않으려 합니다. 상황을 일축하는 단어는 종종 상황에 대한 자세한 맥락과 전후 관계를 모두 뭉개버려요. 우린 그렇게 뭉개지는 상황일수록 더 적확한 단어로 설명하려 노력해야 한다고 생각해요.

원래는 라디오 같은 걸 전혀 듣지 않는 편입니다만, 요즘 작업 시엔 '일기떨기'라는 팟캐스트를 듣고 있는데요. 제목에서 보이듯 진행자와 그 주변인들의 일기를 읽고 대화를 나누는 팟캐스트입니다. 듣다보니 일기를 쓰고 싶어져 썼던 짧은 일기가 있어요. 8월 말 즈음에 쓴 건데, 일부만 가져와볼게요.

(선략)
현실의 나와 작가인 나 사이의 괴리에 괴롭기도 하다. 현실의 학생인 나는 보잘것없는 학점에 별다른 경력도 없는, 평범하다 못해 비루할 정도의 대학생에 불과하기에 자꾸 작가인 나의 거죽을 동경하고 뒤집어쓰려 한다. 그런 자아의 우선순위가 뒤집히지 않도록 늘 경계한다. 그러한 맥락에서 필명을 쓰는 것은 최소한의 방어기제이자 마지노선이다. 글 쓰는 나를 생각해본 적이 없던 중 갑작스레 다가온 데뷔였기에 아직까지도 적응을 못 한 것인가 싶기도 하다.
그런 온갖 불안을 끌어안고 다음 학기의 시간표를 확인하며 되뇐다. 나는 학생이야. 나의 제1 자아는 물리학도라고. 내가 가장 되고 싶은 모습은 연구자인 나의 모습이라고. 이야기를 만드는 것만큼이나, 혹은 그 이상으로 물리학을 좋아하기에, 이것은 불안이 아닌 두려움에서 기인하는 것 같다. 생각지도 못한 길로 빠지는 것에 대한 두려움. 이건 조금 더 나이를 먹으면 해결될 수 있는

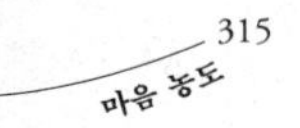

일인 걸까? 나와 끝내 화해하고 작가인 나를 긍정할 수 있을까.
좋아하는 걸 마음껏 좋아하고 싶다. 두려움 없이 사랑하고 싶다. 후회 없이 내 미래를 개척하고 싶다.*

좋아서 머무는 이들의 필드에 대해 언급해주셨지요. 어째선지 딱 이 일기 생각이 나더라고요. '전혀 이성적이지 않은 행동들'이라고 말씀 주셨듯, 그 필드를 이루는 이들은 필시 자신의 비이성적인 애정을 자각하고 있을 터입니다. 그 자각은 종종, 불현듯 고개를 들이밀며 행복한 몰입에 빠져있길 방해하는 빨간 약이 되지요.
내가 정말 이걸 해도 될까? 내가 이 일에 어울리는 사람일까? 언제 이 일과 멀어져도 안 이상하지 않을까?
나는 이걸 너무나 사랑하고 싶은데, 잃어버린다면 사랑했던 만큼 슬퍼할 것 같아 무서워서요.
내적인 이유 외에 현실적인 이유도 존재하죠. 좋아한다는 이유만으로 무언가를, 특히 진로를 선택하기에 자본논리의 사회는 너무나 각박하기만 합니다. 인심도 없고요. 몇몇 직업은 되려 질타받기도 하죠.

***해당 일기의 전문은 '일기떨기' 2023년 11월 24일 방송분인 53화 2부에서 낭독**

그런 이유로 저는 전업 작가를 생각해본 적도 없어요. 분명 글을 쓰는 일은 재밌어요. 일기에서도 말했듯 전공하고 있는 물리학에 비견될 정도로 좋아해요. 하지만 고료 체불이라든가 노동 강도에 비하면 낮은 연봉이라든가 - 물론 연봉에 대한 건 제가 아직 학생으로서 학업에 집중해야 하기에 일부러 일의 양에 상한을 정한 것도 있고 데뷔한 지 몇 년 안 된 신인이라는 걸 감안해야 하겠지만- 스트레스받는 일이 너무 많았죠. 결국 제 진로 결정에 관여하는 가치 중 '안정성(심적이든 물적이든)' 면에 대해 전업 작가는 진작에 배제될 수밖에 없었어요.

그럼에도 겸업 작가는 그만두지 않겠죠. 고료 체불 더 당하면 절필하겠다는 말을 허구한 날마다 달고 살긴 하지만 결국 글 쓰는 걸 좋아하니까요. 그럼에도 불구하고 즐거우니까요. 제가 가장 중요시하는 가치는 제 즐거움이거든요.

평생 그런 종류의, 좋아하는 일만 하면서도 '살아낼' 수 있을지 물으셨죠. 결국 그렇게 '살아낸다'는 건, 하는 일의 애정에 대한 불신과 추종 사이의 고투에서 균형을 잡는 일의 연속이 아닐까요. 과학을 하면서 생긴 관점이긴 한데, 세상에 '완벽'이나 '백 퍼센트' 따위는 없다고 생각해요. 영화 〈오펜하이머〉에서도 책임자가 오펜하이머에게 대기 폭발이 일어나지 않을 확률을 묻는 장면이 있었잖아요. 오펜하이머는 그때 백 퍼센트라고 답하지 않았죠.

완전히 행복하기만 한 일은 존재할 수 없고 모든 일엔 고통이 따르기 마련이니 우리는 고통의 총량보단 행복의 총량에 더 집중해야 하는 거죠. 내가 가장 행복할 수 있는 일을 선택하는 게 그나마 우리를 '살아낼' 수 있게 만드는 것 같아요.

'그럼에도 불구하고', 라는 표현이 주는 낙관의 어감을 좋아합니다. 백해무익한 술의 각종 해로움을 알면서도 '그럼에도 불구하고' 다시 음주를 택하는 저희 모습에 낙관을 붙이긴 뭐하다 생각은 하지만요.

그래도 즐겁잖아요? 그럼 된 거죠.

이하진 드림

주정뱅이들의 염원

오늘의 술

기내에서 제공되는 화이트와인

오늘의 안주

미리 신청한 해산물식(삶은 감자와 생선, 관자나 새우가 섞인 요리가 나오네요)

지금은 구름 위에 있어요(상하이쯤을 지나고 있다고 합니다). 어떻게 기내식을 먹으며 태블릿을 펼쳐 편지까지 쓸 수 있느냐, 한다면 풀 부킹의 비행기 안에서 제게 자리를 바꿔줄 것을 어느 무리가 과도하게 요구했으며, 그걸 지켜보던 승무원이 이륙 직전 취소석이 났다며 저를 다른 자리로 옮겨주었고 하필 그 취소석이 두 자리의 연석이었기에 자리 두 개를 제 것처럼 쓰고 있다는 구구절절한 사연이 있습니다. 혼자 여행하는 한국인 여자가 국적기에서 동포에게 받을 수 있는 푸대접은 한두 가지가 아니므로 그저 좋은 결과에 기뻐하기로 했습니다. 무엇보다, 저는 이럴 때마다 항상 그런 상상을 하거든요.

나의 부모 역시 어디서 비슷한 요구를 할지 몰라. 그게 누군가에겐 기분 나쁠 수 있다는 사실 역시 모를지 몰라. 그냥 이 여자가 양보해주면 모두가 행복하니까, 그게 '최대 다수의 최대 행복'일 테니까, 그런 요구에 응하지 않는 여자가 이기적이라고 여기는 게 당연할지도 몰라.
노조 일을 하며 시청 광장에서 마이크를 잡았던 저의 어머니도 음식점에서는 가끔 피로에 찌든 종업원에게 과도한 서비스를 바라고, 도지사 주민소환을 위해 바지를 네 겹 입고 하루 종일 등산로에 서서 서명 용지를 들이밀었던 저의 아버지도 공장에서는 요령 부린다며 동일 직급의 젊은 남자애들을 도저히 버티지 못할 정도로 혼내곤 한다니까요. 저는 다를까요? 이십 대 시절의 과오가 까발려질까 두려워 평생 제발 근근이 먹고살 수나 있는 무명의 다작(무명의 과작이면 '먹고살' 수가 없으니까요) 작가이기를 소원하고 있는데요.

작가님의 편지를 받고 뭐라 답할지 망설였던 이유는 제가 인문학 공부하는 사람들 사이에서 가끔 배운 것과 말하는 것, 행동하는 것 사이의 과도한 괴리를 목격하기 때문이었어요. 물론 공부하고 배우면 더 넓은 측면에서 '생각'하게 되는 것은 맞습니다. '말'도 마찬가지로 쉽지요. 하지만 행동이 그렇지 않은 경우에는 과연 그 배움이 아직 작동하지 않았을 뿐이므로 희망을 가지고 더 기다려야 할지, 아니면 그저 나무를 더 죽이고 탄소를 더 배출했음에 안타까워해야 할지 갈피를 잡기가 어려워져요. 그러다 보면 그냥 솔직한 사람들이 더 낫다는 자못 위험한 생각도 들고요. 게다가 어떤 분들의, 가령 아주 철저한 비건이나 플랫폼 노동에 단 한 푼도 던지지 않는 분들의 입장에서 본다면 고기 좋아하고 배달 음식 종종 주문하는 저 역시 이미 말만 휘황찬란한 사람일 거예요. '할 수 있는 선에서 노력한다'라고 변명한다면 더더욱 우스꽝스러운 허언으로밖에 들리지 않겠지요(게다가 '사람 패는 스포츠'에 미쳤다는 사실을 공공연히 떠들고 다니는 여자잖아요! 세상에, 어떻게 사람이 사람을 때린답니까? 그걸 10년 동안이나 즐기고 있다니 악의를 타고난 인간이 아닌가요 저는?).

누군가를 너무 싫어하지 말라고는 말씀드리지 않을 거예요. 제가 뭐라고 그런 말씀을 드리나요, 그리고 싫은 걸 어떡해요! 다만 저는 그 사람들이 보이는 좋은 모습에 더 주목하여 어떻게 하면 그 좋은 점을 극대화할 수 있을지, 그리하여 그 좋은 점을 마구 뽐내느라 나쁜 점을 드러낼 기회조차 얻지 못하게 만들 수 있을지 방도를 연구해주는 쪽에 여러모로 흥미를 가지고 있는 편인 것 같아요. 사람들에게 배당된 시간은 너무 짧아서 한 사람의 좋은 점만 한없이 실행토록 만들기에도 부족하지만, 또 너무 길어서 어떻게든 변화할 수 있기도 하니까요.

(무엇보다 이 세상 대부분의 사람들은 자기 잘못이나 단점을 지적받을 때보다 장점과 잘한 점을 인정받을 때 자기 단점을 되돌아볼 에너지마저 갖게 된다고 저는 믿기 때문입니다)

비판과 미움 그리고 싫어함은 일종의 나쁜 스포츠와도 같지 않을까요? 도파민을 생성하고, 쾌감을 주고, 익숙해지면 더 큰 자극을 원하게 되며 심지어 리그나 토너먼트도 온, 오프라인으로 숱하게 개최되는 것 같고요. 그러나 똑같은 근육과 관절을 사용하는 스포츠는 언제든 별안간 부상을 불러올 수밖에 없습니다.

어찌 보면 제가 이기적으로 저 편하자고 이렇게 '대가리 꽃밭' 같은 궤변을 펼치는 것일지도 모릅니다. 어쨌든 저는 제가 제일 부끄럽고, 혹시나 부끄러운 짓을 해도 시간이 지나 제가 스스로 알아챌 수 있을 때까지 아무도 몰랐으면 좋겠으므로 언제나 무명이길 바랍니다. 먹고살 수는 있는 무명이요.

저는 대학원 방학을 맞아, 본격적인 논문 준비에 들어가기에 앞서 '라스트 베케이션'을 보내겠다는 기분으로 두 달 동안 무에타이 체육관 합숙소에 입소하려는 참이에요.

그러나 우리는 무에타이가 아니라 술에 관해 이야기해야 하고, 무에타이 훈련기는 또 다른 책으로 나오는 게 마땅할 만큼 긴 이야기이므로 -이게 바로 진정한 집필 노동자의 자세가 아니겠어요? 조금이라도 팔릴 만한 껀덕지는 아껴두는 것이죠!- 이번엔 여행지(제겐 주로 태국)에서의 음주를 이야기해봐도 좋을 것 같다, 하고 생각하니 답은 폭음이군요.

이젠 이 글을 읽는 모든 분이 다 짐작하시겠지만 저에게는 폭음의 경향이 있고 또 술 사주는 사람을 아무나 쫄래쫄래 잘 따라가는 위험천만한 성향도 강해요. 아직 어디서 비명횡사하지 않은 게 신기하다고 생각할 정도로 자주 기억을 잃고요. 저는 항상 혼자 여행을 다니는데 여행지에서도 그런 성향은 결코 변하지 않았습니다. 귀국일 전날에는 무조건 필름이 끊기고, 귀국일에는 숙취에 절어 공항에 널브러져 있는 게 당연했어요.

아마 지금껏 죽지 않았기 때문에 재미있는 경험이 많았다고 반추할 수 있는 거겠죠……. 방콕, 파타야, 치앙마이, 아오낭과 피피섬. 태국이 아닌 곳이라면 블라디보스토크와 후쿠오카, 히로시마와 칭다오 같은 곳에 기억의 파편들을 마구 흩뿌려 놓고서도 멀쩡히 살아있는 사람이라니 제가 생각해도 이게 제가 아니었더라면 당장 혼내고 다그치고 뜯어말렸을 겁니다. 하지만 공교롭게도 저의 몸, 저의 시간이라 스스로는 야단치기가 싫네요.

왜 치료가 안 되는 걸까요?

제가 술꾼들을 처음 객관적으로 관찰하게 된 것은 교사직을 그만둔 서른 살 때였습니다. 당시 살던 집 근처 포차에서 서빙 아르바이트를 했거든요. 세상에서 제일 주정 많이 부리고 제일 필름 많이 끊기던 사람이 맨정신으로 '거울 치료'를 해야만 했던 거죠.

그러나 '거울 치료'가 되지 않았으니 지금의 제가 계속 이러고 있는 게 아닐까 싶기도 합니다. 포차 주정꾼들을 보면서 왜 저래, 이상해, 하는 생각을 하지 않았거든요. 아마도 사람들이 그렇게 폭음하고 쓰러지고 발광하고 서로에게 주먹을 날리는 모습에 이입했던 것 같아요. 제가 그 당사자가 될 가능성이 충분하기 때문에 지레 이해심을 키운 것일지도 모릅니다. 물론 그들이 토하고 어지럽히고 깨뜨린 모든 것은 나중에 다 제가 치워야 할 몫이었지만요.

이 얘기를 하면 사람들이 좀 놀라는데, 저는 셀카봉을 들고 라이브를 진행하던 어느 아프리카 스트리머가 팔꿈치를 붙들고 "여기 노란 머리 알바 언니, 브이 한번 해봐 브이" 할 때도 활짝 웃으며 렌즈를 보았고, 잔뜩 취한 아저씨들이 만 원짜리를 팁이라며 건네줄 때도 역시 활짝 웃으며 실컷 받아 챙겼어요. 재단하고 싶지 않았던 것도 있고(내가 뭐라고), 남의 사업장에 재 뿌리고 싶지 않은 이유도 있었으며(제 인생 다녀 본 모든 직장 상사 중 비교할 수 없을 정도로 최고의 인성을 가진 사람이 사장이었거든요. 저보다 한 살 어린 친구였지요. 그 친구는 트위터리안 기준으로는 여성 인권엔 전혀 무관심한 여자아이겠지만 그 어떤 트위터 중독자 상사들보다도 가장 노동법을 잘 지키고 직원들을 위해주었습니다), 저에게 그다지 큰 신체적 위협이 되는 취객은 없었기 때문에 가능했던 일인 듯합니다.

어쨌든 거울 치료를 하기에 이보다 더 좋은 병원은 없다 싶은 곳에서 근무했는데도 나아진 건 하나도 없는 구제 불능의 인간은 혈혈단신으로 해외에 나가서도 온갖 방황에 기행을 일삼으며 본인과 비슷한 술꾼들을 찾아다녔지요. 특히 태국의 술집들이 좋았던 이유는 분명한데요, 사방으로 오픈된 공간이고 제대로 청소하지 않는 테이블과 의자들이 가득한 가게이며 수많은 여행객들이 스쳐 가는 곳이라 저의 흔적도 저라는 사람의 기억도 절대 남지 않을 거란 믿음 때문이었던 것 같아요, 아마. 이곳의 점원들은 좁은 반도에서 나고 자라 인식이 편협한 제가 상상할 수도 없을 정도로 기이한 술꾼들을 숱하게 보았겠죠. 그러니 저는 아무것도 아니겠지요. 태국에서는 문득 그런 생각을 품곤 하며 술을 마셨던 것 같아요. '랜드 오브 스마일'이라는 이 나라의 캐치프레이즈에 기댄 관광객 형 마인드일지도 모르지만요.

어쩌면 주정뱅이들의 염원은 그런 것일지도 모르겠습니다. 아이가 되는 것. 받아주는 사람을 필요로 하는 것. 제가 아무도 모르는 땅에서 만취하고 기억을 잃는 것도, 남들에게 했으면 '개저씨'라 욕했을 행동들을 샐샐 웃으며 받아들였던 것도, 그 생떼 같은 염원을 이미 알고 있는 사람이기에 이해할 수 있었던 것일지도요.

설재인 드림

술 덕분에 술이라도 있어서

이하진

오늘의 술

테라 1병, 메이커스 마크 1.5잔

오늘의 안주

XXXL 피자 4조각, 떡볶이 1인분

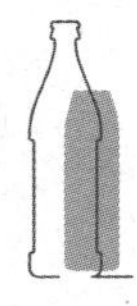

배움과 행동이 다른 사람들에 대한 이야기를 말씀해주셨죠. 부모님의 양면성이라든가요. 저는 지금 생각해보니 제멋대로 싫어하는 사람들을 재단했을지도 모르는 일이겠네요. 굳이 타인이 말하지 않는 사실을 캐묻지 않는 성격이다보니 그런 충돌점에서 대화를 나눠본 적은 별로 없었거든요. 겉으로 드러나는 것만으로 판단한 거죠.

지금까지는 줄곧 "그 배움이 아직 작동하지 않았을 뿐이므로 희망을 가지고 더 기다리"는 쪽에 가까웠습니다. 말이라도 해주는 게 고맙다는 쪽이었죠(아직 사회의 심연을 덜 본 탓일까요? 너무 낙관적인가?).

하지만(제가 일부러 그 주제를 회피했든 아니든 간에) 말에서조차 무언가가 드러나지 않는 사람들이 있잖아요. 드러나지 않는 수준이 아니라 노골적인 혐오적 입장을 가진 사람들. 그런 사람들을 싫어하지 않는 법을 저는 아직 모르겠습니다. 앞서 희망을 가졌던 것처럼 개선의 여지를 바라며 대화해야 하는 걸까요? 그건 아닌 것 같아요. 한 사람이 다른 사람을 '개선'할 수 있다고 생각하는 건 오만이에요. 애초에 '선'이라는 개념도 너무나 주관적이고요. 물론 누군가를 설득할 수 없는 제 부족함을 합리화하려는 의견일 수도 있고요.

저는 항상 좁혀지지 않을 것만 같은 의견 차이에서 '그래, 너는 그런 사람이구나'하고 체념에 가까운 회의를 하는 사람이었죠. 보통 그런 사람들은 제게 있어 소중한 사람도 아니었고요(소중한 사람이 그런 얘길 한다면 어떻게 해야 할지는 좀 생각해봐야겠네요).

설 작가님은 개인의 긍정적인 면을 발굴하고 기회를 준다고 하셨지만 저는 개인을 믿지 않아요. SNS가 발달한 시대의 개인은 너무 가까워서 보고 싶지 않았던 면까지 보게 되니까요. 대신 느리더라도 조금씩 나아지는 공동체를 믿죠. 개인이 개인을 바꾸긴 어렵겠지만, 환경이 개인을 바꾸는 건 여러 차례 봐왔으니까요. 개인이 결국 사회를 이루는 것이겠지만, 공동체도 마냥 유토피아가 아니라는 걸 알지만요. 가시적인 주변보다는 보다 비가시적인 어딘가의 움직임에 더욱 지지를 보내야 한다고 생각해요. 어떻게 보면 '희망을 가지고 기다리는 일'과도 비슷한 맥락이겠네요. 당장의 생각은 그렇습니다. 10년 뒤의 이하진은 어떻게 생각할지 모르겠지만요.

열아홉 살이 되던 해, 그러니까 친구들이 모두 스무 살이 되던 해의 신정에 편의점에서 각종 술을 털어와 한 친구의 집에서 인당 네 병씩 마셨던 밤에도 "왜 너만 살아있냐"는 원망을 듣고, 언제나 같이 마신 사람들을 택시에 태워 번호판을 찍거나, 여러 단체 술자리에서도 가장 취한 사람이 더 마시겠다며 뻗대는 걸 어떻게 돌려보낼지 궁리하거나, 했던 입장으로서는 아직 술을 끊어야겠다는 생각은 들지 않는 것 같습니다. 숙취도 거의 없고 기억은 다음 날에 술자리의 대화를 복기할 수 있을 정도로 멀쩡하고요(보통 이 얘길 들은 다른 작가님들은 "이십 대 초반이라 그래요!"라고 평하시더군요). 술 때문에 위험해져봐야 정신을 차릴까 싶긴 한데, 작가님의 이야기를 듣고 나니 저도 딱히 뭔 일이 생겨도 끊진 않을 것 같네요.

어쩌면 그렇게 취한 이들의 모습을 보고 '아, 나는 절대 저렇게 되지 말아야겠다' 하는 무의식적인 제동이 걸려있을지도 모르는 일이겠습니다. 취하길 싫어하는 심정의 기저에 저런 게 있을지도요. 폐 끼치길 극도로 싫어하는 것 같아요. 웃어넘길 사이라도 몸도 제대로 가누지 못할 저는 객관적으로 민폐를 끼칠 게 자명하니까요.

'건강하게 마시고 싶다'는 모순적인 이상을 바라는 것 같기도 합니다. 술은 그 자체로 백해무익인데 건강을 바라다뇨. 당치도 않은 소리! 오래 살고 싶다는 생각은 없는데 이상하게도 술 때문에 죽고 싶진 않습니다. 그건 오롯이 제 책임으로 화살이 돌아올 거잖아요? "그렇게 부주의하게 마시더니 결국 갔구만!" 같은 소린 좀 억울할 것 같아요. 물론 계속 마신 술이 수명을 깎아 단명하는 건 별로 할 말 없겠지만요. 술 때문에 사고가 생긴다든가 하는 일은 좀 피하고 싶어요. 그리고 어디서 봤더라. (세대 구분을 싫어하긴 하지만) 지금 Z세대는 M세대보다도 술을 마시지 않는다고 하더라고요. 통계를 해석하는 데 재주는 없지만 술에 대한 인식이 나빠졌다면 나빠졌을 것이고 최소한 그대로일 것이지 좋아졌다곤 생각 안 해요. 그다지 좋은 취미는 아니란 거죠. 그래서 건강하게 마시려고 하는 걸까요. 그렇다면 건강하다기보단 적절하게 마신다는 표현이 더 맞겠네요.

하지만 취하길 경계하면서도 좋은 술, 좋은 자리, 좋은 사람 앞에선 기꺼이 취하길 바라는 건 역시 애주가의 딜레마겠죠. 취한다는 것은 달리 말해 약물이라는 이름으로 억압과 통제를 풀어버리는 합리화의 작용이기도 하잖아요.

특히 사회에서의 페르소나가 원본과 멀고 두꺼운 사람일수록 그런 자유를 갈망하고 있다고 생각해요. 그러니 가끔 기괴하다며 돌아다니는, 모두가 만취한 유흥주점에서 사람들이 테이블 위에 올라가 단체로 춤을 추고 있다든지 하는 모습들이 보이는 거겠죠. 이해해요. 첫인상은 '저게 뭐야?'였지만 곱씹을수록 재밌겠다는 생각이 들었거든요. 저 역시도 그런 걸 때때로 갈망하고 그렇기에 그들이 즐기되, 그로 인해 무슨 일이 생기진 않았으면 하는 바람입니다. 그냥 놀고 싶었을 뿐인데, 떼쓰고 싶었을 뿐인데 그걸로 삿대질당하는 건 너무 이상하잖아요. 술을 핑계로 범죄만 저지르지 않으면 되는 거죠.

얼마 전에는 새로운 몰트 바를 뚫었어요. 대구 남구에 있는 '더 몰트'. 스태그 주니어와 옥토모어가 같이 있는 바는 오랜만에 봐서 앞으로도 종종 가지 싶어요! 그곳에서 이런저런 이야기를 나누다 제가 단순하고 직관적인 맛과 향을 좋아한다는 걸 깨달았네요. 조지 티 스태그보다는 그냥 스태그 주니어가 더 좋았고, 음식을 먹을 때도 각종 채소와 과일이 어우러진 것보단 뚜렷한 이미지가 있는 걸 더 선호했으니까요.

말 나온 김에 올해의 음주 어워드를 해보자면 역시 올해의 술은 스태그 주니어입니다. 시세가 많이 요동치는지라 요즘엔 잔당 10만 원은 할 것 같지만 버번을 좋아한다면 꼭 마셔볼 만한 위스키라고 생각해요.

올해의 안주는 하몽+모짜렐라+바질+올리브 오일. 이걸 먹었던 바는 소문이 돌길래 더는 갈 수 없게 되었지만, 집에서 해먹으면 되겠죠. 바질이 좀 문제겠네요.

올해의 음주는 크리스마스 이틀 전이었나, 오랜만에 눈이 오던 날의 음주. 맞관 삽질 상대와 같이 집에 걸어갔던 날인데 이 썸은 좀 해피 엔딩으로 끝났으면 하네요.

어쩐지 대학 입학 이후로 매년이 다사다난합니다. 그 덕에 음주량도 매년 늘었고요. 그래도 술 덕분에, 술이라도 있어서 좀 지낼 만했던 것 같아요.

이렇게나 다른 저희가 결국 술을 마시는 이유는 비슷하지 않을까요?

이하진 드림

저보다 더 술에 열정적인 사람이 얼마나 될까요?

설재인

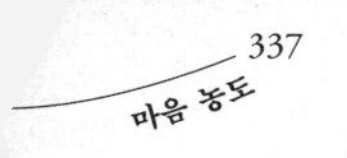

오늘의 술

싱하 맥주 큰 캔을 배달 전에 다 비우고, 배달 온 안주에는 따완댕이라는 회사에서 나온 40도짜리 술을 곁들여 마시고 있습니다(정확한 이름은 '따완댕 카우험'이라고 하네요). 패키지는 딱 소주병처럼 생겼는데 'White Spirits'라 쓰여 있고 평범하게 쌀을 증류한 맛이 나요.

오늘의 안주

배달비를 포함하여 70바트(약 2,500원 정도)짜리 카오클룩까삐라는 태국식 비빔밥입니다. 까삐라는 새우 발효장을 넣어 볶은 밥에 계란지단, 양파, 줄기콩, 채 썬 덜 익은 망고 따위를 조금씩 넣어 비빈 건데요, 태국에 그렇게 여러 번 왔어도 이 음식은 이번에 처음 먹어보았는데 정말 묘한 맛이 있습니다. 이 맛을 뭐라고 설명할 수가 없어요(이럴 때면 백종원 아저씨에게 빙의라도 하고 싶네요). 그런데 자꾸 생각이 납니다. 여러 음식점을 돌며 먹어봤는데 가게마다 까삐의 맛이 조금씩 달라 페이보릿을 찾는 재미가 있어요.

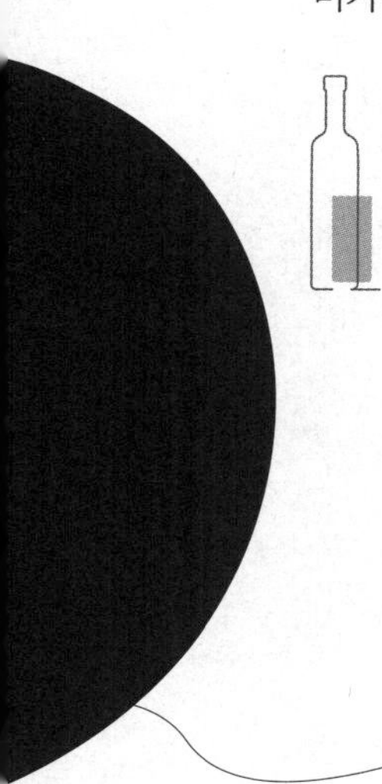

지난번 작가님의 편지는 정말 여러모로 놀라웠어요. 대략 세 가지 이유로 추려볼 수 있겠는데요, 첫 번째는 갑자기 운석처럼 등장한 썸이란 단어였습니다. 그런 단어가 저희 둘 사이의 편지에 등장할 거라고는 꿈에도 생각지 못했어요. 지난 편지 이후 두 달 가까운 시간 동안 어떤 변화가 또 생겼을지는 모르겠지만 저는 평생 연애로 불행밖에는 경험해보지 못한 헤테로라(성욕은 꽤 있는데 지속적인 관계 유지를 질색하는 타입 같아요) 타인의 사랑을 응원하거든요(너라도 잘 되어라, 이런 심경인 것이지요……). 좋은 경험이 되었기를, 되고 있기를, 그리고 되기를 바랍니다.

두 번째는 사람이 사람을 개선할 수 없다는 주장이었고 평생의 꿈이 선생이던 저는 대단히 슬퍼졌어요. 그러면서 이런 우스운 장면을 상상하게 된 것입니다. 3월 2일, 한 학년이 시작되는 날이에요. 저는 교사 중에서는 아직 상당히 어린 축이기 때문에(서른에 사표를 내고 퇴직했으니 그땐 정말로 핏덩이였죠) 경험이 부족합니다. 물론 학생과 그나마 비슷한 연령대라서 따라오는 공짜 호감을 무시할 수 없긴 합니다만 솔직히 말씀드린다면, 입시에 민감한 아이일수록 젊은 담임을 불신할 가능성이 높지요.
내가 올해 너희를 돌볼 담임이야, 하고 교실에 들어선 저는 빠르게 교실을 훑으며 표정 하나하나를 머릿속에 집어

넣습니다. 아마 학생들은 만약 선생이 되지 않는다면 절대 모를 거예요. 그 첫날의 표정을 교사가 결코 잊지 않을 거라고는요. 저는 아직도 첫날의 모든 얼굴들이 기억납니다. 장난스럽게도, 저는 지금껏 나눈 편지를 통해 파악한 작가님을 슬그머니 그 자리에 앉혀놓습니다. 17번(오늘이 17일이라서요) 이하진에게 적당한 겨울용 교복을 입힌 후, 그 애가 교단에 선 낯선 이, 옛날의 저, 그러니까 스물 몇 살이고 수학 전공이며 키가 작고 머리는 크고 목소리는 이상하게 새되었는데 처음 보는 애들 앞에서 괜히 센 척하는 여자를 어떤 식으로 관찰할지 상상합니다.

아마 가장 냉담한 표정을 보인 서너 명 중 하나로 기억될 것 같아요.

사실 좀 웃긴 게, 저는 사람들과의 관계 맺음(특히 지속성이 있는)을 불편해하지만, 제가 한 명의 스승으로 인해 '개선'되었다는 사실은 명확히 알고 있습니다. 제가 먼저 비명횡사하지 않는 한은 아마 돌아가실 때까지 곁을 지킬 거라고 저는 확신해요. 그분이 없었더라면 지금도 얼마나 불행한 삶을 살며 그 불행함을 숨기기 위해 멋진 척, 있는 척, 생각 깊은 척을 일삼는 텅 빈 인간이었을까요. 상상하면 아찔해져요.

그런데 처음 만난 순간부터 이 사람이 내 평생의 은인이자 스승이다, 라고 느꼈던 것은 전혀 아니에요. 쌍방으로 평범한 존재였죠. 그 관계가 특별해지기 시작하고 또 서로의 속내와 고갱이를 알아볼 수 있게 된 건 반 십 년이 지나고 나서부터였으니, 만약 이분과 제가 끽해봐야 4, 5년 다니는 대학(그것보다 짧은 중고등학교는 당연하고요), 혹은 회사나 동호회 같은 곳에서 만났다면 절대 이런 결괏값이 발생하지 못했을 겁니다.

지금 그분과 저는 만 10년 동안 매일매일 본 관계가 되었어요. 그 매일매일 저라는 개쓰레기핵폐기물구제불능이기주의열등감덩어리관종을, 아주 조금씩 고쳐주었습니다. 아주아주 조금씩. 중요한 건 당신께서 '고쳐준다'라는 생각을 하지 못하신 채로 고쳐주셨다는 사실입니다. 그러니까 아무런 의도 없는 교육이었다, 이 말입니다(그게 가장 믿을 수 없는 지점입니다).

저는 제 인생에 그분이 없다는 공상을(아무래도 저보다 열댓 살 가량이 많으시니까요) 하면 수도꼭지처럼 눈물을 흘리는 사람이 되었어요. 딱 10년 만에요.

그러니까 아무래도 사람이 사람을 개선할 수 없다고 섣부른 결론을 내리기엔 10년을 몇 번 거쳐야 할 것 같아요(10년마다 그런 귀인을 만날 수는 없으니까 몇 번을 시도해야 하는 것이죠). 저는 제가 비교적 이른 시간 안에 그런 분을 찾은 게 대단한 행운이라 생각합니다. 열 번을 시도해도 찾을 수 없는 분들도 분명 있을 거예요. 그러나 어쨌

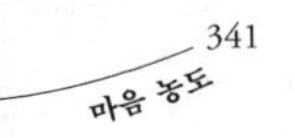

든 저는 저의 경험에 의해, 사람이 사람을 개선할 수 있다고 확신해요.
물론 이렇게 말하는 것 자체가 너무 꼰대 같은 처사겠지요?

세 번째는 '술 자체가 좋아서 마시지 않는다'라는 진단이었어요. 전혀 동의할 수 없다고요!
근거 몇 가지를 들겠습니다. 일단 저는 여기, 태국에서 무에타이를 하다 결막염에 걸렸습니다.
아폴로눈병의 폭풍도 비껴갔던 내가 결막염이라니.
아무리 버텨도 좋아지지 않아 결국 진료 한 번당 10만 원씩 하는 병원에 가야 했습니다(그리고 저는 여행자보험을 들지 않았습니다). 각막염으로까지 진행되었다는 진단을 받았고 스테로이드를 내외적으로 들이부어야 했어요. 그러나 그때에도 술은 마셨습니다. 매 끼니마다요.
두어 달 전에는 새 타투도 하나 했지요. 그보다 두어 달 더 전에는 한국에서 스파링을 하다 늑골이 부러진 적도 있었어요. 그때도 술은 마셨습니다. 역시 매 끼니마다요. 코로나에 걸려 격리되어야 했던 때를 생각해볼까요. 진단을 받자마자 집에 무슨 술이 있는지가 가장 절박하게 궁금하더라고요. 놀랍게도 선물 받은 1리터짜리 고량주가 있었어요. 격리 해제되기 전까지 그걸 다 마셨습니다.
저보다 더 술에 열정적인 사람이 얼마나 될까요? 물론 맛에 몹시 둔감하고 알코올 함량이 어느 정도 되면 다 선호한다는 반박은 있을 수 있겠지요. 하지만 그렇게 따지면 게임 덕후, 록 덕후, 애니 덕후와 소설 덕후는요? 그들은 다 미슐랭만 먹나요? 아니잖아요, 다 먹잖아요. 시공간과 내 몸을 따지지 않고 다, 함께할 수 있는 건 정말 다…… 흡수하잖아요.

그러니 알코올에 대해서만 애호의 기준을 높게 잡으면 안 될 일이라고 저는 생각해요. 물론 이런저런 향이나 맛 혹은 역사를 익히면서 마시지는 않지만, 사실을 고하자면 그 어떤 분야에 대해서도 그렇게 철저히 배우자 하는 마음과 자세를 가지고 좋아해본 적은 딱히 없었던 것 같아요. 몸과 시간으로 때우는 스타일을 선호했지요. 수학이 아니라 수학 문제 풀이를 좋아했던 것도, 소설을 쓰는 것도 그 성향과 일맥상통하는 것 같아요.

여기 와서 사람들과 친해질 줄 알았는데 역시나 내향인에, 정해진 훈련 시간에 쉬면서 노가리 까는 걸 제일 싫어하다 보니 결국은 '냉담하고 말 없으며 운동에 미친 여자' 정도가 되었습니다. 지난주 토요일에는 '헤비 드링커'라는 별명이 추가되었어요. 체육관에서 주관한 바비큐 파티가 있었거든요. 체육관 마당에 숯불을 지펴놓고는 고기를 굽고 몇 가지 간단한 태국 음식을 함께 곁들이는 자리였습니다. 마실 것만 본인이 사 오라길래 저는 당연히 쌩솜 작은 병을 사서 들고 갔는데요, 정말 그 누구도 '츄라이'하지 않더라고요. 냄새만 맡고서는 기절초풍하며 모두가 저를 뜨악한 표정으로 보았습니다. 믹서 하나 없이 그걸 온더락으로 먹어도 되는 거냐, 운동을 그렇게 하면서 술까지 그렇게 먹냐, 너는 도대체 몸이 어떻게 생긴 거냐, 운동도 기계처럼 하더니 술도 기계처럼 마신다, 그런 이야기들을 들었어요. 저는 그 안주를 앞에 두고 환타를 마시는 너희가 더 기계 같다고 대답하고 싶었습니다만 자기네 나라 술을 이렇게 잘 마시는 한국인 여자의 존재에 신이 난 고참 코치와 나란히 앉아 대작만 할 뿐이었습니다. 서양 애들은 술이 줄어가는 걸 손가락으로 재며 시끄럽게 떠들어댔는데, 저는 조금 민망해져서 그 와중에 꼭 해야 할 말, 그러니까 모든 한국인이 이렇지는 않다는 말을 몇 번이고 강조했습니다.

아아, 술친구가 이렇게나 없다니. 운동하는 친구들은 체력도 좋아 잘 마실 텐데.

조금 슬퍼졌지만, 생각해보면 '정신을 흐트러트리는 요소가 전혀 없어 온전히 무에타이에만 집중할 수 있는 태국 본연의 시골에 위치합니다'라는 광고 문구가 사이트의 메인에 등장하는 체육관에 와서 술친구를 찾는 제가 더 이상한 사람일지도 모르지요. 저는 그저, 그 친구들의 건강한 인생을 기원해줄 뿐이었습니다. 저는 글러 먹었으니까요. 지금은 보란 듯이 제게 반말을 까는 옛 제자가 제게 말했듯, '근육은 간을 보호해주지 않으니까'요.

수탉 우는 소리를 들으며 새벽 5시 40분에 일어나 6시부터 8시까지 훈련하고, 빈속에 술을 마시며 소설을 쓰고, 책을 읽다 코를 골며 낮잠을 자고, 일어나 오후 4시부터 7시까지 다시 훈련하고, 또 술을 마시며 소설을 쓰고, 풀썩 쓰러져 자다가 개들이 짖는 소리에 잠을 몇 번 깨고.

말은 거의 하지 않고, 옷은 정말이지 아무거나 입고, 빨래를 아주 자주 해야 했고, 개미가 들끓는 북향(더운 태국에서는 햇볕이 잘 들지 않는 북향 집이 가장 비싸다고 합니다) 합숙소의 방에서 신경 쓰지 않기 위해 안경을 쓰지 않은 채 마이너스 시력으로 오갔던(아마 여기 있는 동안 개미 스무 마리쯤은 먹었을 것 같아요) 날들이 이제 슬슬 막바지로 접어들었습니다.

인스타그램에도 올렸기에 보셨을지도 모르지만 저는 이 두 달이 사후 세계같이 느껴졌어요. 제가 착하게 잘 살았을 경우의 사후 세계 말입니다(저는 사실 사후 세계는 안 믿습니다. 다만 윤회는 믿는데, 윤회를 믿지 않는다면 너무 슬프고 억울한 죽음들을 설명할 길이 없기 때문이었습니다). 모든 게 완벽하고 매 순간이 행복한 궁극의 삶이란 게 존재할 리 없는데 지금의 제가 누리는 시간이 그것에 거의 근접했기에(개미만 없다면요) 든 생각이었고, 명백히 시한부죠. 이제 곧 끝입니다. 저는 서울로 돌아가 번잡하고 바쁘게 살 거예요. 이 두 달의 휴지기 탓에 구멍 난 커리어와 잔고를 메꿔야 할 터입니다. 메꾸지 못할지도 몰라요. 입시 관련된 일은 절대 다신 하지 않겠다는 치기 어린 신념이 무너지는 순간이 올지도 모르죠. 어느 순간 저는 목동이나 대치동에서 수능 수학 강사를 하고 있을지도 모릅니다. 그렇게 된다면 지금의 경험들은 학생들이 졸지 않게 만들어주는, 조금 더 과감히 이야기하자면 '다른 강사와는 좀 다른' 이로 만들어주는 '썰' 정도가 될 것이에요. 그럼 이 행복했던 순간은 그저, 남들과는 다르다는 저의 자존감을 지탱하는 지지대가 될 뿐이겠죠. 피하고 싶지만 인생이란 게 어찌 흘러갈지 모르니 정말 그곳에 도달할지도 모릅니다.

죽어도 그러고 싶지는 않지만 아마 살고 싶어 그럴 겁니다. 그러고 보면 '살다'와 '사다'가 한국에서는 참 유사하게 생긴 게, 영 의미심장하지 않나요?

설재인 드림

대단하지 않아도 된다

이하진

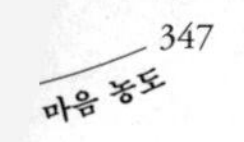

오늘의 술

SMWS* 테이스트 세션에서 준비한 세미-블라인드(?) 위스키 5종 각 1/2잔, 몰트락 16년 1/2잔, 글렌파클라스 105 CS 1/2잔, 로크로몬드 1/2잔

오늘의 안주

기본 제공 초콜릿과 참 크래커 1봉, 연초 몇 개비

인스타그램으로 작가님의 어마무시한 무에타이 수련기……. 잘 보고 있었습니다. '사람이 어찌 저렇게 운동에 진심으로 살까?' 하는 생각이 스토리를 볼 때마다 들더군요. 지난 편지에서 보내주신 썸에 대한 응원은 감사히 받겠습니다. 그새 로맨스 경장편 하나를 출간하긴 했는데**, 작가의 말에 "나는 맞관 삽질을 보는 걸 좋아한다"라고 했거든요. 보는 거만 재밌네요. 네. 그렇습니다…….

"가장 냉담한 표정을 보인 서너 명 중 하나"라는 추측엔 반박할 자신이 없네요. 설 작가님의 교사 시절 모습을 모르니 말씀해주신 모습과 지금의 인상을 섞어 짐작해보

*Single Malt Whiskey Society
**이하진, 《마지막 증명》, 안전가옥, 2024

자면…… 그러게요. 저는 1학년 때 지망했던 대학을 3학년 때 하향으로 지원할 수 있었어요. 3년 내내 성적이 오른 -그리고 그걸 자력으로 해냈다고 믿던- 고3의 자의식은 꽤 굉장했겠지요. 만약 작가님을 3학년 때 만났다면 어렸던 제가 지을 표정을 대충은 알 것 같아요.

다만 지금이라고 딱히 다를 거라 확신하진 못하겠습니다. 저는 기본적으로 자신을 포함한 사람의 내면을 바라보는 일에 무심한 편이고(정확히는 무심하려 굉장히 애씁니다. 알게 되면 기대하고 기대하면 실망하니까요), 그러니 그때의 저와 지금의 제가 얼마나 다를지를 모르겠어요. 어쩌면 그 무관심이 타인의 개선 여부 자체를 가리는 것일지도 모르겠지요. 불신과 회의가 기저에 깔려있는 글러먹은 인간이고 또 그런 자신조차 바뀔지 알 수 없기 때문에 타인의 변화를 믿는다? 아직까지의 저로선 마냥 낙관하기가 어려워요.

요컨대 경험하지 않은 일이 벌어질 수 있다, 는 믿음을 갖기가 어렵습니다. 그 일이란 게 특히나 긍정적인 일이라면 더더욱요. 그건 꿈꾸는 것과도 비슷하지 않을까요. 그렇다면 결국 기대와 실망이라는 요지로 회귀하게 되네요. 저도 그런 제가 싫긴 하지만요.

역시 말씀하신 대로 10년을 몇 번 더 거쳐봐야…….

술을 좋아한다, 라.

그 짤 있잖아요. 만화 〈던전밥〉에 나오는 컷이었는데, "난 드래곤도 좋아하긴 하지만…… '진짜 드래곤 마니아'들을 보면…… 내 어중간함에 신물이 나……!" 하는 컷이요. 모든 덕후의 심정을 요약한 희대의 짤이 아닐까요? 물론 덕후-됨에 권위가 요구되는 상황은 원치 않아요. 그냥 일종의, 자신의 어중간함에 대한 신물로부터 비롯한 자기검열 같은 거죠.

난 술을 좋아하지만…… 그치만…… '진짜'들을 보면…… 난 아무것도 아닌 것 같아……! 위스키를 이렇게 마시는데 테이스팅 노트도 작성하지 못하다니.

그런 자조적인 쪼그라듦. 그러면서 허황된 진짜-됨을 선망하는. 써놓고보니 웃기네요. 그냥 솔직하게 좋아한다고 할까요? 하긴 툭하면 마셔대는 일에 애정이 없긴 힘들겠죠, 아무래도?

저번 달에는 10년 뒤 신정에 끝나는 디데이를 설정했어요. 올해로 고작 스물네 살이 된 제게 10년은 인생 절반에 가까운 큰 시간입니다. 처음 설정했을 땐 3,600대였던 숫자가 이제는 3,500대네요. 생각보다 빠른 것 같기도 합니다.

이번 겨울엔 왜인지 우울이 기승을 부렸는데, 이상하게도 디데이를 설정하고 나니 마음이 편안해졌었어요. 일단 그때까지만 살아보고 더 살지 결정해보자, 같은 마음으로 설정한 디데이였거든요.
며칠 전 포항 구룡포 쪽에서 이뤄진 동아리 합숙에서 돌아오는 길에 해안도로를 달리는 버스 차창 너머로 너른 바다를 바라봤어요. 언젠가 친구가 "왜 바다를 보면 그렇게 마음이 편안해지는지 모르겠다"고 말했던 게 문득 떠올랐습니다. 한없이 깊은 밤하늘을 보아도 그렇고요.
사실 바다든 우주든, 본질적으로 그 공간들은 언제든 우리를 죽일 수 있는 공간이잖아요. 배 한 척이나 우주복에 의지하지 않으면 우리는 그곳에서 결코 살아갈 수 없어요. 어떻게 보면 가장 삶과 유리된 공간이죠. 그 앞에서 '나'는 아무것도 아닌 존재가 되어버려요. 나는 저것들에 비하면 한없이 작은 점에 불과하고, 사소하고 미약한 자신을 무리하게 불사를 필요가 없으며, 그러니 뭔가 대단한 일을 바라지 않아도 된다. 대단하지 않아도 된다.

적확한 말로 포착이 잘 안 되는데 결국 '나는 언제든 죽을 수 있다'는 가능성이, 그 죽음의 가능성을 마주한 것이 웃기게도 위안이 되더라고요. 내가 그렇게 유난스러운 존재가 아니라는 사실. 그저 별거 아닌 세상의 점 하나라는 사실.

어떻게든 작은 점 하나에 불과할 뿐이라면, 그대로도 괜찮다는 거.

"경험하지 않은 일이 벌어질 수 있다, 는 믿음을 갖기가 어렵습니다."

바로 위에서 말했지만, 사실 이미 겪었죠.
계획에 없던 작가 생활을 2021년부터 삶에 추가하고 올해로 4년 차를 맞이했네요. 이제는 나름 자리 잡았다고 자평해봅니다. 잠깐뿐이었지만 단독저서로 베스트셀러 딱지도 달아봤고요. 지난 3년이 좋기만 했다고는 말 못 하겠어요. 고료 체불당했을 땐 끔찍하게 힘들었거든요.
사실 아직도 '작가인 나'를 마냥 긍정하긴 어려워요. 물리학도로서의 나와 작가로서의 나를 함께 들고 가는 법을 배우는 중이라. 특이한 경력은 되겠죠. SF 쓰는 물리학자? 멋지긴 하겠네요. 끝에 물리학자가 될지 작가가 될지 제3의 무언가가 될지 지금 알 수는 없는 데다 앞으로 꽤 오랜 시간 동안은 알기 어렵겠지만요. 지금 이렇게 된 것처럼 어떻게든 되겠죠. 그러라고 인생이 긴 것 같기도 하고요.

어느 시점엔 자의와 상관없이 삶이 이어진다는 사실에 괴롭기도 했고, 아직 그걸 완전히 부정할 수는 없지만 그래서 술을 마시는 걸지도 모르겠습니다.

어쨌든 당장 살아있으면 된 거 아닐까요?

오늘의 한잔이 이 작은 낙관을 조금이라도 길게 이어주는

다리가 될 수 있다면, 아무래도 괜찮지 않을까 싶어요.

이하진 드림

죽는 것에도 실패하면 살아봅시다

설재인

오늘의 술

참이슬 1병

오늘의 안주

순대국밥

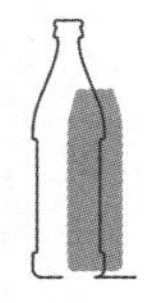

어제부터 저는 안희제, 이다울의 《몸이 말이 될 때》(동녘, 2022)라는 책을 읽고 있어요. 90년대생 만성질환자 두 사람이 저희처럼 나눈 편지를 담은 에세이인데, 비슷한 기획의 원고를 오래 썼다보니 매 페이지마다 온갖 상념이 뇌리를 지나가더라고요. 담백하고 멋 부리지 않은 이의 글을 읽으며 내가 너무 '척'을 했나 싶기도 했고, 또 한 편의 편지를 위해 많은 책과 논문을 읽어낸 이의 정성에 감탄하면서 나 자신의 나태함에 머리를 쥐어뜯기도 했고요.

아직 절반 정도를 읽었으므로 이들의 편지가 어떤 식으로 마무리되는지는 모르겠지만, 저는 책머리의 '인사말'에서 이미 마음을 뺏겼습니다. 다음과 같은 내용 때문이었어요. 발췌하겠습니다.

「두 사람 다 첫 책으로 자신의 질병 서사를 내놓았고, 함께 한 대화 형식의 인터뷰에서도 서로의 이야기에 수없이 공감했지만, 편지를 쓰는 내내 점점 분명해진 건 우리가 너무도 다르다는 사실이었다. (중략) 둘 다 드물고, 치료 안 되고, 면역 체계에 문제가 있는 질병을 겪는다고 하지만, 그런 질병들도 워낙 하나하나가 다르고, 질병의 경험 또한 성별 등의 다양한 변수에 따라 천차만별이다. 공통된 무엇을 중심으로 이야기를 이어가려던 처음의 기획은 보기 좋게 실패했다.

바로 그 지점에서 비로소 편지가 왜 재미있는지, 왜 질병의 이야기가 편지로 나와야 하는지 느꼈다. 우리는 다르고, 생각보다 많이 다르고, '질병'이라는 같은 단어 안에서 묶이는 데에 끊임없이 실패한다. 편지에서는 이 실패를 감추기가 특히 어렵다. 나와 상대방이 자신을, 또 서로를 포기하지 않는 한, 상대의 이야기를 들으면서도 어떻게든 나의 이야기를 전달하려는 노력이, 반박하거나 질문하면서 상대의 이야기를 이해하려는 노력이 사라지지 않는 한 말이다.」

저는 이 문장들이 마치 다정한 선배처럼 저희의 편지를 보듬고 있다고 생각했어요. 원래 그래, 편지란 원래 그런 거야, 편지란 본디 실패한 소통의 기록이고 바로 그 실패가 매력인 거야, 하고 말입니다. '다정한 선배'라는 비유가 생뚱맞게 튀어나온 건 아마 지금 제가 개강 시즌의 대학가에서 서로의 시간표를 견주는 대학생들에 둘러싸여 술을 마시고 있기 때문이겠지요(아침이라 다들 숙취에 빌빌대는군요).

맞아요. 사실 저희가 나눈 편지를 들추어보면 내내 실패에 대해 이야기하고 있는 것도 같습니다. 경제적, 사회적, 그리고 그 외의 많은 실패에 대해서요. 이걸 하나의 표현으로 갈무리하자면 아마 '내가 이상적으로 상상하는 근미래의 나에게 도달하지 못하는 실패'일 수 있겠어요. 자신이 이 세상의 '원 앤 온리'인 줄로만 알았던 청소년 시절 꿈꾸었던 대단히 허황된 '장래 희망'에서는 벗어났으나 반십 년 안쪽의 근미래 범위에서조차 바라는 바를 이루지 못하는 슬픔의 토로 말이에요(마침맞게 뒤 테이블에서 "삶이 왜 이렇게 좆같지?"라고 묻는 대학생들의 목소리가 들리는군요).

제 근미래를 돌아보면 그 '이상적인 나'가 존재하는 지점과 모양은 계속 변했습니다. 심지어 별로 연속적이지도 않았어요. 스무 살 때엔요, 부자가 되고 싶었습니다(제 고향 동네에서는 부부 교사면 부자였으니까요). 기간제 일하던 스물다섯 때엔 그저 정교사만이 되고 싶었고요(이건 이루었는데 그게 늪인 줄은 꿈에도 몰랐습니다). 자살 충동과 우울증에 시달리다 사표 내고 나와 다신 그 현장으로 돌아가지 않겠다 결심했던 서른에는…… 방에 틀어박혀 시절을 저주하는 히키코모리만 되지 않았으면 했습니다. 그렇게 되돌아보자니, 유일하게 제가 목표했던 바, '이상적인 나'의 모습을 성취했다고 해석할 만한 것이 제 삶에서 가장 큰 질곡이었군요. 그러니 실패가 더 재미있고 또 의미있다고 고개를 끄덕여 봐도 좋을 것 같아요.

10년 후의 디데이를 설정하셨다는 말씀을 듣다가 생각해보니 제가 대략 그 정도(보다 한 살 많은?) 나이이군요. 10년 전부터 지금까지 걸어온 하루하루가 잘 기억나지 않긴 하는데, 확실한 건 그동안의 제 삶이 '죽는 것에 실패하는' 나날들에서 '죽는 것에 실패하고 싶은' 나날의 연속으로 변화했다는 사실입니다. 죽고 싶다는 생각을 언제 했더라, 헤아리는데 아무래도 올해나 작년 동안에는 한 번도 그런 마음을 품은 적이 없군요. 제가 의식적으로 저 좋아하는 일만 하기도 했고요.
지난 주말에는 본가에 잠깐 들렀는데 어머니가 가족 모임 이야기를 하더군요. 아버지의 형제자매들이 펜션에 1박 2일 일정으로 모인 자리가 최근에 있었거든요. 저의 아버지는 9남매 중 여덟째고 남매끼리의 나이 차이도 보통 세 살씩 나기에, 손윗사람들은 여든을 훌쩍 넘은 분들이죠. 예순 중반인 아버지는 아기 취급을 받고요. 그렇게 모여서 남자들은 술을 '징그럽게' 마셨다나요.

"여자 방에서는 뭐 했는데?"

제가 묻자 엄마는 대답했습니다.

"요가 했어."

할머니들끼리 옷을 맞춰 입고(네, 진달래색 잠옷을 단체로 구매하셨더라고요) 방 안에서 요가 자세를 하는 광경을 상상하자 웃음이 나더라고요. "요가?"하고 되묻자 엄마가 갑자기 흥분하더니 말을 이었습니다.

"그런데 세상에, 너희 둘째 고모가 허리는 굽었어도 어찌나 자세들을 잘하시는지 아니? 나무 자세랑 쟁기 자세랑, 세상에. 플랭크도 얼마나 길게 하시는지. 다리가 거의 일자로 찢어져. 내가 보고 기가 막혀서 막 박수 쳐드렸다니까. 그 고모가 여든둘이야, 여든둘. 그런데도 몸이 그렇게 유연하고 힘이 펄펄 솟아. 어디 복지원인가에서 하는 요가 교실 다니시다가 영 성에 안 차서 그만두셨다더라. 너무 설렁설렁해서 운동도 안 되는 것 같다고. 둘째 날 아침에도, 다른 양반들은 다 자고 있는데 일어나셔서는, 그 숙소 근처에 농고가 있었거든? 농고 운동장을 땀 뻘뻘 흘릴 때까지 뺑뺑 돌고 온 거야."

"그렇게 부지런하시니 체력이 그리 좋지."

"그런데 고모부랑 같이."

"고모부는 술 안 드셨어?"

"드셨지, 그래도 나가신 거야. 둘이서 돌다가 농고 영양사란 사람이, 할아버지 할머니 운동 열심히 하시네요, 하고 말 걸어서 같이 돌았대."

"같이 돌았다고? 하여간 이놈의 설 씨들은 친화력도 좋아."

"너랑 네 아빠 빼고. 어쨌든, 그러면서 영양사한테 막 자기 얘기를 했대. 매 끼니 어떻게 먹고 있는지. 그러니까 영양사가 그랬다더라. 아이고 할머니, 잘하고 계세요. 그렇게만 드시면 아주 건강하세요. 그랬다고. 들어오셔서 막 자랑을 하시더라고."

"으휴, 노인네들."

저는 말했으나 거기엔 분명한 경탄과 애정이 담겨있음을 알고 있었습니다. 듣기에 좋았거든요. 삶과 생명의 향을 힘껏 뿜는 듯한 그 장면 자체가요. 예순밖에 안 된 젊은이의 경탄을 사는 몸도, 일어나 바지런히 사지를 움직이는 번득임도, 누군가와 만나 옷깃 스치는 인연을 만들어 내는 순간도 모두 고모가 살아있고 또 살아있기를 즐기시기 때문에 가능한 일이잖아요. 키 150도 안 될, 입만 열면 느릿한 충청도 사투리를 숨길 수 없는, 중학교도 안 나온, 50년은 족히 된, 마치 지브리 애니메이션에 나오는 마녀의 집처럼 세월을 지낸 짐이 가득 쌓인 집에서 지내는 고모. 고모가 여든둘까지 살았고 더 사시고 싶어 한다는 게 저는 그렇게 좋았습니다.

오랜 세월 보고 들은 것이 있어 고모가 여든두 해의 인생 동안 어떤 실패들을 겪었는지 아주 조금이나마 압니다. 그러나 멋진 것은, 착지에 실패해 거듭 미끄러지며 마침내 일 자로 펴질 수 있게 된 다리를 가지게 되었다는 점 아닐까요.

그런 식으로 여러 곳에서 실패하며, 그리고 죽는 것에도 실패하며 살아봅시다, 라는 말로 편지를 마칩니다.

설재인 드림

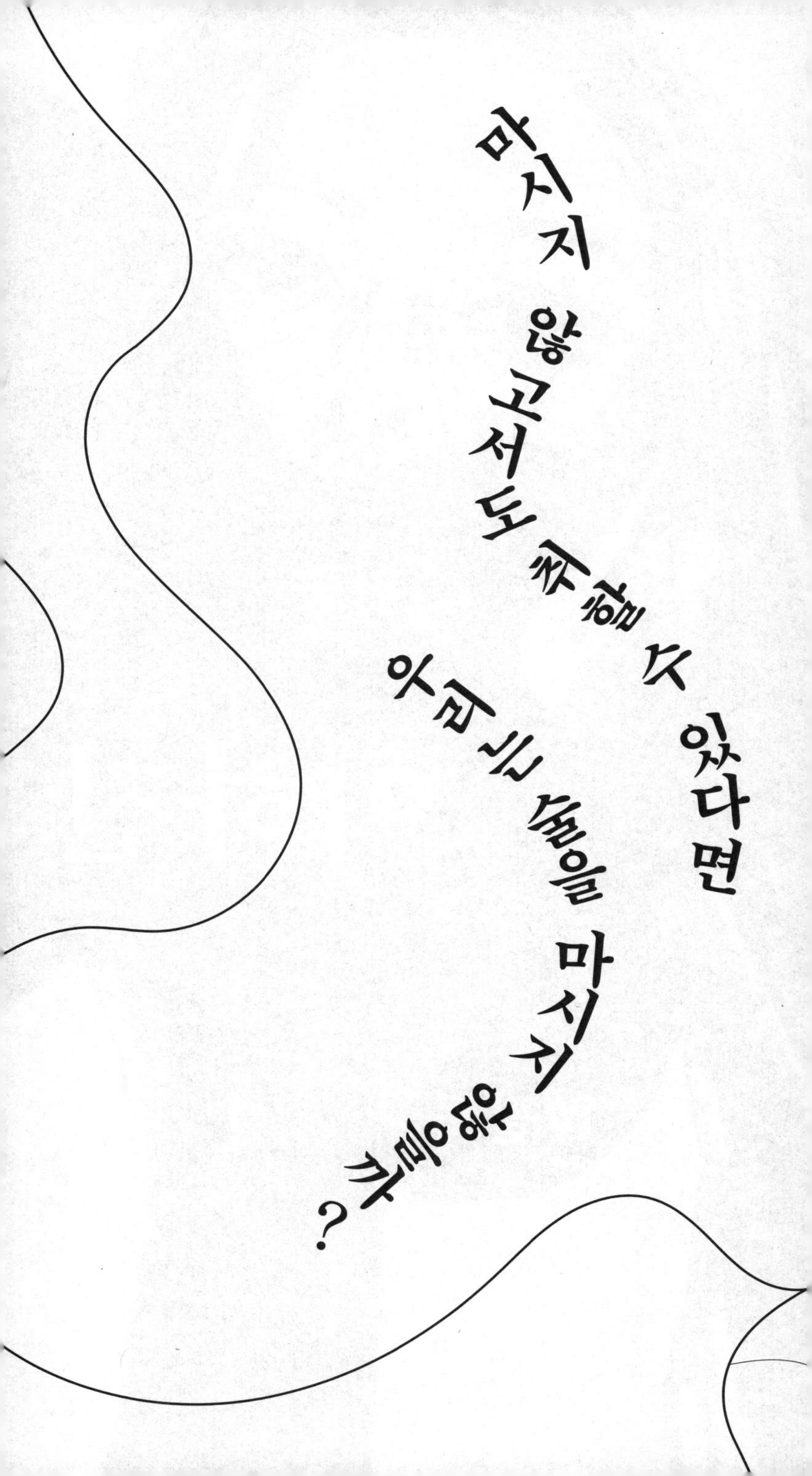
마시지 않고서도 취할 수 있었다면
우리는 술을 마시지 않을까?

취중
이하진
에필로그

마음 농도
설재인

우리는 왜,
술을 마시는 걸까?

이하진

술이란 어떻게 정의될 수 있을까. 액체 형태의 에탄올 수용액에 향미료를 추가한 혼합물? 하지만 단순히 증류수에 에탄올을 희석하고 당을 추가했다고 해서 그것을 술이라 부르진 않는다. 물론 이 경우에도 에탄올의 생리적 작용만을 얻고자 한다면 그것을 술이라 부를 수 있겠지만, 이건 그다지 보편적으로 이해될 수 있는 정의가 아닌 것 같다.

그렇다면 물성보다도 앞서는 무언가가 술의 본질이 될 수 있을 것이다. 우리는 술을 언제, 왜 마시는 걸까. 갖은 핑계를 대며 마셔대는 이 액체는 무엇을 위해 작용하는 걸까.

왜 혼자 마시는 걸까. 왜 함께 마시는 걸까. 어째서 대낮의 음식점에서도, 한밤중의 골목에서도, 심지어는 직장이나 남의 집이라든가 자신의 방구석 침대맡에서까지 통용되는 걸까. 어떻게 하루의 마무리면서 시작이 되기도 하는 걸까. 직장이든, 대학이든, 동아리든, 소모임이든, 문학이든 음악이든 미술이든 간에 어디든 빠놓지 않고 등장하는 데다 어울리기까지 하는 까닭은 무엇일까. 가히 이 정도면 범용성이 뛰어난 진통제임과 동시에 가족이나 친구 이상의 반려자라고 봐도 좋지 않을까?

그런 맥락을 살펴보기 위해선 술은 음주라는 인접 개념으로 전이될 필요가 있다. 술은 음주라는 행위를 통해 그 가치와 목적을 확장한다. 그리고 이 시점에서 두 개념은 독립적으로 존재할 수 없이 필연적으로 엮일 수밖에 없는 필요충분의 관계를 이룬다. 술이나 음주 둘 중 하나가 선행하거나 후행하지 않고 항상 함께 행동한다. 귀한 술은 단순히 오래됐거나 뛰어난 장인이 만들었다는 데에서 그치지 않고, 그만한 맛과 향으로써, 즉 음주라는 행위로 깨닫게 되는 특징을 통해 자신의 가치를 입증한다.

역사적으로 인류는 아름다움을 위해 수많은 고통을 자처하고 감당해왔다. 그것이 시각적이든, 청각적이든, 미각적이든, 후각적이든 간에 말이다. 인고 끝에 다다른 경이에서 감동하여 경탄할 수만 있다면, 그건 이미 실용성을 따지기 이전에 존재만으로 역할을 다한다고 볼 수 있을 것이다. 다만 술은 감각을 자극하여 황홀감과 환희를 제공하는 데 그치지 않고 이성과 자아의 경계를 흐려 무의식의 제동을 풀어주기까지 한다. 그 결과가 어떻든 간에 술과 음주는 항상 객관적인 본질이나 현상 그 이상으로 나아가거나-나아가도록 돕는 셈이다.

이렇게나 요란하게 말했지만 결론은 그저, 좋다는 소리다.

음주를 애호하고 즐기면서도 그것을 경계한다. 기분 좋게 취하는 날은 일 년에 하루 이틀이 될까 말까 한다. 그 이상으로 취하는 날은 몇 년에 한 번 정도다. 몸을 가눌 수 없거나 필름이 끊겨본 경험은 아예 없다. 좋은 말만 하는 자는 간신이고 쓴 말을 굳이 해주는 자가 충신이니 술은 따지자면 간신에 가까운 셈이다. 그러니 의도적으로 거리를 둔다. 완전히 흠뻑 젖어 물들지 않도록 선을 긋는다. 그 모호함 사이에서 간신의 이점만을 취한다. 아부. 칭찬. 자아도취. 자의식과잉. 어쨌거나 겸손이라는 미덕 하에 온전히 드러내거나 즐길 수 없는 것들. 적당한 값을 지불하고 적당한 보상을 즐긴다. 그 이상으로 주객이 전도된 채 잡아먹히지 않도록 노력한다.

내 경우 이 원고를 쓰는 동안 가졌던 음주의 사유 과반은 어찌 되었든 무언가를 해소하기 위함이었던 것 같다. 답답하다거나 괴롭다거나 아무튼 적확한 언어로 포착하는 것보단 "좆같다"는 말로 깔아뭉개는 게 훨씬 수고가 덜한 갖가지 감정들.

물론 통찰 없이 얄팍해진 언어는 진실을 가려 감정을 숨긴다. 이는 해소와 동치가 될 수 없기에 결국 언젠가는 전부 마주 보고 드러내야 하는 것들인 셈이다. 다만 표현을 뭉개는 것에서 그치지 않으려 노력한다. 에휴 모르겠다, 하고 자취방으로 향하던 발걸음을 술자리로 옮긴다. 푸념조차 되지 못한 거스러미들을 삼키기 위해 술을 들이켜도 안면에는 그것들이 투명히 비치는 모양이다. 분명 사람에 지쳐 혼자 마시러 왔거늘, 어느덧 입은 트여 나는 눈앞의 누군가에게 내려놨던 감정을 쥐고 흔들어대고 있다. 술이 이성을 죽여버린 것인지 술을 핑계 대고 이성이 떠들어대는 것인지는 모르겠지만 아무튼 그러다 한바탕 울고 나면 개운하다는 걸 부정할 수 없다. 내심 그런 걸 바라며 술자리로 향했는지도 모르겠다. 그렇게 살았다. 살아남았다. 살 수 있었다.

우스운 일이다. 바로 위에서 술은 간신이라 말했거늘 그간 가장 의지가 되었던 건 술이었다는 게. 간신을 곁에 두고 있으니 망해가는 길을 걸어가는 중일지도 모르겠다. 그런데 당장 망하면 뭐 어떤가? 옳은 길이 무엇인지, 어디 있는지는 안다. 그거면 된 거다. 언제든 돌아갈 수 있다는 확신이 있다면 잠깐의 일탈은 위로가 되어주겠지.

얼마 전 내원한 정신과에서 "더 이상 진료받지 않아도 될 것 같다"는 말을 들었다. 수납하며 다음 진료 예약을 위해 휴대폰 캘린더를 만지작거리지 않았다는 게 적잖이 낯설었다.

10년 뒤에 끝난다는 디데이는 아직 배경 화면에 건재해 있다. 정말 죽을지는 모르겠다. 이것은 이제, 차라리 중간 기점에 가깝다. 그때까지 잘 살아보고, 그 이후도 잘 살아보자, 뭐 그런. 먼 미래는 꿈꾸지 않는다. 당장 할 수 있고 하고 싶은 일을 할 뿐이다. 그렇게 쌓아온 것들은 언젠가

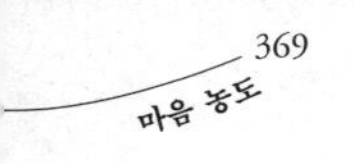

바라던 일을 이뤄내기 마련이니까.
그러니까 이 역시도 나에겐 술 같은 것이다. 잠깐 머리를 내려놓자는 그런!

긴 원고에 마침표를 찍을 때면 '시작에 있는 나'와 '끝에 있는 나'가 적잖이 다르게 느껴진다. 들뜬 마음에 청탁을 수락할 때만 하더라도 이렇게 장대한 원고가 될 줄은 몰랐다. 분량이든 시간이든 간에. 순수히 원고를 두드리는 기간만 봤을 때 이 원고는 역대 최장의 집필 기간을 갖고 있다. 그리고 그 기록은 꽤 오래도록 깨지지 못할 것 같다.

사실 원고를 마치고 한동안은 허전한 느낌이 들기도 했다. 어라, 오늘의 음주를 나눌 사람이 없네. 그렇구나. 이 술자리도 결국 끝을 맞았구나.
그래도 계속 생각날 것 같다.
오랜 시간 이렇게나 이상한 말을 퍼붓는 상대와 기꺼이 술잔을 기울여주신 설재인 작가님께 감사드린다. 두 주정뱅이의 술자리에 함께해주신 당신에게도.

오늘도 치얼쓰!

취중 마음 농도

초판 1쇄 인쇄일 2024년 9월 10일
초판 1쇄 발행일 2024년 9월 30일
지은이 설재인, 이하진
펴낸곳 든
출판등록 406-2019-000010호
주소 (10881) 경기도 파주시 문발로 119, 202호
메일 deunbooks@naver.com
블로그 blog.naver.com/deunbooks
인스타그램 @deunbooks
ISBN 979-11-985560-1-1 (03810)
값 19,000원

KOMCA 승인필